www.einaudi.it

ISBN 978-88-06-23131-6

Mario Desiati

Candore

Einaudi

Candore

Dopo una notte di erotismo nascono i bambini, la specie si ingrossa, le famiglie si espandono, i condomini si rafforzano, lo Stato si gonfia. Si ricade nel sociale. La pornografia è il solo antidoto a tutto questo.

CARMELO BENE (1995)

Non siamo piú in un'epoca di miseria sessuale, grazie anche alla pornografia. Le donne non possono piú ignorarla, lasciarla territorio privilegiato maschile. Stiamo imparando a sporcarci le mani con questa realtà, ad accettare l'amore anche nel suo lato di carne, di odori, di umori, a maneggiare l'oggetto proibito del porno.

ROBERTA TATAFIORE (1989)

Capite perché le amavo?

Le amavo tutte.

Cominciai guardando le eroine della Golden Age, che non prendevano neanche un caffè senza tenere addosso pizzi, veli e corpetti. Mi crogiolavo nei dettagli, gli anelli alle mani, la tensione di una caviglia sui tacchi alti, la grana del nylon in una calza scesa. Di un film porno amavo la contrattazione che precedeva l'incontro («Te la senti, ragazza? Ma sai quanti sono?»), l'improbabile seduzione a cui sarebbe seguito il sesso. Al momento della penetrazione ero già andato via.

Erano gli anni delle riviste porno (le fotografie su carta lucida ispirata ai fotoromanzi della Lancio), i cinema a luci rosse rappresentavano il mio passatempo preferito. La prima volta ci ero andato con dei commilitoni il pomeriggio della visita di leva, in un paese vicino a Lecce. Per qualche tempo li avevo idealizzati, dopo che mi ero accontentato dei disegni in bianco e nero della Edifumetto: «Sukia», «la Scopona», «il Tromba» e «Odissea» (una serie ispirata al viaggio omerico). Il disegno non bastava piú, il cinema era la nuova frontiera, femmine e maschi in carne e cellulosa, ma soprattutto a colori. Qualcuno era riuscito a entrare a Caprarica, a Maglie, a Copertino, e non aveva ancora compiuto diciotto anni. Anche se ero diventato maggiorenne, parlavo il piú possibile in dialetto per apparire piú adulto, soprattutto a me stesso.

Entrando si respirava odore di fumo stantio e velluto sudicio. Non c'erano locandine, però un cartello recitava:

SOLO ADULTI. Era lo stesso font dei manifesti elettorali, il nero graffiato sullo sfondo rosso acceso, molto piú allusivo delle foto oscene di altri cinema vietati ai minori.

– Quanto manca alla fine dello spettacolo? – chiese uno di noi, ma il cassiere, olivastro e peloso, non lo degnò di uno sguardo, limitandosi a emettere il biglietto senza staccare gli occhi da un rebus della «Settimana Enigmistica».

La platea era rischiarata dal bagliore dello schermo punteggiato da minuscole screziature nere, teste indistinguibili componevano il campo degli spettatori, un fitto bisbigliare faceva da sottofondo. Eravamo una dozzina, gli ormoni fermentavano, anche se permaneva la timida stanchezza che sale tra sconosciuti dopo una giornata passata in mezzo a sergenti incattiviti e medici in divisa militare.

La prima immagine che vidi proiettata fu quella di una donna coi bigodini davanti a uno specchio; un uomo anziano le sedeva accanto. Nessuno in sala stava ascoltando le parole dei due, tranne me. Ero rapito da quel dialogo inverosimile. Il regista aveva appena enunciato una sconcertante verità: non ci si fa belli per amare, ma per farsi desiderare.

Il film, scoprii dopo, si chiamava *Starbangers 5*, la pellicola perfetta per dare forma a quella che sarebbe stata la mia passione negli anni a venire. Mentre i miei compagni avevano già perso la pazienza, dentro di me montava l'adrenalina che precede l'eccitazione. Samantha Strong non era piú con i bigodini e spaurita davanti a un regista lumacone che le spiegava cosa fare, adesso incedeva in décolleté, collana di perle, guanti neri e una pelliccia di volpe; ad attenderla, ai piedi di una scalinata, un uomo a torso nudo (bretelle nere e muscoli di pietra) con la mano tesa.

– Toglile la pelliccia! – urlò un tizio. La voce fu sommersa immediatamente dalle risate. In un cinema normale ci sarebbe stata la sommossa dei «ssshh, silenzio!», invece un improvviso terremoto agitò i sedili della platea, qualcuno stava correndo goffamente verso una porticina che si apriva tra i pilastri laterali della galleria. Filtrava una luce lattiginosa. Anche i miei compagni si alzarono e corsero ad appostarsi in fila dietro l'uscio illuminato.

Io non mi mossi. Ero rapito dall'incedere di Samantha Strong, i lunghi vaporosi capelli biondi, gli occhi felini incorniciati dal make-up. Il fusto la stava accompagnando in un'altra stanza, dove undici uomini vestiti allo stesso modo, bretelle e pantaloni neri, erano in attesa. Samantha fece cadere la pelliccia, assecondando l'urlo belluino della sala, e si piegò su uno degli uomini seduto in poltrona. Fu come un lampo abbagliante. Gli altri maschi l'accerchiarono, lei li teneva a bada con un solo gesto, le sue dita sprigionavano un potere magnetico e alieno. I suoi capelli coprivano la faccia dell'uomo che avrebbe avuto l'onore di baciarla per primo. Le teste divennero due, tre, quattro… sentivo odore di ormoni, percepivo l'essenza del suo profumo, argan, mughetto, alloro.

Poi iniziò la meccanica delle penetrazioni cosí io mi alzai dalla poltrona tenendo un occhio su Samantha e un altro sulla porta del bagno. Varcai la soglia seguendo le tracce di gemiti feroci. I miei commilitoni erano lí, e con loro quelli che col tempo avrei chiamato lupi mannari, i morti di sesso. C'erano anche figurette teatrali che stazionavano tra i vespasiani bianchi, avevano facce truccate malamente, tailleur di pessima fattura, parrucche carnascialesche e mani tozze ravvivate da uno smalto rosseggiante.

– Sono donne? – domandai a uno dei lupi mannari.

– Hanno la sorpresina in mezzo, – disse, slacciandosi la cintura.

– Non fa per me.

– Facciamoci un giro.

– Ma hanno l'uccello.

– E allora? Non lo vedi che è tutto pagato, – mi urlò con l'aria di chi non si capacita di un tentennamento cosí plateale.

– Preferisco la bionda sullo schermo, – risposi.

– Fatte cura', damme retta. Se non ce vieni, fai la parte del frocio.

Tornai in sala e mi emozionai concentrandomi sul primo piano di una caviglia di Samantha Strong, sentii i polsi caldi, calore e vibrazioni, la gola s'inaridí, le labbra mi bruciavano, non c'era mucosa del mio corpo che non partecipasse infiammandosi. Ogni tanto gettavo lo sguardo verso la porta del bagno, il viavai era ancora frenetico.

Tra i miei commilitoni c'era chi favoleggiava di donne disposte a tutto che entravano in cinema come questi con indosso abiti succinti. Ma intorno a me non vedevo che assatanati, travestiti, vecchi. Alcuni di loro si muovevano come mosche impazzite da un posto all'altro, chiedevano di sedere vicino, ti sussurravano: – Posso toccare il ginocchio?

Chissà quanti, tra quelli che speravano davvero che una donna entrasse in sala e li scegliesse per giocare, confondevano la realtà con i film di Marisa Mell, un'austriaca dalle gambe statuarie che in uno storico b-movie era stata filmata proprio mentre faceva quel tipo di giochi. La verità è che non era facile per una donna entrare in un cinema a luci rosse, i gestori facevano storie temendo denunce per favoreggiamento.

Uscii fuori con il cuore ferito da Samantha Strong e il suo mondo di monili, tulle e collant. L'uomo dietro la cassa sembrava interessato solo alle parole crociate. Era un lavoro che avrei fatto, il suo: stare lí a guardare masnadieri e disperati di ogni sorta, aspettando Marisa Mell per poterle dire: «Dormi con me, lasciati amare».

Risultai inservibile alla patria, scartato alla visita di leva perché indegno di appartenere al consesso maschile fatto di galloni, medagliette e obbedisco!

Il mondo militare mi affascinava, licenze, commilitoni, e poi la divisa, che serviva a darti credito e autorità, dunque coraggio. Sentii la sveglia e l'alzabandiera una sola volta, il mio servizio all'Elmo di Scipio finí quando due giovani medici militari presero nota delle misure del mio corpo. Ero nudo e scalzo, immobile sul piatto gelido di una bilancia.

– Questo ce l'ha tutte, non cresce piú.

– Pure mezzo albanese.

Glabro e perennemente arrossato dalla timidezza, scesi dalla bilancia e passeggiai scalzo su una moquette gommosa ricoperta di capelli e briciole. I compagni del cinema commentavano ingiuriandomi: – Questo, ieri, manco un giro con le marise s'è fatto –. Alla fine venni scortato fuori dalla caserma con il foglio di riforma.

Cominciai l'università lasciando Salento e famiglia. Erano rimasti molto delusi del mio flop nell'esercito. Mio padre, grandi braccia e una faccia piena di spigoli, portava il proprio cognome come una colpa e un figlio soldato sarebbe stato un riscatto. Era integratissimo nella vita locale, uno studio associato, frequenza assidua in parrocchia, tessera del Movimento sociale e poi di tutte le sottomarche che seguirono, una moglie italiana con famiglia radicata in paese, il figlio chiamato Martino in onore del santo, il tricolore alla finestra in occasione di processioni, parate, campionati del mondo. Ma si chiamava Bux, ingegner Bux. E la X finale restava il sigillo infame, anche se era nato e cresciuto in Italia, anche se non parlava albanese, anche se non era mai stato in Albania.

Serbava rancore verso il nonno, che aveva lasciato la terra delle aquile ai tempi del re per far fortuna in Puglia con tutta la famiglia. «Potevamo cambiarci il cognome dopo la guerra», lo sentii vaneggiare a denti stretti in uno dei suoi rarissimi sfoghi con la signora Bux. Il senso di vergogna cresceva in una parte segreta del suo animo e solo mia madre ed io potevamo coglierlo nei silenzi insopportabili durante i pranzi e le cene. Per fortuna l'università fu una buona scusa per lasciare quella casa. A Roma avrei trovato decine di cinema a luci rosse, ragazze in pelliccia pronte a realizzare prodezze alla Samantha Strong in ogni angolo.

Fantasticavo già sui miei futuri pomeriggi romani. Mentre li salutavo alla stazione di Lecce tra le ombre appuntite della controra, i signori Bux mi chiesero «Quando tornerai?», «Non lo so», risposi guardandomi le dita delle mani. Dentro di me sentivo che sarebbe stato onesto, almeno per una volta, rispondere la verità: «Mai».

Avevo scarsa propensione allo studio e altri pensieri, l'obiettivo era portare a casa la giornata, pure qualche sbronza, che mi rendeva languido o euforico. Ero giovane, sentivo di poter conquistare traguardi importanti.

Spesso non trovavo il coraggio di sedermi per sostenere un esame e tornavo a casa completando il Tour de France (bere solo liquori francesi), un eccellente Giro d'Italia (Amaro del Capo, Lucano, grappa) o la Vuelta a España (un sangria party). Frequentai brevemente degli sconvoltoni del Sud che si ubriacavano con qualunque cosa. Smisi di uscire con loro quando entrarono nel tunnel delle sbornie a base di lacca e acetone per le unghie, dissi addio mentre vidi un tale sballarsi con il gas degli accendini. – Devi provarlo dal naso, ti arriva in testa come una scarica di ceffoni.

Non sentivo la necessità di farmi riempire di schiaffi dagli stupefacenti alternativi, il vizio era uno dei campi in cui la tradizione valeva piú del progresso.

Mentre altri coetanei piú giudiziosi erano presi dal furore dell'ideologia e si scagliavano contro l'allora ministro dell'Istruzione, io corteggiavo le compagne di corso. Con poco entusiasmo, a dire il vero. Mi incuriosivano di piú i cinema a luci rosse, sentivo che lí c'era la vita. In segreto sognavo di andarci con una donna, poi però mi accontentavo di un amico, un conoscente, perché da solo mi vergognavo da morire. A volte per ammansire la smania sbirciavo tra le riviste porno in edicola. Le copertine promettevano l'eden e dentro di me sapevo che l'eden promesso sarebbe stato mantenuto.

Un giorno, in una delle aiuole del parco dell'università, sorpresi un tale a sfogliare un mucchietto di carta stropicciata con un bastone; tentava di decifrare le pagine, allungava il collo in avanti, stringendo gli occhi. Quando andò via, si lasciò dietro una scia di odore dolciastro e pungente.

Erano le pagine d'un giornaletto porno, fotografie inequivocabili e didascalie in diverse lingue. Titolo della scena: *SexExpress*. La protagonista aveva la pelle lattea e la chioma castana, ancora non sapevo chi fosse Jane Baker. Pareva uno di quegli angeli che avevo visto disegnati sulle pale di abete dei pittori nordici in un'ora lontana di storia dell'arte. Se ne stava in posa con due tipi dentro una striscia. Per sapere cosa succedeva, iniziai a sfogliare il giornaletto con le scarpe, ma a causa dell'umidità accumulata le pagine si scioglievano sotto la suola. L'angelo era un viaggiatore notturno del SexExpress, treno di lussuria e perdizione. Ammirai l'eleganza di quella donna, foto dopo foto, un cappellino con veletta in testa, guanti di pizzo, reggicalze con quattro ganci per gamba, calze nere. I suoi partner erano in divisa, militari di altissimo lignaggio vestiti di bianco. Pensai subito alle occasioni mancate, peccato essermi perso il servizio militare. Niente piú licenze, amori, niente SexExpress.

Bighellonavo nel parco dell'università, spesso facevo volantinaggio per qualche pizza a domicilio. I giornaletti cominciarono a moltiplicarsi, cambiavano ogni volta. Avevo imparato a battere le strade giuste, forse qualche mano misteriosa li lasciava nelle aiuole apposta per me. Il linguaggio delle nuvolette era violento, i sessi pelosi, la carta bagnata dall'erba.

Il baffuto Gabriel Pontello si accoppiava con la burrosa Olinka Wilde, sua compagna anche nella vita. Il dialogo era ipnotico nella sua comica brutalità, termini desueti e metafore incongrue riempivano le vignette sotto le foto.

«Preparati, sto per zapparti la fica».

«Hai un cazzo grande quanto la Francia, fottimi ben bene».

«Ti sto rompendo il deretano».

«Datti da fare, ho umido il buchino».

«Sto per sbrodolare».

«Svuota il tuo cazzo».

«Ifix Tcen Tcen».

Scatta il fluido erotico era il titolo che introduceva la striscia con l'eiaculazione di Pontello e l'orgasmo della Wilde. «Aaaah, Ooooh...» si leggeva dentro le vignette. Qualche volta comparivano appellativi volgari di lui a lei, possibilmente in rima: «Vacca... Baldracca».

Uomini dinoccolati, dotati e pelosi si congiungevano con creature di un'eleganza improbabile per la situazione, ma eccitante. Lingerie, reggicalze nero, collant sceso attorno alla caviglia, collane di perle, décolleté. Cosí Eva Kleber, Olinka Wilde, Moana Pozzi, Jane Baker e Odette Burel si davano il cambio nelle mie mattinate precarie. Vestivano i tratti del sogno, erano piccole felicità a cui non avrei potuto rinunciare.

«La lussuria dell'abisso scuote lo sguardo di Supersex, un piacere divorante pulsa nel culo della donna mentre la mazza penetra sino a sfiorare le budella...»

Ero turbato da quel linguaggio che oscillava tra elevazione e scurrilità. Erano solo parole, nascondevano una passione per l'oltraggio. Mi sentivo come i fogli vuoti di quei giornali, ero pronto ad accogliere tutto.

Nei primi giorni delle mie peregrinazioni tra le aiuole era volata in cielo l'attrice Moana Pozzi. Pensai subito che non avrei piú potuto conoscerla. Che senso aveva desiderare una donna ormai scomparsa? L'innominabile speranza che accompagnava le mie polluzioni prevedeva che le eroine diventassero avventure occasionali, amanti, e poi mogli.

Alle ragazze con cui uscivo cominciai a mostrare *Taxi Driver*, soprattutto la scena di De Niro che al primo appuntamento porta Cybill Shepherd in un cinema a luci rosse.

– De Niro, Shepherd, Scorsese... mica sono pervertiti, sono la storia del cinema! Mi seguiresti per vedere cosa succede in un posto del genere?

La risposta era sempre no, un no declinato con secchezza, il piú delle volte con sdegno, raramente con sgomento, quello che si prova di fronte a un caso di pazzia manifesta.

– Ti vestiresti come Odette Burel nel numero 7 di «Supersex»?

– No, porco, maniaco, non mi piacciono queste cose.

– Non sono porco, non sono maniaco, mi piacerebbe vederti vestita da femmina.

– Ma come parli, non ti piaccio cosí?

– No, preferisco il camuffamento.

I miei amici costruivano i loro feticci con la Sharon Stone di *Basic Instinct* o la Demi Moore di *Proposta indecente*. Sognavano di pilotare un F-14 per conquistare l'addestratrice di *Top Gun*, Kelly McGillis. Io collezionavo *Starbangers* e *Gangbang Girl*. Andavo in deliquio per Tiffany Million, che entrava in una palestra del Bronx in abito da sera, o per Dominique Simone, che in lungo bianco e guanti avorio da cerimonia, calzati fino ai bicipiti torniti, metteva in riga dodici maschi contro il muro prima di farseli tutti quanti. E poi c'era Marilyn Chambers, che sotto un tailleur grigio fumo nascondeva corsetti e reggicalze.

Cambiavo casa con piú frequenza dei vestiti che indossavo, i primi tempi rassicuravo per telefono i miei genitori, parlando del mio ottimo curriculum universitario nella facoltà di Giurisprudenza. Non avevo il coraggio di dire come stavano le cose, che ero iscritto a Lettere e non avevo ancora dato un esame.

Un mattino, mentre vagavo nel parco con in mano i soliti volantini, cercai l'aiuola della lussuria, ma per la prima volta da settimane la trovai vuota. Guardai con ansia e un pizzico di delusione la macchia verde senza fogli bagnati dalla rugiada.

– Perché le donne non vieni a vederle dal vivo?

Era un tizio sulla sessantina, barbuto, folti capelli bianchi che gli scendevano ai lati della testa e una faccia piena di rughe.

– Non so, – dissi.

– Sei giovane, sai quante femmine puoi farti se vieni al Volturno? Io ci lavoro. Tutte quelle donne che vedi nei giornaletti vengono a fare gli spettacolini dal vivo, capito? Puoi fare tutto da noi.

Fu cosí che scoprii il mondo dei locali, seguendo come un ingenuo uno dei tanti buttadentro che ricorrevano al trucco di lasciare giornaletti porno nel parco per adescare le promesse del licantropismo.

Il Volturno era un teatrino con un'unica pedana su cui salivano ragazze italiane e straniere, in fondo il muro di Berlino era caduto da poco, dall'Est cominciavano ad arrivare ungheresi, russe, polacche. Il pomeriggio si pagava diecimila lire, piú o meno quanto guadagnavo in un giorno consegnando volantini.

L'impatto fu terribile, un odore nauseante di chiuso misto a sudore maschile. Cinquanta persone in venti metri quadri, vecchi e soldati, qualche studente. Urlavano, battevano le mani, sudavano e si sventolavano con i giornali. Due tipe danzavano in mezzo alla canea, cercando di districarsi. Una era secca, con gambe sottili e pelle sciupata, l'altra corpulenta, altissima, con in testa una parrucca rossa e labbra strofinate da un rossetto volgare, mani grandi, da tornitore.

Praticamente una tossica allo stato terminale e un ex uomo erano le star del pomeriggio.

– Mo' te meno, – urlò la secca a un ragazzo dai capelli lunghi, i denti a coniglio e un'eccessiva foga nel tastarle le piccole mammelle. Non c'erano gorilla, anche se dietro le quinte si muovevano gli inservienti, la cui età variava tra i sessanta e gli ottant'anni. Erano gli stessi che negli avanspettacoli del dopoguerra, con una forca di legno, tiravano via dalla scena i guitti che avevano stancato il pubblico.

Apparvero come i pupazzi nella torre di Praga mentre la tossica tirò un ceffone a un altro dei maschi che la stropicciava troppo.

– Boni, stateve boni, – urlarono i pupazzi praghesi, prima di tornarsene nell'abisso da cui erano spuntati.

Mi mancava l'aria, uscii. Nello squallido foyer che assomigliava a una bisca incontrai il tizio che mi aveva circuito all'università.

– Le donne dei giornaletti? – gli feci sarcastico, mentre pensavo a tutte le star di «Supersex» che avevo sognato e che in quella bolgia non avrebbero mai messo piede.

– Tanto spendi e tanto hai, figlio mio. Se resti la sera arrivano le star.

– Ma dove le avete rimediate quelle due poverette?

– Poveretti.

– No!

– Eh sí, amico. Tutt'e due maschi.

– Anche la tossica?

– Chi?

– La biondina.

– Ma chi, Nino D'Angelo?

– Nino D'Angelo?

– Cosí lo chiamavano in borgata quando faceva gli spettacoli a domicilio.

L'università restava una chimera, sempre meno studio, sempre piú lavoretti per tirare avanti, il piú faticoso per un'impresa di pulizie, part-time di sedici ore a settimana, duecentosessantamila lire mensili. Un massacro. Un giorno, mentre lavavo le scale di un condominio nel rione Monti, un equivoco palazzo occupato da affittacamere, bed & breakfast senza breakfast, mammane e altra minutaglia postribolare, scovai un annuncio sulla bacheca di legno nell'atrio: «Sei nero e vuoi essere un pornoattore? Ti aspettiamo a piazzale Ostiense, martedí 23 novembre ore 12».

Lo stesso annuncio comparve di lí a poco alla stazione Termini e in altri punti strategici della città.

Martedí 23 novembre alle ore 12 non andai a lezione, andai a vedere che aria tirava a piazzale Ostiense, se qualcuno aveva abboccato all'annuncio.

Piazzale Ostiense è un crocevia di strade che uniscono diversi quartieri di Roma, la Piramide Cestia lo sormonta al centro, un monumento affascinante che funge da rotatoria, un po' come il Colosseo.

Sbucai dalla metro B, il traffico impazzito seguiva un movimento circolare, io tirai dritto, e nell'unico tratto pedonale della piazza vidi una folla variopinta. Erano stranieri, quasi tutti neri, molti maghrebini. Raggiunsi la schiera e finii dentro un alterco. Un tipo baffuto e brizzolato con un foglio bianco in mano e una penna infilata dietro l'orecchio scuoteva la testa rivolgendosi a quello che doveva essere uno dei capi dell'armata Brancaleone di aspiranti pornoattori. Avvertii una mescolanza d'idiomi sconosciuti: francese, inglese, arabo.

– Siete troppi, mica famo i provini a tutta quest'Africa.

– Paghi? – chiese uno dei neri con una kefiah a quadri rossi in testa.

– Nun pagamo, qua ve scopate 'na fica da paura, siete voi che dovete pagare.

Mentre il tipo della produzione chiariva l'aspetto del contendere senza troppi giri di parole, sullo sfondo della piazza notai un camper dal quale faceva capolino una ragazza. Era minuta, i capelli neri con la coda di cavallo, un jeans stretto a vita alta, pullover rosso, anfibi ai piedi. Quando scese mi avvicinai per poterla guardare meglio: aveva tratti felini e un'ombra di alienazione negli occhi scuri.

M'intrufolai dentro la folla mentre baffone cacciò un grido secco: – Annate via, non si fa piú niente.

Alla spicciolata i neri lasciarono l'area pedonale, ne rimasero una ventina, i piú disperati. Il camper si era già allontanato, mentre baffone era rimasto nei paraggi. Riapparve un'oretta dopo. Era uno stratagemma per liberarsi dei meno convinti.

– Domani venite lavati e puliti in questo posto.

Iniziò a distribuire un biglietto con un indirizzo. I neri erano abbastanza male in arnese, sfioravano l'accattonaggio; nonostante facesse freddo, erano quasi tutti senza cappotto, alcuni portavano felpe colorate, uno aveva occhiali immensi tenuti insieme dallo scotch.

Quando fu il mio turno baffone esitò. Aveva occhi furbi, totalmente disincantati.

– Tu che c'entri? – disse.

– Volevo vedere.

– Sei maggiorenne?

– Sí.

– Se me dai cinquantamila lire te faccio fare un giro con Valeria.

– Valeria?

– Sto a scherza', scemo, mica so' 'n pappone, che te credi, mica starei a fa' 'sto lavoro.

– Che film è?

– Roba di Rocco. L'anno scorso voleva i pakistani, quelli che vendono i fiori a piazza di Spagna, c'era 'na svizzera fori de testa... du' anni fa i ragazzi delle borgate per metterli in pullman e farsi 'na francese, 'ndo cazzo le trovi 'ste troie non lo so, ma è Rocco.

Rocco era ovviamente Rocco Siffredi, allora trentenne, alle prime armi come regista.

Baffone terminò d'ingaggiare la truppa e tornò da me.

– Offrime 'n caffè, va'.

– Anche una birra.

Finimmo in un chioschetto a piazzale Partigiani. Prendemmo due caffè, ma li facemmo allungare saggiamente con la sambuca.

– Co' mille lire se famo 'na sbronzetta, – disse, dandomi di gomito.

Il fiotto d'alcol mi arrossò i capillari, non poteva saperlo, ma avevo già bevuto un po' quella mattina.

– Sai ragazzo, io sono figlio di uno che lavorava da De Sica, mi' zio ha lavorato co' Monnezza e Pasolini, io stavo sulle ginocchia di quello zozzone.

– Zozzone?

– Pasolini… ho rischiato, sai? Era uno a cui piacevano i regazzini.

– Ma com'è che ti trovi a lavorare con Rocco?

– Perché il cinema bbono, coi capoccioni, nun esiste piú. Mo' quello lo fa Rocco.

– Davero? – Stavo imitando la sua cadenza, la bocca aperta per lo stupore.

– A regazzi', nun sei de Roma? Te sto a percula'! Ce sta pure er cinema bbono, ma ormai sto in questo giro e che ddevo fa'? Se scoprono che lavoro coi porno me mannano pe' stracci, 'sto paese de' furfanti te perdona tutto, ma non de fa' annusa' la fica.

– Ma è tanto che sta in questo settore?

– Ah, ma che me stai a intervista'? Sei da'a Gestapo? – E iniziò a ridere, poi ordinò un altro caffè con sambuca, ma senza caffè. – Nun m'hai detto come te chiami.

– Martino e tu?

– Il reclutatore.

– E il nome?

– Er Caporale. Da oggi me faccio chiamare cosí. Sai che ho lavorato con Renato Polselli? Ho fatto de tutto… in un suo film ho pure rimediato un asinello vero pe 'na tipa de Perugia. Roba da fori de testa, 'n asino con 'na donna… a fa' ste cose se va all'inferno senza passa' dal via.

– Ma come si chiama la tipa che gira?

– La ragazza che fa la scena domani con questi negroni?

– Lei.

– Valeria, te l'ho già detto, nun me stai a senti', c'hai già la sborra nel cervello! – rise sguaiato.

– Ma è una femmina?

– Ma perché, che sembro uno che lavora coi froci?

– È bella –. Lo dissi come fosse la mia ragazza.

Anni dopo vidi quel film: la tizia che avevo soltanto sfiorato una mattina d'autunno, alla metà degli anni Novanta, portava il reggicalze e una camicia bianca aperta su seni candidi, rotondi, in armonia con l'esile torace. Ricordo che aveva il sesso peloso come nell'*Origine du monde* di Courbet. Parlava poco, ma la sua voce assomigliava incredibilmente a quella di Miss 161, la donna che al telefono dava l'ora esatta quando ero bambino, il tono delle annunciatrici dei programmi serali, senza inflessioni, maturo, affabile, ammiccante. Il mio primo amore non corrisposto.

– Sono le ore 12 e 15 e 23 secondi.

– Ti amo.

Potevo ascoltarla quando volevo, bastava far girare tre volte la rotella del telefono al modico prezzo di uno scatto.

– Sono le ore 12 e 15 e 28 secondi.

– Ti amo da morire.

Nelle notti insonni e nelle domeniche che non passavano mai la immaginavo dentro abiti sobri, mezzo tacco, un trucco leggero, la frangetta. Certe volte mi appariva piú sciatta, i capelli bagnati, una tuta. Chissà quanto tempo aveva impiegato a registrare gli annunci. Fantasticavo sul colore dei capelli, mi chiedevo quante volte in un mese andasse dal parrucchiere, se avesse un marito, dei figli, cosa facesse nel tempo libero, la lunghezza delle dita, se le piacesse fare l'amore, se correva, se aveva paura di volare o nuotasse, se aveva un camino e un maglione a collo alto, se montava a cavallo o aveva un cane molto grosso. La desideravo.

Le telefonate a Sud si diradarono sempre piú, e dopo che una comunicazione dell'università fece scoprire ai miei che ero iscritto a Lettere smisi di sentirli, al telefono erano stati sgradevoli, recriminatori, per loro ero finito in qualche cattiva compagnia, forse una donna piú grande o un lucignolo con la testa sbagliata. «Ci hai ingannato», mi fu rinfacciato, poi mi chiesero se avevo bisogno di soldi e fu quella forse la parte piú umiliante della nostra ultima telefonata.

Passavo da un domicilio all'altro. Incollato al giornale degli annunci «Porta Portese», che molti romani chiamavano «Porta Fottese», una manna per truffatori, una croce per ingenui come me, telefonavo a voci annoiate per fissare appuntamenti in quartieri improbabili della periferia. Queste case di ragazzi meridionali, corridoio e stanzette ricavate come antri in una grotta carsica per ammassare piú studenti possibili, con tavolo da pic-nic e brandina, erano tutte uguali, e io sapevo che non ci sarei rimasto per molto tempo. C'era sempre qualcosa che mi spingeva a cercare un posto migliore.

Avevo lasciato l'impresa di pulizie, ero passato a tagliare pizzette in un fast food, poi solito volantinaggio, per caso finii in un appartamento dove nessuno pagava l'affitto da mesi. Il padrone aveva staccato tutto: acqua, luce, gas. Era quasi una comune a due passi dalla Luiss, l'università privata degli industriali italiani.

Al proprietario subentrarono presto strozzini professionisti, grazie al racket immobiliare nascevano comunità di subaffittuari. Roma era la città del subaffitto. C'è sempre un pesce piú grande pronto a mangiarti. Per viverci dignitosamente bastava saperlo.

Sangria party, feste Erasmus, marijuana, e io insieme a una ventina di ragazzi di ogni dove. In cucina c'era un tale casino, mangiavamo solo patate. Patate che avevano cacciato germogli. Quando vidi un ragazzo spagnolo con i capelli lunghi e neri fino al culo cuocerle nella pentola, m'incantai come davanti a chi s'infila le spade in bocca. Per un periodo vennero a stare da noi anche i genitori di un ragazzo greco; nel suo stesso letto ci finirono madre, padre, nonna e fratellino. C'era gente che dormiva dappertutto, i piú paranoici si nascondevano nell'armadio per paura di essere denunciati. Un paio di ragazzi lucani fingevano di essere gay e s'infilavano le mutande nel sedere, sculettavano oppure simulavano atti sessuali per scandalizzare i genitori del greco, che puntualmente finivano a pregare da qualche parte. C'erano anche gli sciacalli, che tornavano a casa con roba trafugata nei cassonetti: reti, materassi, mobili rotti. Quando le sbronze salivano di livello, la casa si riempiva di specchietti retrovisori e segnali stradali che un tale di Cosenza sradicava per hobby.

Fuggii quando alcuni pazzi cominciarono a gettare oggetti dalla finestra, a volte solo un uovo marcio che colpiva innocenti motociclisti, altre volte a precipitare nel vuoto erano scaldabagni o tazze del cesso che si sbriciolavano in mille pezzi.

Di nuovo a cercar casa, la roulette aveva ripreso a girare.

«Porta Fottese» era prodiga di notizie, ma il mio interesse cadeva sugli annunci delle ultime pagine: «Bionda, 33 anni, professionista, cerca gruppi di tre o quattro uomini di colore Africa subsahariana per amicizia».

Chi era la bionda? Che pelle aveva? Fumava? Aveva mai provato una droga? Di che colore era lo spolverino con cui sarebbe andata al primo appuntamento con la gang?

La notte mi smarrivo in simili particolari, smarrendo anche il sonno. Fantasticavo su quegli annunci, alcuni m'incuriosivano, altri mi eccitavano. Chiudevo gli occhi e la scena prendeva corpo: l'arrivo di una donna che nella mia mente non poteva che essere bellissima e adulta, e poi tutti quegli uomini, muscolosi e dotati, però gentili e con savoir-faire.

«Uomo egiziano quarant'anni cerca donna rumena per cominciare nuova relazione».

Perché proprio rumena? Non prendevo sonno e mi veniva in mente che quello non era un innocente messaggio d'amore, bensí il reclutamento per un film a luci rosse, era in corso un casting per un interracial tra un nero e una bianca, possibilmente bionda.

«Donna russa, 35 anni, cerca uomo per weekend alle Terme di Saturnia, possibilmente carabiniere».

Quale perversione s'annidava in quella scelta? O anche questo era un messaggio in codice?

«Ho 23 anni, sono di Roma e offro il mio piccolo pene. Cerco uomini dotati, rudi, maschi, che accettino di entrare in casa e irridermi, dopo avermi mostrato il loro membro».

«Hai stivali da cavallo? Da donna o da pioggia? Ti andrebbe di camminarmi sulla schiena?»

«Cerco Tori da Monta, max 40enni, con il cazzo largo per farmi riempire. Ospito in zona Laurentina, non sono mercenaria, travElena».

«Sono di Mostacciano e mi piacerebbe tanto farmi sverginare di nascosto da mia moglie...»

Mi soffermai a lungo su un messaggio che sembrava riguardarmi. Ero tentato d'ascoltare la voce di chi l'aveva scritto, magari adescarla.

«Giovane albanese, padronanza italiano, in tutti i sensi, cerca marito curioso...»

Ero io, congetturavo sul modo per chiamare senza vergognarmi, immaginavo di corteggiarla, di scriverle appassionate lettere piene di velenose verità sugli uomini. «Abbiamo tutti una maschera, quando vi corteggiamo, vi dichiariamo il nostro amore eterno davanti a un anello, un prete o un funzionario, ma è tutta una messinscena per sottrarvi l'anima, ci presentiamo a voi camuffati come in un veglione, non potete immaginare chi siamo veramente...»

Col cuore colmo di vergogna raggiunsi una cabina telefonica a Castro Pretorio. Militari e studenti erano lontani, strani volatili incombevano, non erano cornacchie e non erano gazze, una via di mezzo. Pensavo di essere in quella bara verticale per commemorare la mia morbosa curiosità.

– Pronto?
– Chi parla?
– È per l'annuncio.
– Ancora con questa storia, vi denuncio tutti quanti. Bastardi, maledetti!

Ogni anno mi iscrivevo ai corsi universitari per mostrare a me stesso che ero uno studente, ma non li frequentavo quasi mai. Corteggiavo tutte le ragazze che mi piacevano. Riuscivo a portarle fuori solo dopo promesse che non avrei mantenuto.
– Ci sono gli U2 all'aeroporto dell'urbe e ho due biglietti.
– Andiamo?
– Ho mentito.
– Addio.

Qualche esame lo avevo anche tentato.

Una volta non avevo studiato proprio niente e decisi di provarci lo stesso. Avevo riposto le mie speranze in una tesina. Il professore usava far iniziare l'esame con un argomento a piacere. Era un residuato del '68, sosteneva di essere stato amico di Alberto Moravia, Goffredo Parise e Pier Paolo Pasolini. Ci aveva propinato un suo saggio dal titolo *La verità dentro Petrolio*, il romanzone postumo dello «zozzone», avrebbe detto Er Caporale. Aprii a caso il romanzo e trovai un paio di scene particolarmente interessanti, in una c'era un uomo/donna che faceva sesso orale con una trentina di borgatari. Mi era familiare.

Il professore era secco, occhiali spessi dalla montatura bianca, il collo grande e la testa piccola, una testuggine.

Immaginavo una bolgia di esaminandi, invece c'erano una ventina di esauriti coi capelli sporchi, sciarpe colorate e teste abbattute sui banchi.

Mi sedetti tranquillo. Prima ancora dello statino poggiai sulla scrivania la tesina.
– Questa cos'è?
– Una tesina.

– Non siamo alla scuola media.

– Ho scritto qualcosa su *Petrolio*.

– Qualcosa che mi sembra pericolosamente apodittico.

– Non ho capito.

– Apodittico, ero ironico.

Guardò il nome sul mio statino cercando di decifrarne l'originalità. Mentre era impegnato a capire se Bux potesse essere un cognome slavo, greco o uno pseudonimo, presi la parola con piglio deciso.

– Ho pensato di fare un confronto tra il romanzo *Petrolio* di Pier Paolo Pasolini e un'opera contemporanea che denuncia la società in cui viviamo tutta tesa al benessere e alla bellezza, senza spazio per l'autenticità.

– Mi sembra che lei si ponga degli obiettivi piuttosto elevati.

– Ci ho provato.

– E questi obiettivi elevati, bellezza, benessere, autenticità eccetera eccetera… si condensano in una tesina di due cartelle?

– Intende dire?

– Cartelle, sono cartelle, saranno tremila battute, nemmeno alle medie. Come sospettavo, lei mi vuol prendere in giro.

– Giuro di no.

– Scusi, qui leggo Rocco Siffredi e Pier Paolo Pasolini… scusi, non capisco il nesso.

– C'è un film che hanno girato a Roma, ero lí mentre facevano il cast e…

– Un film porno?

– Diciamo di sí, ma diverso da quanto può credere, un film…

– Porno…

– La scena dell'appunto 55, il pratone della Casilina. Siffredi, senza citare *Petrolio*, ha riprodotto quella scena. Il protagonista del romanzo viene sostituito da una giovane attrice che, come lui, è una borghese che prova l'emozione di concedersi senza limiti a una trentina di borgatari. Rocco Siffredi ha fatto un casting con centinaia di uomini per arrivare a trenta ragazzi di colore che oggi sono i nuovi ragazzi di vita, rappresentando in questi anni un'esperienza di nuova marginalità...

– Scusi, che ha scritto sulla mano?

– No, niente.

– Può aprire la mano?

– È un tatuaggio.

– Apra!

– Le posso spiegare.

Mi consegnai, il palmo aperto. Alle mie spalle sentii che le teste sui banchi si erano alzate, c'era un silenzio inedito per un'aula universitaria: tutti stavano guardando con interesse la mia immensa figuraccia.

– Lei è un furfante, lo sa?

– Un film porno è uno spaccato di vera e preziosa umanità.

– Lei sta ancora leggendo sulla mano... ma è convinto di ciò che dice o è soltanto venuto a prendermi in giro?

– Non scherzo, ci credo...

– Bux, guardi la gente che è qui per fare l'esame. Escludendo rari casi di successo accademico, uno su due lavorerà nelle scuole, l'altra metà farà lavori persino meno redditizi, e poi c'è una piccolissima percentuale di cui lei fa parte, il loglio cattivo.

– Mi dia la possibilità di spiegare meglio, la meccanica del sesso pasoliniano è ripetitiva quanto quella del sesso siffrediano, che addirittura manda in presa diretta l'effetto sonoro.

– Lei, Bux, non mi sta divertendo piú, credo sia malato. Non le do un voto e non la umilio, ma forse le posso consigliare un dottore.

Non era la prima volta che accadeva e sarebbe accaduto ancora.

Perché pensavano che avessi bisogno di un dottore?

Quando ormai dell'università restava soltanto la parola STUDENTE impressa sulla carta d'identità, cercavo giovani studentesse meridionali cui mostrare i pericoli della perfida città. Era la mia maschera, ma durava mezza serata, alla seconda birra ero già lí che proponevo loro di seguirmi in un cinema a luci rosse o di vestirsi come Lorraine De Selle in *Una donna di notte*.

– Ma queste cose le pensi davvero o mi vuoi provocare? – mi chiese Valeska, appariscente «blondine» calabrese che sembrava essere uscita con me soltanto per approfondire una ricerca di antropologia umana.

– Lo vorrei fortissimamente.

– Mi piacerebbe prendermi cura di te, ma... è troppo presto, capisci? Mi mancano due anni per laurearmi in psicologia e avere tutti gli strumenti per un caso clinico come il tuo.

Simonetta, campana, guance rotonde e occhi piccoli da rettile, mi piaceva per i suoi denti sporgenti.

– Io sono solare, tu mi sembri buono, ma cupo, tenebroso e pure un po' fesso. Ieri, quando mi hai chiesto di uscire, pensavo fossi di Roma e venissi a prendermi con la macchina.

– Non ho la patente, però so guidare. Me la faccio prestare, vorrei portarti in un posto.

– Dipende, sono una che si annoia facilmente.

– In un cinema a luci rosse ci sei mai stata?

– Mauro...

– Martino.

– Sí, scusa, Martino... ma tu ci hai mai pensato?

– A cosa?

– A farti vedere da uno bravo.

– Bravo a far cosa?

– Un bravo dottore, uno gentile, accogliente, che ti ascolta e poi ti dà le pillole.

– È questo che fa un bravo dottore?

– Certe cose si possono dire solo a chi porta il camice bianco e come vedi io non ce l'ho.

Fu in quel periodo che conobbi Fabiana, il rosso anemone che fiorisce tra gli aridi terreni a levante, petali che fanno parte del mio lontano passato. Una brillante studentessa di medicina siciliana, categoria «brunette», fisico nervoso e grandi occhi verdi, figlia di braccianti agricoli che lavoravano a stagione e curavano un tomolo di mandorleto nella contrada in cui vivevano.

Fabiana apparteneva all'esercito soccombente dei non connessi, non possedeva un telefonino e stava per comprare il suo primo apparecchio in un centro commerciale. Ero commesso part-time, uno dei mille espedienti per mantenermi. Assistevo dall'interno a una rivoluzione sociale e industriale, l'irraggiungibilità dell'individuo era diventata un male da abbattere, come l'analfabetismo o la fame nel mondo, e io pensai bene di farne un bieco uso personale per conquistare Fabiana.

Fui fulminato dal tono di voce, lo sguardo innocente di chi si trova davanti a un oggetto misterioso, la forma del viso, la nuca. Le ero dietro e potevo studiare le curve nude ai lati del collo scoperto, la grana della pelle. La chioma legata da un elastico tremava come la coda di un animale.

Snocciolai luoghi comuni da piazzista aziendale, la tiritera imparata al corso di formazione: *è un momento importante, diventare raggiungibile sempre e ovunque, poter fronteggiare le future emergenze, amici, familiari, fidanzati*... Posi l'accento sulla parola «fidanzati» e lei non batté ciglio, ma scorsi il cenno di un amaro sorriso sulla bocca. Dimenticai di inserire la batteria nel pacco: sarebbe tornata e avremmo parlato ancora, le avrei chiesto di uscire.

Ci incontrammo cosí nei pressi del Policlinico, tra gli alberi di aranci in via Catania.

– Mi piacciono le vie con i nomi di città, preferisco le strade dedicate alle cose vive piuttosto che alle persone morte, – disse mentre camminavamo dentro la Roma universitaria.

Le piaceva anche il cinema, non si perdeva una rassegna delle piú strambe.

– Anche a me piacciono molto i film, – le confessai guardandole le tempie, un posto dove mi sarebbe piaciuto tantissimo indugiare con i baci.

– Che genere?

– Luci rosse.

– *Lanterne rosse*? Zhāng Yìmóu? Uno dei miei preferiti.

– Anche il mio.

– Quale?

– Mah... gang bang, roba cosí.

– No, quelli sulla Yakuza sono di Kitano, lui è giapponese. Yìmóu è cinese.

– I giapponesi mettono i pixel sugli organi genitali, ma fanno fare cose pazzesche. Ho visto una tipa farsela coi polpi.

– I shunga di Hokusai?

– Mai sentito.

– È un pittore. A lui s'ispirò anche Rodin.

Tra borse di studio e lavoro, Fabiana aveva tagliato il traguardo che s'era prefissata sin da bambina: indossare il camice bianco. Fu una delle prime cose che mi confidò durante le nostre passeggiate nel libeccio primaverile, aspettando un autobus che non passava e che sembrava congiurare all'esternazione di lunghe confidenze. Aveva scelto radiologia perché era il settore meno ambito dai futuri medici, piú terrorizzati dai raggi X che dalle malattie del mondo. Invidiavo il principio stesso del suo futuro lavoro da radiologa, guardare nelle persone e riconoscere dal semplice calco di una lastra il bene e il male. Era rassicurante: in fondo finché Fabiana fosse rimasta con me, sarei stato al sicuro, dalla parte del bene.

Di notte prestava guardie mediche volontarie in un pronto soccorso di periferia. I racconti dei suoi turni in ospedale erano pieni di immagini edificanti: abbracciava le anziane sole e spaurite, cambiava le flebo, rincuorava i moribondi. Spesso però s'indignava per la cialtronaggine dei colleghi.

– Mi trovo sempre a fare i turni con uno chiamato «il Calzolaro», che scambia le siringhe per chiodi e le braccia dei pazienti per suole. Tra i barellieri c'è chi dice «autopsia» invece di «operazione», cose da matti.

Con la curiosità alimentavo quei racconti, cercavo strani aneddoti, conferme alle leggende metropolitane, tipo uomini ricoverati con lampadine nel culo, donne con grossi cani incastrati dentro e simili amenità.

– Ma dove le senti queste cose? – mi domandava con occhi sgranati e una lieve aria di rimprovero.

Per Fabiana l'ospedale era lavoro, lotta, terreno di aspirazioni e delusioni; io ci vedevo il set di un film della GGG di John Thompson, un signore tedesco che faceva vestire da infermiere le eroine dei suoi gonzo pornografici.

Il primo bacio fu all'uscita di un cinema d'essai, passeggiavamo lontani dal centro, in un luogo lunare. Mi stavo facendo spiegare il film, un assurdo lungometraggio iraniano, e lei con remissività si lasciava accarezzare la pelle del viso illuminata dal riverbero dei lampioni. – Si sa, certi film non finiscono –. Suggerí che ci sono anche altre cose che non finiscono, oltre ai film iraniani. Lí decisi di baciarla, entrando nella sua bocca di lingua, denti e palato. La saliva che ci scambiammo era elettrica, i suoi organi interni sapevano di sangue e acqua salata.

Piú guardavo la forma della sua testa, la distanza tra gli occhi, il naso, l'attaccatura dei capelli, piú mi dicevo che ogni dettaglio tornava, si chiudeva il cerchio su un viso a me noto. Fabiana era identica a Flick Shagwell, un'attrice porno di seconda fascia, viso ovale, lunghe gambe che si congiungevano al prodigio del ventre, andatura un po' instabile sui tacchi che indossava nei filmetti dove non era mai la protagonista. Anche nelle gang bang di Anabolic, la serie in cui le migliori pornodive si univano a una dozzina di maschi, lei era sempre accompagnata da un'altra attrice.

Insomma Flick era una comprimaria.

Sulle copertine dei dvd che contenevano i suoi film non aveva mai avuto l'onore di un primo piano. Eppure nel suo sguardo si fondevano in parti eguali l'innocenza e la determinazione che sarebbero potuti appartenere a una dea campestre.

Forse fu proprio allora che capii chi cercavo, senza bisogno di ricorrere a medici o analisti: ogni ragazza che avevo corteggiato, frequentato, protetto, custodito, covato, lasciato, anche solo desiderato per una volta, era stata sublimata dall'immagine fisica di un'attrice porno.

La reperibilità dei film hard era notevolmente migliorata, eravamo distanti dai giorni in cui correvo ad appostarmi dietro le edicole o nelle aiuole di facoltà. Era passato qualche anno da quando il tizio col bastone mi aveva iniziato ai locali, ma nel porno si trattava di ere geologiche.

Quando conoscevo una ragazza, compulsavo l'enciclopedia virtuale Internet Actress Film Database – IADF.COM conteneva decine di migliaia di schede e filmografie dettagliate – in cerca della mia eroina. Una sera m'imbattei in uno dei primi film di Flick Shagwell, *Porno Boot Camp* di Robert Black, un regista misogino e crudele. Flick veniva rinchiusa in un campo di addestramento, ricoperta di fango e malmenata a sangue da luridi bastardi. Non si era mai concessa cosí a fondo. Ricordo che piansi come fosse stata davvero Fabiana nel suo camice bianco lordato da uomini senza maniere.

Internet aveva schiuso una voragine, le prime connessioni lente vennero man mano rimpiazzate da quelle veloci, e nelle prime comunità virtuali chiamate «newsgroup» incontravo fanatici come me. Gli annunci che un tempo sondavo su «Porta Fottese» ora li trovavo nelle community. Bastava avere un nickname e potevi chiacchierare per ore con sconosciuti da un internet point di San Lorenzo. Ero ossessionato da una ragazza di Sorrento. Ci eravamo raccontati le nostre mille vite immaginarie, finché un giorno lessi con stupore che aveva cambiato la frase di benvenuto nel suo profilo. «Mi chiamo Clara e quando sono triste mi fa compagnia il mio cane molto grosso».

– Di che razza è?

– Un alano.

– Perché nel tuo annuncio di presentazione ti soffermi su questo particolare?

– Perché amo gli uomini fedeli.

– Ti andrebbe se c'incontrassimo, finalmente?

– No, non piaci a Platone.

– Chi è Platone?

– Il mio cane.

Io e Fabiana prendemmo una casetta nella periferia romana dove secondo negozi e agenzie immobiliari tutto era centro, ma il cuore sussurrava l'esatto contrario davanti ai casermoni distanti un chilometro da un trenino metropolitano sovraffollato e con sedili sfasciati risalenti agli anni Trenta. Dopo le sette di sera diventava impossibile camminare senza sentirsi sotto tiro.

Per Fabiana una casa assieme era un piccolo sogno, un progetto, un esperimento della vita adulta che si schiudeva davanti a noi. Per me fu soprattutto una connessione stabile. Niente piú pakistani e indiani con l'aria severa che sbirciavano il mio documento nei loro claustrofobici internet point, consci che ero lí a peccare.

Tutto ciò che orbitava attorno al porno aveva a che fare con luoghi chiusi, spesso in quartieri fetidi, con ceffi patibolari che presidiavano gli ingressi. Cinema, edicole, sexy-shop ammantati da un odore di carbone, urina e alloro erano distillati in ogni quartiere con precisione scientifica. Ognuno sorvegliato dal dio vergogna, una vigile divinità che non permetteva di usufruire di quell'ebbrezza che dona guardare le cose perturbanti ma proibite. L'arrivo di internet invece era stato una rivoluzione: i rivendigliuoli di cose porno chiudevano, si trasformavano in chioschi, poi in bancarelle, infine si riducevano a sparute occasionalità da mercatino. Siti come PINKWORLD o DRBIZZARO aprirono una voragine e questa voragine incominciò dal lessico, perché non esiste mondo senza linguaggio. Nascevano parole che davano forma al contenuto, dal Giappone il termine «bukkake», dall'America la parola «milf» e dalla Gran Bretagna «bondage», e dal porno poi entrarono nell'uso comune. La tassonomia era rigorosa, i pornografi divennero per incanto accurati come i botanici del Medioevo, catalogatori e didascalici, perché cercavano di dare a ogni perversione un nome, a ogni ossessione una categoria, e a ognuna di esse un dominio internet.

Restando a casa potevi ordinare quei film che non avevi il coraggio di chiedere all'edicolante, bastava un clic, e il numero della carta di credito, a volte neanche quello quando da qualche parte compariva la parola «contrassegno».

Ordinai *Mai dire mai a Rocco*, *Lex l'impalatore* e *L'autobus del sesso. Ultima fermata Sandy* e qualche altra dozzina di dvd. Il pacchetto si fece attendere.

La gioia del porno è l'istante che precede l'ingresso in scena della tua eroina, i titoli di testa, o la breve descrizione nelle stringhe di ricerca. Stordimento, batticuore, primavera fiorivano dentro di me al pensiero di ciò che mi accingevo a vedere, mentre il computer si illuminava di opercoli neri e bianchi, creando nella spasmodica attesa di Erika Bella o Laura Angel la felicità piú piena.

E questa gioia si moltiplicava per dieci, venti, trenta, per tutti i dvd che avevo ordinato.

Le scene porno fosforeggiano nel buio come gli spiriti nelle case abbandonate: non li vedi, ma li senti aleggiare nella fantasia che vorresti condividere. Se fosse possibile fotografare lo stato d'animo del sesso pornografico, assomiglierebbe a una libellula, soave e leggera da lontano, un orrendo bruco sollevato da ali trasparenti quando tutto è finito. La salvezza era nelle ali trasparenti, prolungarne il battito il piú a lungo possibile. E quel battito, quelle miracolose membrane di cellule invisibili, poteva essere soltanto un dettaglio, un reggicalze, un corsetto, una promessa.

Il giorno in cui il campanello suonò, avvertii il rumore fin dentro le ossa, Fabiana in una vestaglia bianca corse ad aprire, mi parve un fantasma. Non erano i miei film, ma un sacerdote che voleva benedire la casa. Mi rimase il sospetto che Fabiana avesse intercettato il mio pacco per distruggerlo, o per farne un uso personalissimo. Per mesi mi consolai immaginandola sola in una stanzetta d'ospedale mentre guardava Rocco Siffredi e Sandy Balestra in una popolare scena davanti a un lavandino, toccandosi tra le gambe con il viso rischiarato nell'oscurità come la maschera di una divinità ancestrale.

Continuavo a collezionare lavoretti e a non studiare. Senza osare esplicitarlo a me stesso contavo su Fabiana, il futuro medico in famiglia. Mi bastava avere spazio per seguire il calcio la domenica, tirarmi una meritata ciucca ogni tanto, e qualche altro vizietto che col tempo mi stava prendendo la mano.

Tornavo la sera con qualche ricordino delle partite allo stadio, un occhio nero, un graffio dietro al collo nel punto preciso dove i barbieri decidono di far cominciare la nuca, oppure…

– Dove sei stato? – mi chiese una sera prima della cena, seduta con le gambe accavallate. Era in sandali e pantaloncini, le guardavo le caviglie e ciò mi bastava a far cadere ogni velleità di mentirle.

– In un night club.

– Alle quattro di pomeriggio?

– Alle quattro. C'era Milly D'Abbraccio, ma è successa una cosa incresciosa, non le piace essere toccata dagli spettatori, è stato deludente.

– Dài, dimmi la verità.

– È la verità. La D'Abbraccio era inorridita.

– Puzzi di alcol, hai bevuto. Sai che non mi arrabbio, ma devi dirmi la verità, – i suoi occhi nei miei.

– All'Élite fanno il migliore vodka tonic di Roma.

– Andiamoci insieme, all'Élite.

– È un locale di spogliarelliste, amore. Le ragazze non possono entrare.

– Che scemo che sei!

Allo storico Élite di via Sicilia avevo iniziato ad andarci sulla scorta delle pubblicità dei numeri erotici. Aspettavo che Fabiana andasse a letto per sintonizzarmi su quei canali dove le migliori pornostar italiane invitavano a chiamare e a intrattenersi con loro al telefono, o – appunto – ad andarle a trovare all'Élite. Tenevo il volume basso, la luce spenta, sulle pareti si diffondeva il riverbero azzurrognolo del televisore. Mentre seguivo la languida attricetta di turno che indugiava in pose sexy, mi dicevo che era da idioti chiamare quei numeri truffa, mai sarei caduto in un simile tranello.

Divenni però un frequentatore assiduo dell'Élite. Molte delle divette che si esibivano lí mi chiamavano per nome. Feci amicizia persino con le guardie giurate delle banche intorno a via Veneto. Anche per loro l'eldorado di quelle lunghe giornate monotone aveva la forma di un'insegna al neon: ÉLITE.

Alle tre del pomeriggio, caffè corretto al bar del Chiacchierone. Parcheggiati come bestie assopite da cibo e sole, a due passi dalla stazione dei taxi di via Boncompagni e dalla metro di Barberini, aspettavamo di sentire lo stridio delle rotelle sull'asfalto. – Stanno arrivando! – bisbigliavano gli avventori del bar, mentre gli impiegati in pausa accorrevano, mescolandosi agli sfaccendati di lungo corso. I nostri occhi puntavano via Veneto: la strada era affumicata dal traffico, c'erano gazebo di plexiglas e dentro turisti, spesso asiatici e nordamericani, raggirati dai soliti buttadentro. Da via Veneto salivano donne che sembravano impiegate o studentesse, tiravano trolley enormi che producevano quel borbottio sul selciato. Il locale era nello stesso palazzo della polizia, però nel sottoscala; si entrava dal cancello di ferro arrugginito di un vecchio teatrino. Lí, nei loro profumati camerini, le ragazze si cospargevano d'olio, s'infilavano tanga e oscene zeppe di plastica con cui stuzzicare la fantasia di noi mediocri.

Gli spettacolini erano sempre gli stessi: spogliarello e sortita in mezzo al pubblico per farsi toccare. I corpi delle ragazze erano duri e untuosi, olio di loto, credo, o qualche altra essenza che ci mandava in deliquio.

Certe volte mi sorprendevo a immaginare che la stupefacente creatura di turno scendesse dalla pedana dopo aver fatto cadere i suoi vestiti, accompagnata dalle note sensuali della hit del momento, fendesse la canea di maschi eccitati e venisse da me. Non avevo una banconota da infilarle nel perizoma, ma lei questo lo sapeva già.

– Portami via, – avrebbe detto con occhi luccicanti nella nebbia dolciastra del fumo artificiale. E con occhi altrettanto lucidi io le avrei sussurrato: – Salvami! – (sospettavo che salvarsi a vicenda fosse il finale che ogni maschio arroventato dal desiderio impudico covava).

L'immaginazione non si fermava lí. Il dialogo con la stripper continuava.

– E chi sei?

– Sono un uomo.

– Che lavoro fai?

– Vivo.

– E di che?

– Basta poco. Vorrei chiederti una cosa.
– Sentiamo.
– Posso chiamarti Fabiana?
– No, non puoi. Io sono Flick, Flick Shagwell.

Ai genitori di Fabiana ero simpatico. Non potevano sospettare chi fosse il futuro genero e su quali presupposti anomali si basasse la sua relazione con la loro amata figlia. Aiutò molto il mio aspetto da bravo ragazzo, poca peluria sul viso, assenza di tatuaggi, una scriminatura dei capelli da giorni di festa e i tratti del viso infantili.

Comparivo in Sicilia nelle vesti improbabili di un damerino, pantaloni stretti, camicia con il colletto enorme, giacca di almeno una misura piú grande. Una volta avevo provato a mettere una cravatta, convinto che servisse a farmi prendere sul serio. Fabiana incoraggiava la mia falsa attitudine a vestirmi da cascamorto di città.

– Mettere la cravatta implica lo stesso sforzo di mettere la sciarpa per vedere la Juve, – mi disse.
– Non so farmi il nodo.
– Quando sei nato non sapevi camminare e parlare e ora, vedi, corri e hai la lingua lunga.
– Ti amo.
– Anche io, – mi gettò le braccia al collo.
– Ti amo come la somma di una legione di soldati romani. Cinquemila maschi.
– Cosa vuoi? – sorrise.
– Se ti chiedessi d'indossare un reggicalze tu lo faresti?

Quando Fabiana aveva giurato con le parole del saggio Ippocrate mi ero detto che finalmente avrei potuto comprarle un paio di calze bianche con la riga dietro, da abbinare al camice che le scendeva giusto all'altezza del ginocchio. Ma poi non avevo trovato il coraggio.

– Martino, piantala, – tornò seria.
– Sai almeno cos'è un reggicalze?

– Lo indossava mia madre. Le autoreggenti mi stanno scomode.

– Le autoreggenti non sono il reggicalze.

– Non so, mi sembra una cosa da donne grandi.

– Se lo metti, indosso una cravatta.

– Ma non so neanche dove cercarlo.

– Te lo procuro io.

– Vedremo. E comunque in Sicilia non fare mai questi discorsi con altre persone... tu sei il tipo che se ne esce davanti ai miei con la storia del reggicalze.

In estate, quando c'era da dare una mano nei campi mi presentavo in tuta azzurra acetata, un cappello di carta e la visiera di plastica con la scritta: GIRO D'ITALIA.

– Sembri un profugo, – mi prendeva in giro Fabiana.

Non poteva sapere che ero vestito come i maschiacci delle pellicole anni Novanta del Rocco Siffredi fan club.

Mi arrampicavo sugli alberi per battere le mandorle con una canna, finché non sentivo qualcuno protestare da sotto perché colpito dai gusci. C'era un che di liberatorio e pagano in quel gesto, in fondo i miei avi erano balcanici, avevano vissuto in mezzo alle montagne adorando divinità astruse. Mio nonno – scuro, cisposo, ossuto, alto e dotato di una forza che serbò fino agli ultimi giorni della sua vita, morí cadendo dal balcone di casa che stava pitturando a novant'anni suonati – mi aveva trasmesso il suo cognome e nessun carattere. Raccontava strane storie di famiglia su avi straordinari che si erano battuti con le fiere, entità sovrannaturali e forze demoniche, uomini capaci di scolpire le montagne e costruirci un villaggio. Diceva che si erano piegati ai fascisti solamente perché gli italiani facevano un buon caffè e avevano donne dispensate dalla vecchiaia. «Le donne italiane sono asine e le albanesi cagne», farneticava, mentre copiavo i compiti di qualche amico piú bravo di me.

Osservavo devoto i fuscelli carichi di frutti. Quando erano in attesa della battitura somigliavano a ovali di smeraldo. Una volta raccolti li avremmo distesi sulle sporte di paglia, al sole si sarebbero asciugati, crepati e spogliati della buccia divenuta grigia e disidratata. Solo allora avrebbero lasciato spazio al frutto, chiuso nel suo guscio color terracotta.

La mia futura suocera s'adombrava mentre fissavo l'orizzonte nelle domeniche pomeriggio. Era una donna che mostrava piú anni di quelli che aveva. La vita nei campi le aveva scavato rughe enormi sul viso. Mi faceva pensare a Christy Canyon, l'eroina della Golden Age che senza le iniezioni di botulino sarebbe ancora segnata dalla sua vita nel cinema porno, perché il porno è una guerra, e come ogni guerra ti lascia i segni addosso.

I miei lavori cambiavano di continuo, capitava sempre che combinassi qualche pasticcio: dimenticare i turni, presentarmi in un posto piuttosto che in un altro, o addormentarmi dietro al bancone di una discoteca dov'ero stato assunto per servire drinkacci ai clienti.

In quegli anni fui operatore telefonico, lavapiatti, cameriere, commesso e per un breve periodo riuscii addirittura a essere assunto in una vera azienda. Fabiana ne fu entusiasta. Parlò subito di sposarsi, avere figli, acquistare una casa, progettare vacanze, prenotare aerei low cost, ma di reggicalze neanche l'ombra, mentre io avevo iniziato a indossare le cravatte.

Al lavoro mi ritrovai a scalare in fretta le gerarchie, piú per inettitudine dei colleghi che per meriti reali. Compilavo tabelle Excel tutto il giorno, tenevo contatti in Cina con uno che faceva il mio stesso mestiere e confrontava via cavo i numeri. Quando rientravo avevo solo voglia di mangiare un boccone e addormentarmi. Mi ripetevo che quella vita faceva schifo, perciò quando mi misero in cassa integrazione non lottai, rifiutando di piegarmi alle consuetudini di chi si aggrappa a tutto pur di restare: delazioni, minacce, vertenze.

Fabiana non la prese bene, mi fece una scenata a cui non ero abituato. Per la prima volta il termine «cialtrone» proferito dalle sue labbra si adombrò di un contorno fosco. Da anni perdonava le mie bravate, venivo trattato con la pazienza e la tenerezza di chi merita compassione. Ma negli ultimi tempi si era fatta piú esigente (anche se continuavo ad amarla come cinquemila soldati in marcia lontani dalla loro donna). Pretese che trovassi subito un altro lavoro all'altezza, mentre io mi sarei accontentato di qualche chiamata nei ristoranti o al baretto di quartiere. E cosí ripresi il pellegrinaggio: il curriculum in busta e l'attesa per un colloquio davanti a una segretaria con lo sguardo abbrutito dalla routine.

– Lei non ha conseguito un titolo di studio qualificato, è fermo alla maturità, – mi disse questa donna che pur avendo una mise impeccabile, modello Saskia Steele in *Milf Riders* o in *Desperate Housewhores 1*, non possedeva quel lampo di complicità che avrebbe potuto precorrere un proficuo scambio di idee.

– Due esami e mi laureavo.

– Mah. Per me potrebbe anche aver fatto solo due esami.

– Insomma, sí.

– Sí, cosa?

– Forse sí, due esami, ma i piú difficili.

– Spiritoso... ha lavorato in bar, ristoranti, call center, un'azienda di revisione, imprese di pulizia... non c'è nulla di definito in questo curriculum.

– Preferisco la vaghezza.

– Grazie, le faremo sapere.

– Quando?

– Non era lei che amava la vaghezza?

Una volta tornai a casa tardi sotto l'effetto della «pelliccia» – cosí chiamavo le sbronze quando erano tanto colossali da sentirmi una seconda pelle addosso – e andai in bagno; mi sentii investito da una strana brezza sulla pancia, pensai che Fabiana avesse lasciato la finestra aperta. C'era una luce accecante, come un neon. Eravamo in estate, non poteva fare cosí freddo.

Il giorno dopo scoprii che la porta che avevo aperto era quella del frigorifero.

– Martino, il frigo è rotto, sta perdendo acqua.

– Come? – risposi con la testa ancora sotto il cuscino e un male di vivere che mi mangiava le ossa.

– Il frigo... sta perdendo acqua.

– Ci ho pisciato dentro ieri sera per sbaglio, mi sa.

– Amore perché inventi queste cose? Lo chiamo io l'elettricista, so quanto ti scoccia.

– Fabiana... ti prego, credimi, sono un essere orribile.

– L'unica cosa orribile è che inventi certe storie per non sbrigare le faccende di casa.

Capite perché l'amavo?

Ero quieto le sere che stavamo entrambi a casa, nei buchi tra un lavoretto e l'altro capitava anche di cenare insieme.

La tavola imbandita di verdure al vapore, pane abbrustolito, insalata di pomodori, una fetta di carne impanata e la brocca con l'acqua del rubinetto. La tavola era un banco bianco che allungandosi ci dava l'illusione di un tavolino da bar, sedevamo su due sgabelli. La cucina era talmente piccola che eravamo costretti anche noi a farci piccoli.

Una sera Fabiana cominciò uno strano discorso su due suoi amici che mi erano parsi interessanti solo perché assomigliavano a Renee Pornero e Erik Everhard, figure che in quel periodo erano sugli scudi nei miei pomeriggi.

– Irma e Giacomo si vedono cosí poco.

– Vivono uno a Nord e una a Sud, lavorano, costa viaggiare.

– Mi ha detto Irma che insomma... non va tanto.

– Cosa?

– Non c'è piú la passione di un tempo.

– Mi sembra normale, costa assai farsi Sicilia-Milano.

– Martino, non capisci? Non stanno facendo l'amore.

– Da tanto tempo? – Parlavamo di loro, ma forse anche di noi.

– Troppo.

Fabiana si era alzata con uno scatto, sembrava nervosa. Gettò i residui del piatto nella spazzatura.

– Non mangi?

– Non ho fame.

Mi alzai anch'io e le presi il polso da dietro, le sciolsi la coda e le afferrai i capelli, tirandola a me. – Amo quando hai il cibo tra i denti.

– Fammeli lavare prima.

– No, perché?

Le baciai il collo, la spinsi contro il muro, ma lei continuava a parlare.

– Martino, ci ho provato, sono entrata in un negozio, mi sono messa quelle cose che ti piacciono, mi sono vista buffa, non fa per me.

La lasciai andare in bagno dove si sciacquò i denti col collutorio.

– Vatti a lavare i denti anche tu, – disse uscendo.

Obbedii, e mentre mi sporgevo sul lavandino pensai a quel nuovo sito a pagamento dove ragazze bellissime si lavavano i denti e facevano giochi con la schiuma del dentifricio. C'era gente che pagava per quella roba, chissà, se fossi nato femmina avrei potuto farlo anche io, mettermi davanti a una telecamera con uno spazzolino.

Subito dopo cominciò un sesso stanco, impiegatizio, eravamo nudi sulla brandina degli ospiti perché le lenzuola del letto erano pulite, l'aura del sesso come sporcizia ancora ci ammantava.

Era tanto che non accarezzavo Fabiana, che non entravo dentro di lei, non vedevo l'ora che tutto finisse, ero terrorizzato dal senso di morte che sarebbe seguito al coito, eppure l'amavo, sapevo che senza di lei sarei stato spacciato. Non so da cosa mi tenesse lontano, forse era meglio non saperlo.

Accarezzavo la sua pelle che era asciutta e scabra, diversa da quella unta delle donne all'Élite, e il solo accarezzarla mi procurava eccitazione e tormento.

– Ti amo, – ci dicemmo senza convinzione. Le mie dita si avvicinarono al centro del suo culo, finché un indice non sfiorò lo sfintere; ebbi una scossa talmente violenta che osai, continuando a indagare. Si mischiavano umori e odori ed era un profumo buono.

Reagí male, vidi una ruga sulla fronte che annunciava battaglia.

– Che fai? Anche tu ce l'hai con il mio culo.

– In che senso «anche tu»? – le chiesi, mentre si metteva seduta di spalle sul lato della brandina.

– Secondo te non ho mai avuto uomini prima?

– Hai detto «anche tu»...

– Martino, in culo no.

Mi guardò con rabbia, ma subito la rabbia si mutò in spavento.

– Cos'è quello sguardo? Sei geloso?

– L'hai fatto con altri? Dimmelo, ti prego.

– Martino, mi fai paura, ma con chi dovrei tradirti? – le tremava il labbro, teneva il capo piegato, i capelli le coprivano il viso, la pelle che s'intravedeva luccicava come quella di una creatura aliena.

– Ti prego, se lo fai con un altro...

– Non ci credo, sospetti di me...

– Mi fai guardare?

Fabiana strabuzzò gli occhi. – Guardare? Ma che cazzo dici?

– Se vai con altri maschi... insomma, voglio guardare –. Lei adesso era in piedi, io seduto, i capelli furono raccolti con un elastico e il viso di nuovo scoperto mostrava un'espressione di disagio e stupore.

– Martino?
– Questi che ti hanno chiesto il culo...
– Martino, risalgono a prima che ti conoscessi! Tu... vorresti vedermi con altri?

Fabiana rientrava dal tirocinio in ospedale sempre piú stanca, lavorava tantissimo, il viso aveva un pallore argenteo. La pelle ambrata, i lunghi capelli bruni, i denti marmorei che le baciavo ogni mattina e gli occhi grandi erano ormai un ricordo. Forse un male che non conoscevo la stava consumando, ma ero troppo concentrato sull'elaborazione dei miei fallimenti per capire cosa fosse.

Inseguivo una nuova ossessione che costava il biglietto di un autobus. Saltavo sul 135, un mezzo che percorreva la Salaria, una consolare a doppia corsia, lunga e stretta, che legava le migliori zone di Roma Nord al GRA, soltanto per guardare le pattuglie di ragazze seminude che affollavano le fermate. Mentre l'autobus le sfiorava, io restavo seduto con il viso incollato al vetro. Avevano volti diafani e truccatissimi, corpi sottili, cosce bianche, sopracciglia disegnate con la matita e capelli stretti in una coda. Mi guardavano in modo strano, dovevo far loro orrore, quanto i cingalesi, i rumeni e i maghrebini che scendevano rabbiosi per prenderle al di là del guard-rail. Non sarei mai andato con una di loro, eppure mi drogavo degli sguardi adescatori che esprimevano una profonda ferocia. Non c'era nulla di sensuale nei loro occhi, solo un sentimento di ripulsa.

Mi vergognavo di confessare a Fabiana una simile infamia, sapevo che erano donne sfregiate dallo sfruttamento, ma ciò che mi costringeva dentro quell'autobus erano le facce dei maschi che scendevano per poi sparire dietro le barriere di argilla, nella campagna circostante. Quanto accadeva potevo solo immaginarlo, non osavo avventurarmi. Lo feci solo una volta. Trovai in una rada di erbacce e preservativi una sedia da mare con le molle rotte e arrugginite, i fili di ferro a vista. Fu lí che sentii una voce stridula. – Stai attento al trono, – mi ammoní un uomo vecchio, la pelle rossa, la giacca di cartone e uno stuzzicadenti che danzava sulle labbra annerite.

– Il trono?

– Quando una mignotta ti porta là per venti euro c'è qualche sua complice zingarella che ti svuota le tasche dei pantaloni, tu stai con gli occhi al cielo e invochi mamma e madonna e quelle ti ripuliscono le palle e i pantaloni. Statti attento alle mignotte di questa zona, son tutte zingare e ti vogliono tutte fare le pompe al trono.

– Non cerco niente.

– Dite tutti cosí –. Poi sputò lo stuzzicadenti e si coprí la bocca con la mano, e vidi comparire tra le sue falangi una dentiera.

– Se mi dai dieci euro te ne faccio uno migliore e non ti fotto il portafoglio.

Un pomeriggio mi capitò una curiosa avventura mentre camminavo nel parco di Villa Ada. Ci andavo quando ero al verde e senza un lavoro, la smania di non essere all'Élite andava sedata. Passeggiavo lungo i sentieri di selce, tra le radici delle roverelle e le querce che prorompevano. Scendevo in minuscoli passaggi, tra il maneggio, l'ambasciata d'Egitto e l'ingresso del vecchio bunker dei Savoia. In un sentiero piú sepolto di altri, con pochissimi fanatici di jogging o mountain bike, mi parve di sentire tra i cespugli un rumore sospetto. Temevo una bestia, e invece dalla boscaglia spuntò un uomo con un marsupio nero, i capelli grigi e la faccia liscia, sudata. Poi una donna in bici.

L'uomo sparí subito, la donna invece continuava a guardarmi, aveva la faccia deformata da uno strano ghigno e il naso schiacciato da pugile; il fisico era quello di un'atleta, mascolino e nodoso, messo in evidenza da pantaloncini e top.

– Vuoi farti un giro?

– Io?

– Sí tu, e che sto a parla' con l'albero? Fuori di qui fa cinquanta, dentro venti.

– Un giro con la bicicletta?

– Sí, al circo Togni... Ma che scopa' si dice bicicletta al paese tuo?

Lo raccontai a Fabiana la sera stessa, era divertente, almeno io ridevo. Lei invece stava in silenzio. Eravamo a tavola e non aveva toccato niente, la forchetta ancora sul tovagliolo. Lo sguardo smarrito, il pallore intenso e un sorriso amarissimo.

– Martino, volevo dirti che mi sto vedendo con un altro uomo.

C'era uno strano timbro sulle ultime due sillabe. Pensai che il male si nasconde nei dettagli semantici, e dunque nella parola «uomo», declinata con il pudore fabianesco che mi aveva fatto innamorare anni prima. Quel pudore che si nutre di ingenuità e tenerezza.

Si trattava del primario del suo reparto e mentre lo ammetteva, aprendo scenari nuovi nella mia immaginazione, mi convincevo di conoscerlo. Era uno di quelli che saltava nel fosso intorno alla Salaria, uomini che guardavo con riprovazione.

Una strana atarassia s'impossessò di me. Volevo andare a letto e dormire, svegliarmi il giorno dopo e scoprire di aver solamente sognato.

– Non riesco a capire chi sei, – aggiunse, – se quando dici certe cose scherzi o fai sul serio.

Non avevamo la forza di stare vicino, ai lati opposti del tavolo della cucina come due estranei. Cercai di dirle un po' di verità.

– Dipendo da questi piccoli capricci, ma è un gioco, mi serve anche a farti sorridere.

– Sorridere perché parli con le puttane? Ma con chi pensi di avere a che fare?

– Sai come sono fatto.

– No, non lo so, a volte penso di non saperlo, non so che obiettivi hai, e stiamo insieme da tanto tempo.

– Amore, dipende da come gira.

– Dipende da come gira, – ripeté con la mia stessa intonazione. – Ma che significa «dipende»?

– Appena mi risistemo mentalmente, trovo un lavoro un po' piú stabile.

– Martino ce l'avevi un lavoro, e quando l'hai perso ti sei lasciato andare. Sembra che ti piaccia tornare indietro. Ti ho conosciuto che vendevi telefonini, parevi uno che veniva dal futuro, e adesso guardati, tagli la pizza due volte alla settimana da un egiziano e mille altri lavori che dio solo sa cosa sono. Non sei peggio di tanti altri, potevi avere un posto fisso. Potevi essere un uomo.

– Forse non è la mia ambizione.

– E qual è? Dimmi, Martino, qual è la tua ambizione?

– Sono soddisfatto cosí… i miei giri… poi ci sei tu.

– Martino, ti sto dicendo che mi vedo con un altro. Guardati le mani, hai ancora la pasta cruda della pizza addosso.

Sí, aveva ragione, sui polsi e sugli avambracci c'erano acqua e farina, e per me valevano come un tatuaggio. In fondo era avvenuta la semplice selezione naturale, uomo piú forte schiaccia uomo meno forte. Il darwinismo sentimentale sa essere piú spietato di quello animale. Ero uno che dipendeva dalla sorte, che non chiedeva di meglio che affidarsi al caso. Mi guardai le mani, cercai con imbarazzo di grattare via la pasta appiccicata, il segno sulla pelle che certificava la fine del nostro amore.

L'elfo del bosco magico

Smarrii gli esercizi della quotidianità fabianesca, la sveglia assieme, il primo furtivo aggiornamento della porn-list mentre lei era in bagno, il ritorno a casa, quella mezz'ora in cui lei già dormiva e io guardavo sui canali privati la Venere Bianca alle prese con le telefonate dei lupi mannari, ritrovarsi nel letto accanto al corpo caldo e pallido del mio amore, addormentarsi al ritmo del suo respiro, per poi essere svegliati nel cuore della notte.

– Ho fatto un incubo... mi chiedevi di sedermi col culo sulla tua faccia.

– Non è un incubo, amore, è il mio desiderio da diversi giorni, te lo sussurro nell'orecchio mentre dormi.

Dopo la rottura mi confinai nella casa di un compagno dei tempi dell'università. Arrivai con le mie poche cianfrusaglie e presi posto in quella che credevo fosse la stanza degli ospiti – un bugigattolo ricolmo di computer scassati, impianti stereo anni Ottanta, televisori abbandonati, carrucole e altri aggeggi –, e che invece era la stanza del mio amico. Era stato buttato fuori dalla fidanzata, l'avvenente Giulia Scomode Verità, chiamata cosí perché diceva tutto quello che le passava per la testa.

Stipato in un letto da adolescenti, smisi di dormire per non baciare in bocca uno sgradevole essere sudato e russante. Giulia ci lasciava ogni sera con qualche perla di perfidia e dispetti di vario genere, come far sparire la carta igienica e gli spazzolini, o cucire insieme le maniche delle nostre camicie, salvo poi scaricare la responsabilità sulla donna delle pulizie. Peccato non ci fosse nessuna donna delle pulizie.

Un giorno comparve insacchettata in una tonaca da cui sbucava il collo affusolato che la faceva assomigliare alla eterea Cassandra Wild, una blondine nota per un'impegnativa scena di gruppo in un hangar abbandonato. Le stavo per chiedere se avesse intenzione di ripetere a breve simili prodezze, ma optai per un chiarimento sulla sostenibilità della nostra convivenza.

– Perché tutto questo? Non mi sembra logico quello che stai facendo e poi io non c'entro nulla.

– Le ritorsioni non sono mai logiche, sai che lui mi tradiva con un gatto?

– Ma come faceva? – le chiesi curioso.

– Era addestrato, l'ha visto fare in un porno.

Cosí Giulia instillò in me il dubbio di dormire con un pervertito. Prima di andarsene vergò una cartolina su cui campeggiava un cavallo. «La dimensione del vero amore è ben altra cosa rispetto a quella che mi proponi, addio».

Durante uno dei miei momenti di debolezza alcolica confessai al mio amico ciò che mi aveva raccontato la sua ex ragazza.

– Ti ha detto che mi do piacere col gatto?

– Per la precisione ha parlato di autoerotismo con l'ausilio di una sottiletta e della golosità del felino per la fetta di formaggio.

Grugní: – Ma è mostruoso, mi trovi capace di questo?

– Ti dispiace se da domani ti chiamo il Bestialista?

Non la prese bene, capii che era giunto il tempo di fare i bagagli.

Sulla mappa della città segnai una serie di circonferenze una dentro l'altra, facendo assomigliare la cartina di Roma a un grande bersaglio. Il metodo col quale cominciai a cercare la nuova casa. L'unico cerchio che potevo permettermi era il piú grande, quello che lambiva il raccordo anulare e conteneva i quartieri piú periferici. Fui la freccetta scagliata da un mediocre lanciatore e finii in un appartamento vuoto a Torre Maura, una borgata zeppa di rumeni e cingalesi a un'oretta di trenino dal centro. Il monolocale era in un condominio anni Cinquanta. Entrai strizzando gli occhi per la polvere. Nell'aria c'era puzza d'acqua putrida. Il proprietario mi sorrideva con il contratto in bella copia e l'assicurazione che i lavori nel palazzo sarebbero terminati in autunno. Eravamo a luglio.

– Però qui non c'è nessuno, – mi azzardai a dire. – E poi non ho visto operai in giro.

– È pausa pranzo.

– Ma sono le quattro!

– Sono stranieri e alcuni fanno il Ramadan, poi ci sono quelli dell'Est che vanno a mangiare con il loro fuso orario, insomma, che ne so, questi hanno imparato subito dagli italiani a non fare niente.

Il tizio che esplicava la sua visione geopolitica del nuovo mondo era piccolo, baffi sottili, denti sporgenti, i modi da impiegato di banca. Gli diedi retta, immaginai gli altri inquilini in ferie. Lui ne approfittò per farsi dare tre mesi di caparra piú uno di affitto.

Tornai da Fabiana a prendere le mie cose. Attraversai il vecchio quartiere, fruttaroli, baretti, locali per massaggi thai, parrucchieri cinesi, assembramenti di rumeni dagli occhi sospettosi. Tutto mi sembrava estraneo, come fosse la prima volta che camminavo per quelle strade. Sulla porta trovai le mie valigie, due borsoni e uno zaino. Fabiana era vestita bene, tailleur pantalone, orecchini con zaffiri, fard sulle gote pallide, che avrei voluto baciare ancora una volta.

– Ti ho preparato tutto, se ci sono altre cose puoi venire quando vuoi, ora ho qualche problema a farti entrare, – mi disse un po' titubante. Occupava l'esatto spazio tra l'intercapedine e la porta, come se non volesse che indovinassi alcun particolare della nostra vecchia casa dietro di lei.

– C'è il dottore? – accennai col mento, alzando appena la testa. Uno strano fenomeno: cominciai a vedere doppio, la rabbia e il rancore represso trovano bizzarri modi per consumarsi, un brivido, un mal di pancia, o forse soltanto un miraggio con tutte le cose che diventavano doppie e anche le parole di Fabiana si moltiplicavano dentro di me.

– Sí, – mi rispose e in quel «sí» c'era una sfacciata purezza, una lieve accondiscendenza. Sí. Sí. Erano frustate sanguinose.

– Solo questa roba? E i libri? – protestai. Volevo sentire quella voce che mi aveva sempre eccitato e ammansito, il tono di chi ha capito tutto e finge di non aver capito niente.

– Che libri?

– Ci sono libri miei, – protestai ancora. Volevo perseverare sull'orlo di quella casa tutta la vita, finché non mi avesse accompagnato in un rettangolo di terra e seppellito sotto un mare di magnolie.

– Quelli dell'università? – esitò. – Non sei un po' grande per rimetterti a studiare?

Non c'era piú complicità, ma recriminazione, gli occhi fissi su un punto indefinito lontano, laddove voleva che io fossi.

– Avevo dentro delle cose... diciamo essenziali, – e le guardavo i capelli, il colore mogano che s'era fatta, i riflessi che scintillavano in quella porzione del tempo in cui eravamo insieme e io glieli accarezzavo o semplicemente glieli afferravo in un pugno, le dita strette, e la felicità un attimo prima di venirle dentro, e poi creparle tra le braccia con certi sonni che sapevano di morte.

Cominciò a chiudere la porta con inesorabile bruschezza.

– Te li faccio trovare la settimana prossima, okay. Adesso devo andare.

– Non ci baciamo?

– Ciao Martino, buona serata.

Mentre la porta si chiudeva osservai una smorfia triste sulle labbra di Fabiana. No, Flick Shagwell non era mai stata cosí triste nei suoi film.

Raggiunsi con le mie carabattole la nuova magione. Trovai il selciato senza asfalto a duecento metri dai binari del trenino, intorno cantieri di palazzi in costruzione e detriti che un tempo erano stati vecchi edifici anodini come il mio. Girai a lungo in mezzo ad alcune baracche di lamiera, un paio di fabbricati in cemento che non ricordavo, finché mi ritrovai su un cumulo di macerie che corrispondeva vagamente al posto dove avevo siglato il mio accordo. Il palazzo non c'era piú: lo avevano abbattuto poche ore dopo che avevo firmato il contratto di affitto.

Un raggiro.

Alla caserma dei carabinieri, quando spiegai quello che mi era successo, sentii uno dei due appuntati commentare con il maresciallo: – Eccone un altro.

– E sapete chi è? – chiesi quando capii di non essere il solo.

– Tanto non lo mettono dentro per queste cose.

– Ma adesso che faccio? – e mi guardavo le nocche delle mani che non avrebbero scalfito il mento di un pupazzo di neve, figurarsi di simili ceffi.

– Non dovrei dirtele io queste cose, però fossi in te andrei a cercarlo. Dovete risolverla tra di voi.

Pesce grande mangia pesce piccolo, era la regola aurea, mai dimenticarla alle prese coi cravattati che si dicono uomini perbene e fanno cose in apparenza costumatissime.

Quando trovai un appartamento a Centocelle, in via delle Ciliegie, imparai a rimanerci dentro un secondo dopo essermi svuotato le tasche. Ma per mettere assieme i soldi da dare allo strozzino dovevo aumentare la collezione di lavoretti e subaffittare l'altra stanza.

Una cosa che non mancava a Roma erano i lavoretti nei ristoranti, paccottiglia di spelapolli in centro, dove ai turisti si riempiva il piatto di carne marcia. Imbandivamo tavolate di paste fredde rese lucenti dalla panna liquida e approntavamo verdure scongelate gratinate con il pane raffermo.

Lavorai anche in uno dei pub zona università, un posto atroce, dove tutto quello che avanzava nei piatti, dalle patatine ai würstel, veniva centrifugato e impastellato, poi fritto in un olio trasparente versato da bidoni di plastica e servito come la specialità della casa con il nome di «panfritto».

– Ma se qualcuno ingurgita 'sta roba gli scoppia il fegato, – facevo notare timidamente al proprietario, un cocainomane con la testa tonda e gli occhi cattivi.

– Sono giovani, a quell'età digeriscono pure le pietre.

Lavorando in nero spesso nemmeno venivo pagato. Una sera, dopo aver sgobbato tutto il giorno nel ristorante vegetariano piú chic del centro, noto per l'abilità dello chef nel cucinare bucce di patate, mi ritrovai a discutere con il padrone, un uomo grande e senza naso.

– Buonanotte.

– In verità devo essere pagato.

– Non sei stato già pagato?

– No.

– A me risulta di sí. Vedi, lo dice anche il mio registro.

– Le assicuro che non è cosí.

– Io qui pago sempre tutti. È vero?

Ci fu un «sí» muggito da una decina di miei colleghi, che facevano finta di essere impegnatissimi.

– Vabbè, ho capito, devo andare a denunciarla.

– Guarda che sono io che ti denuncio, e poi nessuno ti conosce, chi sei? Non è che mi stai fregando qualcosa? Io non ti ho mai visto. Ehi, voi, questo dice che stasera ha lavorato qui... lo avete mai visto?

– Noooo! – il coro fu unanime.

– E allora sapete che vi dico? – sbottai, girandomi attorno al collo lo strofinaccio che usavo per asciugarmi le mani come fosse un prezioso foulard. – Che voi di cucina non capite niente! Le bucce di patate, i miei nonni che morivano di fame, le davano da mangiare ai maiali.

Vagavo da un lavoro all'altro sempre piú convinto che «dipendente» fosse anche una disposizione dell'anima. Dipendente dal destino, dalle ubbie del tempo, dai potenti e dai furfanti...

Per fortuna esistevano gli strip bar. Dopo la rottura con Fabiana mollai l'Élite, troppi ricordi, e mi affezionai al Bluebelle, piú economico e ambiguo. Lo scovai negli annunci. Faceva prezzi speciali per studenti, e anche se ormai avevo l'età per mettere su famiglia, il tesserino universitario lindo e immacolato certificava quello che ancora ero agli occhi della burocrazia italiana.

Il Bluebelle era un cimitero degli elefanti per pornostar in disarmo e ragazzette dalla doppia vita a due passi dal rione Monti, quartiere di postriboli e cuore della nuova movida per romani e turisti con le tasche pieni di quattrini. Il locale era un grande loft diviso in tre parti dalla disposizione dei divani, vecchi arnesi le cui stoffe erano crivellate dai buchi delle cicche. Ai lati della pedana in legno, che scricchiolava sotto i tacchi delle dive, una mezza dozzina di pali per goffe lap dance. La platea accoglieva pouf e sofà dalle fantasie bizzarre, tigrato, leopardato, zebrato. Una parodia dello zoo, dove a dominare era però il lupo mannaro.

Internet e il boom della prostituzione a prezzi modici rendevano naïf passare un pomeriggio su un divanetto a guardare qualche ragazza dell'Est che si spogliava con aria afflitta e si faceva sfiorare la pelle intrisa di olio. Ormai certi spettacoli piacevano soltanto ai vecchi. L'ammiraglio, ad esempio. Un tizio sulla sessantina con radi ciuffi di capelli grigi intorno alla calvizie e una vasculopatia che gli infiammava il viso non appena una delle sexy star gli saliva sulle ginocchia. A causa del colesterolo poteva consumare solo succo di frutta.

Quando le ragazze battevano la fiacca, saliva in cattedra per raccontarci i bei tempi andati.

– Ne ho viste tante qui, ragazzetto, ma ormai è finito tutto. Voi ve li fate a casa gli spettacoli.

– Grazie per il ragazzetto, ma veramente… – e gli dissi i miei anni.

– Avevo già fatto il Libano alla tua età e me ne stavo andando in pensione. Ti facevo piú giovane, – e mi squadrò per un attimo. Poi riprese: – Sai che qui veniva a ballare un ministro vestito da donna?

– Come una pornostar?

– Sí, riempiva gli spazi tra uno spettacolo e l'altro.

– Moana, Cicciolina… le ha conosciute?

– Erano amiche, le ho palpate piú io che i loro uomini. Qui una volta fece lo spettacolo anche Bodil Joensen. Avresti dovuto vederla, una dea scesa in terra.

– La conosco! – intervenni entusiasta.

– Una modella danese, bellissima.

– Era parecchio estrema, vero?

– Estrema? Faceva uno spettacolo con il suo cane. Venivano chiuse le porte, la gente si menava per toccarla…

E mentre immaginavo Bodil aggrovigliata al suo alano nero, cresceva il disappunto per non essere all'altezza di un locale che aveva ospitato simili personaggi.

Nelle serate migliori la pedana del Bluebelle era calpestata da ragazze straniere che recitavano la parte trasgressiva senza grande applicazione, a volte seduttive, a volte sguaiate, raramente seducenti. Scendevano tra i divani, si facevano accarezzare, poi andavano via, lasciando la ribalta a quella che Mimmo, il proprietario, chiamava «carne da cannone»: ragazze meno avvenenti che di giorno facevano la vita in qualche tugurio lí vicino. Spettava a loro portare i polli dentro una stanza e sfilargli un cinquantino in cambio di un casto balletto. Si facevano offrire da bere: piú i lupi mannari bevevano, piú loro macinavano una piccola percentuale. Di giorno adescavano attorno alla stazione Termini, da lontano sembravano turiste, studentesse, governanti o tutt'al piú zingare perdute in divagazioni metropolitane, ma mai mignotte. Si salutavano a distanza con gesti convenzionali, spingevano i gonzi nelle tane per sveltine su sofà o letti bucati, tenevano ordinatamente sotto il letto un secchio per i preservativi usati e uno per i fazzolettini, poi la sera indossavano la divisa del Bluebelle, tanga, top e zeppe di plastica trasparente.

Mimmo non aveva una grande considerazione della gente che lavorava per lui. Me ne resi conto quando decise di offrirmi un lavoretto, l'ennesimo: il controllo cassa del bar. Ovvero, spiare in segreto il barista e prendere nota di ogni scontrino che non batteva. Un lavoro da infami.

A Mimmo ero piaciuto sin dai primi mesi della mia frequentazione del Bluebelle. Non disturbavo, davo corda alle sue paturnie, mi prestavo a piccoli favori. Lui in cambio offriva giri di whisky, mettendomi a parte dei mille problemi che gli dava il locale. Sapeva che avevo bisogno come l'aria di soldi, e aveva capito subito che ero il classico tipo da poter sfruttare.

Il presupposto per il nuovo lavoro fu ciò che Mimmo chiamava «l'Inculé».

– In Italia esiste il campionato dell'Inculé, vince chi si fa fregare di meno, e mister Mimmo non si fa fregare facilmente.

– Inculé?

– Lo prendi sapendo di prenderlo, lo dai sapendo di darlo per primo. Ti basta come spiegazione?

Ex calciatore mediocre di serie B riciclatosi nel giro dei locali notturni, Mimmo Spadafora era un personaggio dai contorni ambigui: chioma bianca, stivale da cowboy, sessuofobico e con atteggiamenti paranoici. Di recente aveva maturato il sospetto che anche le ragazze delle consumazioni intascassero di nascosto una bella fetta di guadagni.

– Hai il personale al completo, – ironizzai, quando mi confidò i suoi sospetti.

– Stanno d'accordo, quegli stronzi. Ma li inculo io.

– E io che devo fare?

– Nei pomeriggi in cui non ci sono, tu passi e mi fai il controllo cassa. Vedi quanti scontrini battono cassiere e barista, poi ti prendi cinque euro all'ora.

– Manco la donna delle pulizie, – obiettai.

– Scrocchi da bere, ti guardi la fica gratis e non fai un cazzo... chi ti paga per non fare un cazzo?

Non feci in tempo a esporgli i miei dubbi che Mimmo era già alla definizione dell'accordo. – Siamo gentiluomini, non c'è bisogno di contratti... con me basta una stretta di mano.

E mentre cercavo qualche scusa per prendere tempo, il mio nuovo capo era già entrato in confidenze intime.

– Senti un po', ma è vero che te la fai con le pornodive? – Era dietro il bancone del bar, aveva appena preso dal banco frigo un Ferrari con il tappo di metallo. Scossi la testa, come a dire no. Dopo aver versato lo spumante, arrivò al dunque: – Non è che dai via il culo? Non voglio gente cosí qui con me. Ho amici gay, ma non li voglio a lavorare con me.

– Non sono gay, – risposi deciso.

– Meglio cosí. Senti, un'altra cosa importante che devi fare è controllare che chi entra sia maggiorenne, capito, sennò mi fanno chiudere. Magari hanno diciotto anni e non li dimostrano... come te...

Col tempo diede prova di apprezzare la mia acribia sugli scontrini. – Si vede che fai questa cosa con cattiveria, non mi servono i buoni, ma i finti buoni come te, visto la faccia che ti ritrovi...

Ancora una volta la faccia da bravo ragazzo, ancora una volta le maledette apparenze, pregavo di svegliarmi con una ruga o che la barba mi coprisse il volto per farmi prendere sul serio, innanzitutto per farmi prendere sul serio da me stesso.

Con la scusa che si fidava soltanto del finto buono Martino, cominciò ad affibbiarmi un incarico dopo l'altro. Divenni buttafuori («Vai a dire a quei ragazzi che lanciano roba sul palco che Mimmo sta per arrabbiarsi»), barista («Oggi al bar non c'è nessuno, non è che mi copri il turno finché non trovo una ragazza?»), uomo delle pulizie («Martino, un grande favore, so che non ti compete, ma te lo chiedo per quest'unica volta... daresti un colpo di straccio?»), inserviente («Scaldi un po' di questa roba al microonde e la porti alle ragazze in camerino?»), spia («Quando le tipe vanno nei privé, occhio all'orologio e alle mance. E che le troie facciano le marchette fuori dal mio locale, altrimenti me lo chiudono i pula»). Tutti gli ordini mi arrivavano con voce persuasiva attraverso il telefono. Quando durante le ore di controllo cassa non rispondevo, il mio nome rimbalzava per il locale declinato dal microfono del Bluebelle in modo stentato da qualche rumena. «Il signore Martino Bux è richiesto in segreteria».

Agli occhi di Mimmo non solo l'infame Bux, ma anche le intrattenitrici del Bluebelle erano poco piú che bestie da macello. Molte di queste signorine erano accompagnate da agenti improvvisati, papponi con partita Iva. Al Bluebelle non si poteva far altro che guardare, al massimo palpare, altrimenti scattava il favoreggiamento della prostituzione, un reato che Mimmo lambiva muovendosi in punta di piedi. Il tizio da cui si riforniva per le ragazze era un carrozziere romano con la passione per i locali. Gestire la procura di un nutrito gruppo di ragazzotte consentiva di fare quattrini evitando seccature. Mimmo lo sfotteva, lo chiamava «il Magnager».

– Le vedi queste troie, sono scarafaggi, magnano, sporcano e spargono malattie. E il Magnager è uno scarafaggio pure lui, uno scarafaggio gigante, il re degli scarafaggi.

Ma sotto sotto lo temeva, c'era sempre una scusa buona per non andare da lui, e cosí chiedeva a me di portargli i soldi.

– Sto impicciato, dammi una mano... – e altre amenità simili. Come se io non avessi impicci.

Lo studio del Magnager si trovava in fondo alla Casilina, al pianterreno di un palazzetto circondato da baretti equivoci e alimentari pakistani, bugigattoli al neon che i romani chiamavano bengalini.

La prima volta che andai scelsi di presentarmi vestito di nero. Mimmo non mi aveva detto granché, tranne che nella busta c'erano i soldi per quattro ragazze. Quando arrivai, trovai qualcuno ad attendermi, un tizio basso, robusto e pallido, un pallore da estrogeni. Mi scortò dentro.

– Fai il bravo col capo, che oggi ha avuto una brutta giornata.

Ebbi la sensazione che la battuta fosse parte di un repertorio.

Mi lasciò sulla soglia, facendo segno di non muovermi. Il Magnager sedeva dietro una scrivania in ferro e plastica, stava armeggiando con il telefono. Il sole del pomeriggio entrava da una finestra laterale, la luce era talmente violenta che fui costretto a infilare gli occhiali scuri. Poi schiarii la gola per far notare la mia presenza.

– Che sei, Batman? Te dà fastidio la luce? – chiese, ma senza alzare gli occhi dal display. Fui investito da una sensazione di sporcizia e cattiveria, non avevo mai provato tanta inadeguatezza.

– No, no, non si preoccupi, – balbettai.

– E chi se preoccupa. Tu sei quello di Mimmo?

– Mi chiamo...

– Sai che Mimmo mi fa dannare? Mi chiede le ragazze sempre all'ultimo, lo sai?

– Ho qui la busta. Mi chiamo...

– Mimmo lo conosco da quando giocava a calcio... un sòla. Se ce fosse il pallone d'oro dei sòla lui l'avrebbe già vinto. A proposito, come ti chiami?

– Mart...

– Vediamo 'sta busta va' –. E tese la mano, sempre con gli occhi fissi al display.

Gli allungai la busta e finii di snocciolare nome e cognome con un senso di liberazione. – Martino Bux.

– Che sei beduino? – mi chiese, guardandomi finalmente negli occhi.

– Prego?

– Un arabaccio?

– Veramente no.

– E tutte 'ste donne voi ve le ritrovate in paradiso, intanto qui in terra so' roba nostra.

– Sono di origini albanesi.

– Albanese? Un beduino albanese? Albània, Albània! Quante amiche che c'ho albanesi… magari da qualche parte ho lasciato pure un tuo nipotino, ah ah ah ah ah –. Rideva sguaiatamente, mentre contava i soldi dentro la busta. – Quante ragazze vuole Mimmo per stasera?

– Dunque, mi pare…

E prima che potessi dire un numero qualsiasi, il tizio aveva già la risposta. – Con questi soldi nun le trova neanche sulla strada. Gli posso mandare mi' nonno con la parrucca.

Avevo preso la busta senza controllare quanto ci fosse dentro. Mi ero fidato di Mimmo, dimentico dei suoi racconti su Inculé, scarafaggi, contratti con l'inchiostro simpatico, carne da cannone e spumanti sgasati. Un errore che non avrei piú commesso.

– Mi dispiace, – dissi.

– Prendo questi soldi come acconto, ma poi amico, se non mi date il resto, vengo a prendermelo io.

La stanza vuota in piú dell'appartamento che avevo preso in affitto ispirò una mia nuova attività: venticinque euro l'ora per chi voleva scopare a casa mia, a una parete di distanza dal mio finto sonno. In poco tempo misi insieme una piccola clientela. Raramente vedevo la lei di turno, di solito erano gli uomini a contattarmi, pagavano due ore e aspettavano la loro compagna. Da dietro il muro ascoltavo le conversazioni, le donne le immaginavo bellissime, angeli accondiscendenti che si donavano ai mediocri per un senso di giustizia e riscatto. I gemiti erano sempre diversi, striduli, rauchi, lividi, gioiosi, acuti. Quelli dei maschi somigliavano invece al fiato della fatica, di chi sta serrando i ranghi per raggiungere la meta. Un paio di volte udii anche il tonfo degli schiaffi, ma erano ceffoni di un sesso spinto, tentai di indovinare se la pelle sotto le mani tese fosse quella di lui o di lei.

Un giorno fu una donna a contattarmi. Le diedi un appuntamento e venne in casa. Non era bella, ma aveva un fascino che mi scosse il cuore. Pallida, con lunghi capelli neri ondulati, oscillava su tacchi altissimi, che si tolse dopo essere entrata. Nell'attesa del suo uomo si guardava i piedi, la schiena poggiata contro il muro. Indossava un tailleur nero. Le calze a rete avevano un qualcosa di goffo, scendevano facendo una piega. Le fissai con tenerezza.

– Mi vergogno un po' a sapere che c'è qualcuno che sente.

– Suono la batteria, ho la stanza insonorizzata, – mentii. Non so perché lo feci, avrei potuto dirle la verità, che non lasciavo casa a nessuno perché non mi fidavo.

– Capisco, ma non la suoni per le prossime due ore.

– Stia tranquilla, lavoro con le cuffie.

– Può lasciarmi sola.

Tornai nella mia stanza e mi stesi sul letto. Trascorse un'ora, ma non si presentò nessuno.

Quando la signora bussò alla porta aprii, senza rendermi conto che stavo commettendo un errore.

– Senta, credo di aver preso un granchio.

– Capisco.

– Le ho dato cinquanta euro, se vado via prima posso avere qualcosa indietro?

– Signora, la stanza è pagata. Può aspettare ancora un po'.

Non mi rassegnavo all'idea di lasciare andar via il cinquantino.

– Ovvio, lei vive di questo.

La signora richiamò il giorno dopo e chiese ancora una volta la stanza per un paio d'ore.

Quando entrò in casa era già assieme al suo amante, un ragazzino altissimo e magro, una cresta bionda e i lati della testa rasati. Sembravano madre e figlio. Lei era vestita in modo sciatto, jeans e scarpe da tennis, una tenuta da passeggiata al parco. Forse era quello che aveva detto al marito.

– Lui suona la batteria, – fece al biondo allampanato mentre mi allungava il cinquantino.

Lo rifiutai.

– No signora, facciamo dopo, magari andate via prima.

Lei si rabbuiò. Credevo di essere stato gentile e invece l'avevo messa di cattivo umore.

– Prenda e siamo a posto cosí, magari se rimaniamo qualche minuto in piú ce l'abbuona.

– Anche io suono la batteria.

Sentii una strana voce, non mi pareva avesse parlato un ragazzo, piuttosto un uomo adulto. La combinazione di quella voce con un viso adolescenziale mi turbò.

In stanza non sentii nulla, salvo il fitto mormorio di chi chiacchiera piano apposta per non farsi sentire. Ebbi anche l'impressione che uno dei due passeggiasse, infine il letto cigolò per qualche minuto, non il cigolio di chi fa l'amore, ma di chi si siede e si alza all'improvviso.

Mi vergognai di aver origliato cosí spudoratamente, lo facevo sempre, ma senza morbosità. La coppia andò via prima delle due ore.

Avevo mollato quasi tutti i lavori, nei ristoranti ci andavo meno, il Bluebelle nutriva la curiosità, la fame che mi lasciava addosso un filmetto era in parte appagata dalla visione dei lupi mannari che si aggiravano tra i divanetti zebrati in cerca di un palpito. Una sera, un tizio offrí da bere a una delle ragazze: trecento euro di prosecco. Se l'avesse incontrata di giorno davanti alla stazione, con trenta euro avrebbe avuto un pompino e con altri venti anche il culo. Mi affascinava quell'arte dell'incanto e un po' mi trasmetteva un senso di sconfitta, nessuno aveva chance, perché illudersi? Eppure era sempre la stessa storia, gli uomini pagavano proprio per illudersi. Erano la vecchissima guardia, quelli che non si rassegnavano alla prostituzione spiccia, la esigevano mascherata, volevano illudersi di essere seduttivi, di essere uomini che piacevano.

– Mi offri champagne?

– E tu mi fai un massaggio lí?

– Vediamo, prima champagne.

– Garçon, champagne… me lo fai?

– Fammi bere e ti dico cosa ti faccio. Ho bisogno di bere, fammi ubriacare.

– E poi?

– E poi vedrai, tu sei speciale, hai le donne che vuoi se vuoi.

La tattica non cambiava mai, blandire per poi colpire, mi avvinceva.

– Mi chiamo Lionello, vengo qui perché sono deluso dalle donne.

– Io mi chiamo Nicole e sono una donna.

– Intendevo le donne italiane.

– Sono italiana.

– Le donne vogliono tutte il matrimonio, i figli, e la nostra pensione.

– Anch'io sono delusa dagli uomini, pensano che noi vogliamo tutte il matrimonio, i figli e la vostra pensione.

– E allora?

– Mi riempi il bicchiere?

– Garçon… champagne!

E la giostra ricominciava.

Mimmo sapeva che sarei andato anche se non mi avesse pagato per le commissioni, e cosí ogni volta che chiedevo una piccola ricompensa fingeva di interessarsi ai traffici della cassiera all'ingresso, oppure s'indignava sostenendo che la vera ricompensa era stare in mezzo a tutte quelle donne.

– Fatti un privé con Alyssa e stiamo a pace.

– Voglio solo quello che mi spetta.

– Guarda che un privé con Alyssa vale cinquanta euro, ti diverti.

– Preferisco mangiare.

– E allora fatti scaldare un piatto di pasta, c'ho un sacco di roba nel frigo.

– Voglio i soldi Mimmo, mi servono.

– Parla con Luisa, lo sai che non tengo i conti.

Mimmo aveva assunto al Bluebelle una ragazza di nome Luisa che si occupava un po' di tutto, assisteva le ragazze che dovevano esibirsi, teneva i conti, pensava alle bollette, discuteva con i fornitori. Qualche volta, se il barista da solo non ce la faceva, serviva i drink e riscaldava al microonde vaschette di precotti per ragazze e clienti.

Era lei che teneva i cordoni della borsa dell'ennesimo furfante a cui mi ero consegnato. Luisa Montieri.

Per via della sua statura, un metro e cinquanta, Luisa sembrava un elfo magico. Infagottata durante l'inverno o scamiciata nelle opprimenti estati metropolitane, si muoveva in mezzo allo squallore del Bluebelle con disinvoltura, pur essendo riservata. Non arrossiva mai, nemmeno di fronte agli sguardi osceni degli avventori che le chiedevano da bere; non si truccava, non portava orecchini, anelli, braccialetti; nessun tatuaggio. Rollava le sigarette di tabacco sfuso mettendoci lo stesso impegno con cui rivedeva i contratti delle ragazze. Quando compariva nei camerini con la penna in mano mi soffermavo a spiarla: era molto piú sensuale delle spogliarelliste che si esibivano sulla pedana, insipide figure di contorno, malvestite, eccessive o sciatte, caciarone o disgustate. L'ammiraglio le si avvicinava con l'aria di un nonno gentile. – Sei giovane, bella, istruita e intelligente, e non hai un marito... Perché?

– Appunto, sono giovane, istruita e intelligente, – rispondeva lei, evitando di dirsi anche «bella», e dietro quell'omissione si nascondeva il suo mondo: una famiglia perbene, buona educazione, coscienza integra.

Luisa non sapeva quanto fosse pericolosa la modestia.

Gli uomini che popolavano il Bluebelle – anziani, qualche giovinastro, casi umani, lupi mannari, dipendenti di ambasciate e organismi di cooperazione internazionale – erano affamati di italiane. Quasi mi commuoveva la loro faccia delusa tra le ragazze di cortesia (la mimmiana carne da cannone) e le sexy star, che non li degnavano di uno sguardo dopo lo spettacolo. Quando Luisa passava tra i tavoli, cosí seducente nella sua normalità, negli occhi degli avventori leggevo le peggiori nefandezze, o forse erano le mie, che erroneamente attribuivo a loro. Luisa e le sue mani, Luisa e il suo modo di parlare, Luisa concentrata mentre scorreva una fattura. C'era in lei un qualcosa di ordinario e perverso, di peccaminoso e innocente. Un qualcosa che ricordava una delle mie eroine. Controllai le mie ultime ricerche sul database IADF. Brunette. Redhead. Blondine. Dp. Tall. Nasty. Uscivano centinaia di nomi, film e produzioni, finché non sbucò una curiosa ricerca che avevo fatto seguendo una mia giovanile passione: il wrestling. Ero bambino quando assistevo alle lotte tra Antonio Inoki e Hulk Hogan, o addirittura un mitico match tra lo stesso Inoki e Muhammad Ali. La lotta dei primi anni Duemila era monopolizzata dalle star che lasciavano il porno per fare wrestling. Tra le wrestler c'erano alcune pornostar che avevano provato tutto, e interpretavano gli incontri con lo stesso agonismo che mettevano nelle scene estreme. Una delle mie favorite, Kristi Myst, aveva rilasciato un'intervista in inglese di cui non capii quasi nulla, ma furono le foto che corredavano il servizio a colpirmi, mostravano il lato umano di un'attrice che avevo visto sempre seminuda e che adesso appariva in jeans, maglietta e capelli raccolti. Kristi Myst, pornostar americana, classe 1973, genere blondine, tatuaggio tribale sul braccio destro e totale dedizione alla sottomissione, aveva uno sguardo furbo e dolce, ma anche perverso sotto l'espressione candida... era proprio lei, Luisa Montieri.

Kristi, Luisa, Luisa, Kristi.

Nel palmarès della mia eroina c'era parecchia roba che avrebbe fatto rivoltare lo stomaco al piú spregiudicato dei frequentatori del Bluebelle. Kristi si era consacrata al regista italoamericano Robert Zicari, in arte Robert Black, finito dietro le sbarre dopo aver girato alcuni film estremi, politicamente scorretti e violenti. Blasfemia, percosse, dileggio della bandiera americana. A noi fruitori della pornografia poco importava che gli attori si pulissero il culo con la bandiera o pisciassero addosso a una ragazza vestita da suora.

Luisa non aveva idea di che granaio fosse la mia immaginazione, un territorio che aveva assimilato frammenti di mondi lontani, a volte opposti tra loro, come eravamo noi due.

– Mi chiamo Martino e do una mano a Mimmo.

Mi presentai la prima volta a lei avendo già le idee chiare su che tipo fosse. E se ancora avevo qualche dubbio, lei me lo chiarí subito.

– So tutto di te, mi devi dare il codice fiscale, – spiccia ma dolce. Il vestito stretto, i capelli puliti che profumavano, un dito che giocava con una ciocca, gli occhi dritti sull'obiettivo: ossia io, anzi il mio codice fiscale.

– Ma non sono in nero?

– No, Mimmo ti mette a chiamata, qui neri non se ne fanno.

– Te lo porto domani.

– Cosa?

– Il codice fiscale.

– Ma giri senza? – mi apparve realmente scandalizzata.

– Non mi serve.

– Non lo sai a memoria? – Il codice fiscale sembrava essenziale a una vita virtuosa.

– Ci sono mattine che non mi ricordo neanche se mi sono messo le mutande.

– Ma come parli?

– E tu? Tu lo ricordi, Luisa, dove siamo?

– Martino, smettila. Mi metti a disagio –. Piú la guardavo e piú ricordavo dove l'avevo già conosciuta, ci eravamo visti in *Cocktails 1*, in roba della Extreme Associates.

– Ricordi? C'era un italoamericano e ti diceva cosa fare... Luisa, io ti conosco, non fingere.

– No, non mi chiamo Luisa, io sono Kristi, Kristi Myst, e sto per fare una gang bang sopra un ring con quei tizi laggiú... Sono parecchi, perciò mi devo sbrigare.

– Sbrigare?

Evidentemente non aveva parlato Luisa, ma Kristi Myst: a bordo piscina che sorseggia un cocktail, incantevole, minuscola, spaparanzata su una squallida sedia a sdraio di plastica bianca, prima che una mezza dozzina di tipacci, vecchie conoscenze come Brian Surewood – pizzetto mefistofelico, bandana –, la sollevino dalla sedia e la portino via. Non me la sono mai sentita di andare avanti, te lo giuro, Luisa, ho solo immaginato. Come in un incubo, avevo letto i commenti di chi era andato oltre e aveva scritto recensioni del tipo: «Disgustoso», «Supera ogni limite», «Mostruoso», «Quali menti malate possono eccitarsi con roba simile».

– Le vedi tutte queste carte, sono documenti che devo controllare, perciò, Martino, lasciami lavorare.

– Kristi...

– Martino... il codice fiscale, domani, ricordatelo.

Le fantasticherie prendevano il sopravvento. Luisa cospirava a tutto ciò con un contegno gentile ma distaccato, indifferenza e grandi sorrisi, professionalità e un erotismo sottile che si nutriva di ambigua inconsapevolezza. E del suo look da collegiale con cerchietto in testa.

Mimmo non poteva saperlo, ma coi suoi racconti aveva contribuito a fare di Luisa una figura mitica ai miei occhi.

– Sai perché la pago tanto? – mi aveva confidato un giorno.

– Perché, la paghi tanto?

– Non me l'ha mai data. Quella nana, a me che sono stato co' fregne da paura, alte due metri, olandesi, svedesi, modelle, miss, attrici... quella nana non me la dà. E cosí ho pensato di darle una lezione, mi spiego? L'assumo, le faccio un contratto da responsabile amministrativa. Però la costringo a lavorare in un posto di merda. Lo sai che è laureata, sí? – aggiunse ridacchiando.

Non avevo niente da dire.

– La vuoi sapere la cosa che mi fa impazzire? – aveva continuato. – Quando ci sono i privé e si chiudono nello stanzino questi vecchi zozzoni che guardano lo spettacolo... lo sai che dopo dieci minuti devono smammare... e indovina chi mando a fare il cane da guardia?

– Luisa?

– Lei! Mica può dirmi di no, giusto?

Cominciai a indagare sulla sua vita. Spesso restavamo soli fino all'alba, in un paio di circostanze l'aiutai a pulire i camerini perché la donna delle pulizie non era venuta (anche se sospettavo che fosse l'ennesima umiliazione di Mimmuzzo).

Luisa arrivava al mattino prima di tutti, nebulizzava disinfettante sugli oggetti, il deodorante alla vaniglia, strofinava i pali della lap che luccicavano come l'argenteria delle buone case dei Parioli, schiaffeggiava le poltrone dei privé perché non si fidava della ditta di pulizie. Controllava nei cestini che non ci fossero preservativi usati. Arginava tutte le rogne amministrative e burocratiche che si presentavano sotto forma di esattori delle tasse o attendenti della legge. Luisa era anche la frontwoman delle pentite del porno, donne che avevano calpestato in anni passati la claudicante pedana del Bluebelle, magari avevano girato scene porno ampiamente fruibili in rete, ma il loro problema era essere lí, su un manifesto mangiato dall'umido e dalle cimici. Mimmo conservava infatti le locandine delle star di un tempo, di tutte coloro che avevano realizzato un film, almeno uno, come garanzia di popolarità per il locale. «Qui sono passate Selen, Ramba, Marina Mantero, Barbarella... è passata la storia del porno». Ma le uniche prove erano manifesti di carta inanimati. Alcune sconosciute venivano di persona. Il rito di strappare la locandina era un modo per chiudere con quel passato. Non sono piú cosí. Tiffany Million aveva lasciato il porno dopo aver ricevuto un'eredità, Erika Bella si era sposata, Stephanie Swift aveva incominciato a predicare in una setta religiosa per la conversione delle pornostar. E Luisa era lí, Cerbero, amica, sorella, guardiana di un mondo che nessuno fuori avrebbe potuto capire perché aveva codici e parole d'ordine da loggia segreta, una loggia enorme che comprendeva un'umanità trasgressiva e incosciente, ma anche ferita. Luisa si consacrava con dedizione, eppure sul suo contratto mimmesco nulla di tutto ciò era previsto.

Un giorno glielo chiesi. Con le sue mani nude buttava tutte le cartacce che erano rimaste nelle fessure del divano dentro un sacco nero. Il viso era pallido, gli occhi scavati. Le avrei voluto baciare la minuscola piega che le veniva sotto il labbro inferiore, le rare volte che mi sorrideva.

– Perché ti abbassi a fare cose che non ti spettano?

Sbuffò.

– Sono pagata per tappare i buchi. Piuttosto... – E guardando l'orologio diventò cupa. – Martino hai visto che ora è? Vai via, lasciami, ce la posso fare.

– Voglio darti una mano, – e avrei fatto qualunque cosa per restare solo con lei, conoscerla ancora un po', mostrarmi meno sciocco e inaffidabile. Ma lei si irrigidí, balzò indietro, mantenendo la distanza dal mio languore, dai miei occhi arrossati.

– Se viene la finanza e ti becca a lavorare con quel contrattino a chiamata, ci chiude. Qui non possiamo sgarrare, – e continuò a cercare tra i divani. La incalzai seguendola, la sua figura inquieta nel girone del Bluebelle.

– Neanche se fossi il tuo ragazzo?

– Non scherziamo. Non mi diverto, – poi sparí nei camerini. Sentii soltanto il rumore degli oggetti che si spostavano, l'energia che produceva Luisa trascinava dietro tutto, come una marea.

Una sera, forse per via della stanchezza, mi disse che aveva accettato di lavorare per Mimmo a causa della malattia del padre. La notte prima di firmare il contratto era passata a casa dei genitori; il padre aveva poche settimane davanti a sé, il male lo stava divorando, era l'occasione per parlare di alcuni debiti che incombevano sulla famiglia. Anche il fratello era tornato da Francoforte, dove lavorava in un ristorante. Mentre mi parlava fumava la sigaretta che si era preparata in un baleno, aspirava grandi boccate, emettendo getti violenti di fumo come se volesse espellere qualcosa che dentro la stava opprimendo.

– Quella sera sono rimasta a dormire con i miei genitori.

– Che c'è di male?

– Nel loro letto, – disse senza guardarmi negli occhi.

– In che senso?

– A letto con loro, come quando ero bambina.

Un mantra cattivo cominciò a suonarmi nella testa, pensai subito alla serie di Andy Casanova, il tale che aveva prodotto i film *Incesto 1*, *Incesto 2*, *Incesto 3*.

– È stato tenero, ma prima dell'alba ero già in piedi. Alle quattro e mezza un taxi mi ha portato davanti al Bluebelle.

– Alle quattro e mezza? E chi c'era a quell'ora? – chiesi incredulo.

– Mimmo. Contava i soldi, i danni, quanta birra si erano fregati al banco. Io ero ancora segnata da quella notte. I corpi dei miei genitori, i loro odori, c'era qualcosa di diverso rispetto alla mia infanzia, non mi avevano abbracciata, però stavo bene, sentivo il loro respiro, era rassicurante. Poi ho cominciato a sentirmi a disagio, volevo soltanto alzarmi e andarmene. Che casino! – L'espressione del suo viso cambiò, poco prima era rilassata, serena come non l'avevo mai vista, dopo avermi raccontato la sua storia era salita un'ombra.

– Mimmuzzo avrà colto il tuo momento di difficoltà... – e pensai a quanta triste bellezza sgorgava da quegli occhi.

– Mimmo non poteva immaginare da dove venivo... lo sai che mi ha detto quando mi ha vista?

– No, che ti ha detto?

– Quello stronzo... ha detto: «Hai dormito fuori casa, bella, chissà il fortunato che ha scartato la caramellina».

– Caramellina... vabbè, si era fatto un film.

– Mio padre stava morendo, e io ero distrutta!

Luisa era una ragazza devota al senso del dovere, e al Bluebelle le cose funzionavano solo grazie a lei. Anche se Mimmo era sempre piú insopportabile, uno di quei padroni che l'insuccesso, bagnato da rare forme di soddisfazione, rende infantili. L'ultima che si era inventata era di essere amico fraterno di Vasco Rossi e che presto Vasco sarebbe venuto a trovarlo al locale. La gente che veniva al Bluebelle lo canzonava. – Mimmo, come sta Vasco?

– Mimmo non inventa stronzate, Vasco è amico mio, a suo tempo ci siamo pure smezzati un paio di groupie.

Luisa non credeva alle sue frottole, e non lo stava mai a sentire, anche perché aveva troppo da fare, ormai era lei a gestire tutto, fatture, ragazze e grane.

Un pomeriggio la sentii discutere animatamente con qualcuno. Aveva la voce rotta, si sforzava di essere educata, nonostante fosse alle prese con un uomo dai toni poco concilianti. Era il Magnager, venuto a riscuotere il suo credito assieme al tipo che mi aveva scortato quando ero andato a trovarlo.

– Mimmo non c'è, ma quando viene glielo dico.

– So' due mesi che se nega, l'aspetto finché non viene.

Mimmo in realtà c'era, ma se ne stava nascosto sulle scale antincendio del condominio di fronte, dietro una grata.

Diedi manforte a Luisa, era da vigliacchi il comportamento di Mimmo e di tutta la masnada di cuor di leoni che sciamava dentro il locale. – C'è qualche problema?

– Ecco 'n artro fenomeno. Il tuo capo ci deve liquidare dieci fatture. E senza fatture so' fratture –. Rise del gioco di parole, poi intrecciò le dita delle mani e le fece scrocchiare.

– Senta, lui non c'è, ma se vuole aspettare... – azzardai.

L'uomo restò qualche istante in silenzio, alla fine disse: – Vabbè, ve faccio l'urtimo regalo. Dentro il portabagagli c'ho la roba delle ragazze, ma tiratela giú voi dal furgone, perché il ragazzo me lavora solo con i clienti che pagano.

– Che roba è? – chiesi.

– C'è il baule con i corsetti. Li volete, no?

Il sorriso con cui avanzò la strana proposta mi parve troppo accomodante, ma pensai che alla fine questi imprenditori contigui con la criminalità trovano sempre il modo d'accordarsi tra loro. La scena l'aveva fatta, si era sfogato, Mimmo lo avrebbe pagato appena possibile, in ogni caso prima di un qualche decreto ingiuntivo o una sversata di benzina davanti alla saracinesca.

Uscimmo dal locale. La via era deserta, suonavano a distanza gli allarmi dei motorini, e il traffico di via Cavour era un ronzio quasi piacevole. Gli sportelli del furgone erano aperti, seguii Luisa dentro il van, ma non vidi nessun baule. Sentimmo un tonfo alle nostre spalle: il tipo ci aveva chiuso dentro.

Ci furono un paio di secondi d'incredulità, negli occhi di Luisa lessi terrore. – La informo che questo è sequestro di persona, siamo nel penale, – urlai.

– Mille euro, ma me ne bastano cinquecento e nun ve mando gli zingari, – sentii dire al Magnager.

Uno dei nostri colleghi aveva capito la gravità della situazione e stava contrattando il rilascio. Luisa era spaventata. – Martino, questo è pazzo. Sta trattando sulla nostra pelle.

Mi venne da ridere.

– Che cazzo ti ridi, – urlò lei.

Non potevo rivelarglielo, ma stavo pensando alla serie di Bang Bros, che aveva come protagonisti dei ceffi che sequestravano ragazze carine come Luisa, le portavano in van simili a quello in cui eravamo chiusi noi e se le facevano.

– E allora? Non dici niente? – insisté.

– Luisa, potremmo non uscire vivi di qui... che ne dici se ci baciamo? – e mi avvicinai al suo viso.

– Martino, sei fuori come un balcone? Ci stanno sequestrando per cinquecento euro, e tu ci provi? Cinquecento euro diviso due fa duecentocinquanta a testa. Valiamo cosí poco, è sconfortante. Le nostre vite valgono duecentocinquanta euro.

– Iva esclusa, – borbottai.

Luisa mostrò un'espressione disgustata.

Legò i capelli con un elastico bianco, scoprii che l'occhio destro aveva una minuscola piaga tra la pupilla e la tempia, forse una cicatrice d'infanzia, che però ricordava piú una voglia che una ferita.

Mimmo non riapparve e fummo liberati dopo che Luisa si fece venire una crisi di nervi tirando calci dentro il van e urlando: – Pezzo di merda, facci uscire!

– A stronza, se non la finisci te meno, – rispose lo scagnozzo, aprendo lo sportello e spingendo il suo faccione contro quello di Luisa.

– Senta, prenda i miei soldi e non la tocchi, – intervenni, timido.

Cercavo un accomodamento, mentre Luisa lo fissava paonazza e furiosa.

– Non voglio soldi da voi. Il vostro capo è un miserabile, mandare avanti una ragazza e uno come te.

Uno come me. Luisa mi avrebbe fatto notare poco dopo che il tipo era stato irriguardoso soprattutto nei miei confronti.

Aveva ragione.

Le sceneggiate di Mimmo per non pagare diventavano sempre piú stucchevoli e cosí ero costretto a incrementare gli appuntamenti clandestini nella mia «stanza rossa», nonostante in città fosse cominciata la repressione stagionale. Una mannaia censoria era caduta sulle case di appuntamento e tutto ciò che colludeva con l'attività di meretricio. La cronaca locale era piena di notizie sulla chiusura di centri massaggi, night club dove qualcuna si prostituiva e appartamenti gestiti da papponi e mamasan. Ero convinto che la tenaglia si sarebbe chiusa con la visita delle forze dell'ordine al mio appartamento. Leggevo già il titolo: *Italoalbanese arrestato per favoreggiamento della prostituzione*...

Un popolo di maschi in accappatoio e ciabatte vagava da un erebo all'altro, tra signorine pseudo specializzate che completavano i loro servizi con il cosiddetto «happy end». Appartamenti, ville, strade consolari, una città clandestina attraversata da erotomani che prendevano il Viagra per andare con una prostituta, sempre con il cinquantino in mano e la dritta giusta. «C'è una zingara che assomiglia alla Canalis alla stazione di Ipogeo degli Ottavi, per cinque euro fa tutto, cinque euro non è piú prostituzione, è amore», lessi una notte in una community, la stessa dove campeggiava il mio annuncio.

Si favoleggiava di harem, di una cooperativa di ex vallette di *Domenica in* che si erano messe in proprio per organizzare un casino, quartieri divisi per nazionalità, strade che la notte diventavano luoghi del vizio e io, nel mio piccolo, ne facevo parte.

Avevo preso confidenza con il massonico linguaggio dei puttanieri, piú di qualche maschio aveva iniziato a portare con sé accompagnatrici nella mia stanza per furtivi amplessi nelle pause pranzo. Mi chiamava gente di ogni risma, addirittura un tale da Rimini voleva venire a girare una scena porno nella mia camera. – C'è una a Roma che non si muove, insomma se non è Maometto che va alla montagna è la montagna che va... capito, no?

– Scusi signore, ma quanti sareste?

– Il fonico, il cameraman, io, i sette partner della tipa e una decina di sborratori.

– Cosa? – dovevo aver capito male.

– Facciamo un bukkake, inondiamo la ragazza. Anzi, se hai degli amici con il test Hiv porta pure.

Imparai come comportarmi, chiedevo informazioni per vie traverse e mai direttamente, non dicevo «cinquanta euro», ma «cinque rose».

E cosí ero sempre con gente sconosciuta in casa, gente sconosciuta al Bluebelle, mentre ormai vedevo i miei coetanei accompagnarsi con mogli e figli e svolgere lavori rispettabili anche se precari. I miei sconosciuti condividevano con me il loro lato piú intimo e oscuro, piú banale e vergognoso, piú geniale e veritiero. Da una parte ero nel panico per quella lotta tra bene e male (e per me il bene era il popolo della notte e il male i moralisti, la buoncostume), dall'altra persisteva un senso di curiosità che mi teneva incollato al fluido marcescibile di ogni cosa che sentivo come vitalità.

La mia vita lambiva il precipizio. Fabiana mi aveva tenuto la mano, ma poi si era stancata, dovevo dimenticarla, e dimenticare il suo odore, come mi guardava quando facevo qualcosa di strano, dimenticare le sue gambe, dimenticare i film di Flick Shagwell. Luisa poteva salvarmi, anche se lei non sembrò accorgersene.

Un giorno mi si piantò davanti con le mani incrociate e uno sguardo severo.

– Martino, tu sai qualcosa sul perché da alcuni giorni c'è un tipo che chiama, geme e poi chiude.

– Denuncialo.

– Pensavo fossi tu.

La notte tornavo solo, infreddolito o accaldato a seconda delle stagioni, aspettando il sonno che arrivava sempre troppo tardi, quando dovevo svegliarmi e correre in un ristorante o alle pomeridiane del Bluebelle.

Erano le cinque, fuori albeggiava, sentivo i cigolii della notte, le persiane strattonate dal vento, il coro dei cani, il brulicare delle condotte sotto terra e lungo i muri, il tonfo dei rimorchi della nettezza urbana, tutto era parte di un complicato equilibrio notturno tra rumore e silenzio. Le immagini che avevo immagazzinato fermentavano, finché non arrivava il giorno e io prendevo finalmente coscienza di quanto mi stava accadendo.

Luisa... sospiravo col cuore a pezzi.

Erano giorni in cui ero sempre piú avvinto dal suo tono di voce, il lieve accento romano, un po' imbastardito da un'adolescenza di periferia. Quando sorrideva le accarezzavo i denti con un bacio impossibile. Ma Luisa era sospettosa, non mi sorrideva mai come faceva alla feccia che serviva; era sempre giudicante e disapprovava il mio look, il mio modo di parlare, come mi radevo e i verbi al passato remoto che usavo per esprimermi su aneddoti accaduti la sera prima. Però con me diceva ciò che pensava. Con gli altri no.

Ogni tanto cercavo di farle capire in modo gentile che mi piaceva. La prendevo in giro dicendole che bisognava far la fila per arrivare a lei. Lei allora si faceva seria e tagliava corto: – Ma dove li vedi tutti questi che mi vengono dietro?

– Sei la piú bella qua dentro.

– Ci stai provando?

– Forse.

– Martino, vai lontano che ti scotti.

Un giorno mentre svuotavamo la lavastoviglie successe qualcosa, forse per via dei bicchieri per il prosecco che nelle nostre mani scintillavano: eravamo divertiti di fare assieme qualcosa di cosí ordinario in un posto dove non c'era granché di ordinario.

Mise i bicchieri a testa in giú e mostrò la fila precisa

che dovevo seguire con quelle sue meravigliose mani che arrotolavano sigarette. Ora volevo sapere di piú del suo passato e glielo chiesi senza timore.

– Dove lavoravi prima? – le domandai. Ci fu una breve pausa, come se Luisa si fosse resa conto solo in quel momento di chi aveva di fronte.

– Facevo la segretaria in uno studio di commercialisti, Mimmo era un nostro cliente. Mi ha fatto una proposta economica molto vantaggiosa, ed eccomi qui a fargli da badante.

– Ti paga bene?

– Ti ha detto quanto mi paga?

– No, immagino.

– Che bugiardo che sei.

– Hai ragione, qualcosa mi ha detto.

– E sei invidioso?

– No, come potrei?

– Nulla ripaga gli anni di vita che mi toglie.

– Ci ha provato?

– Tutti ci provano, come te, anche tu ci provi, anche se non sei credibile.

– Perché non sono credibile?

– Perché non ti dimentichi mai di essere te stesso.

Non parlava mai di sesso, anche se la provocavo. Cercavo di conoscere cosa le piacesse dei maschi ma lei restava vaga, si chiudeva in un meccanico: – Non mi piace nessuno, te l'ho detto –. Poi un pomeriggio, mentre era in bagno o forse a tirar fuori da un privé qualcuno che andava per le lunghe, le aprii la borsa e fui colpito dal bagliore di una carta argentata: un preservativo. Continuai a rigirarmelo tra le dita immaginando che a toccarlo fossero le dita di Luisa, e mi sentii ancora piú innamorato di lei.

Fu il chiavistello che aprí uno scrigno ricolmo di Luise segrete: *Luisa's Gangbang*, *Luisa's Sex Fantasies*, *Luisa and the Beast*, *Luisa with Old Farts*, *Inside Luisa Montieri*. Tutte le serie che amavo prendevano il suo nome. La notte mi addormentavo sognando che mi raggiungesse tra le lenzuola, i muscoli delle gambe nervosi e il collo profumato di vaniglia. Entrava nel letto scaldato dal mio corpo, si stringeva a me posando la testa sul petto e mi raccontava le avventure del giorno appena passato: – Ho avuto tanti uomini oggi, di tutte le età, sono entrati dentro e sono usciti senza lasciarmi la loro anima, ma solo con te, solo con te, Martino, passerò questa notte, solo di te avrò l'anima.

Una sera scesi nell'idiozia. A fatica ero riuscito a convincerla che prendere un aperitivo insieme non sarebbe stata la fine del mondo. Per tutto il tempo tenni il mio ginocchio contro il suo. Poi, al momento di congedarci, le afferrai la mano con la quale mi stava salutando e la tirai a me, con l'intenzione di baciarla. Ma lei si voltò in tempo, e le mie labbra si stamparono sulla guancia; si divincolò come fosse stata punta da un calabrone. Provai orrore per me stesso, la piú devastante figuraccia della mia vita.

– Perché devi rovinare tutto? – mi redarguí.

Risposi con una risata sarcastica, lei si mise in un angolo della strada; eravamo vicini a un grande incrocio tra arterie che liberavano la città dai pendolari. Si accese una sigaretta e non la smetteva di fissarmi. Io la guardavo cercando di scacciare i pensieri tortuosi che si erano impossessati di me. Luisa non poteva sospettare a quali incontri la facevo partecipare, in che tipo di bordelli la chiudevo, con chi la facevo accompagnare e cosa la costringevo a fare... i suoi occhi, il musetto che si trasformava nel sorriso folle e gioioso di Kristi Myst la divina. Quella Luisa disposta a ogni cosa per amore era solo una fantasticheria da disperato.

Tirò una boccata e disse: – Bux, lascia stare.

– Ho capito, – ribattei risentito.

Quel giorno era particolarmente stanca, era vestita in modo sciatto; i jeans e il piccolo giubbotto di pelle esaltavano ogni imperfezione, ma a me non importava, perché proprio quelle imperfezioni la rendevano bella.

– Siamo mondi diversi, non peggiorare le cose. Ho già una vita complicata.

– Ma io ti amo, – mi scappò.

Le sue narici si gonfiarono appena, stava per mettersi a ridere, ma non lo fece, non era da lei. – Bux, «ti amo» impara a dirlo alla persona che ami davvero, la prossima volta.

Poi si voltò e andò via.

Pensavo spesso alle parole di Luisa quando all'alba tornavo a casa sfinito dopo una giornata di lavoro. La linea ferrata era deserta, il primo tram doveva ancora partire. Ci camminavo in mezzo, allineavo i passi uno dietro l'altro. Controllavo il telefonino, attendevo qualche messaggio, Luisa, Fabiana, mi sarei accontentato di una delle spericolate stripper del Bluebelle, una categoria di sexy star sempre meno seducenti, ma sempre piú atletiche, circensi. A volte rileggevo i messaggi pensati per Luisa, che avevo salvato nella cartella bozze senza spedirli. «Oggi eri bellissima», «Ti adoro», «Ti penso anche se tu no».

Ero risentito, pieno di desiderio di rivalsa, sentimentale, rabbioso e affranto.

Scavalcavo un muro a due passi dalla fermata, attraversavo un cumulo di macerie dietro i casermoni che occupavano i bordi di via Portonaccio. C'era anche un lago, il lago proibito, una pozza d'acqua che si era formata dopo incauti lavori per la costruzione di un centro commerciale. Una falda bagnava gli scheletri in cemento armato che avrebbero dovuto accogliere negozi, bar, ristoranti. Strani uccelli si specchiavano nell'acqua resa argentea dall'aurora. Mi fermavo a osservare quell'angolo di natura che si era impadronita con violenza della città, mi beavo dei rumori palustri, il rombo dei primi aerei cargo che volavano bassi su Roma Sud per le consegne. Controllavo il telefonino con ansia nevrotica, era impensabile che qualcuno potesse scrivermi all'alba. Quando il sole iniziava a sorgere nelle strade apparivano i peruviani e gli ecuadoriani, oppure i filippini. I cinesi si vedevano solamente a giorno inoltrato, gli slavi di notte, i neri sempre, e io... chi ero? Terrone, albanese, provinciale, senza abitudini fisse, in attesa soltanto che lo schermo del telefonino si illuminasse per regalarmi un fremito.

In quel periodo uscii saltuariamente con altre donne, una vecchia compagna di università e un'amica di Fabiana gravata da dubbi morali e sensi di colpa che aveva qualcosa di Alana Evans, una delle rare pornostar rimaste incinte durante una scena.

Era una delle sue piú care amiche, mantenne un grande riserbo su quello che Fabiana diceva e pensava di me, io la riempii di complimenti, le guardavo le gambe e le mani grandi da uomo, aveva un sorriso sottile e seducente, ero tentato di parlarle di Alana Evans, dirle che era identica a lei in quella gang bang con il nero Shane Diesel e altri quattro compari sempre neri e sempre superdotati. Forse tutto questo glielo dissi per davvero. Alana mi lasciò alla fermata del tram senza neanche salutarmi, c'era la nebbia e un gelo che bucava la faccia come un po' la mia vergogna.

E cosí a casa mia venivano soltanto le donne degli altri, spesso non le vedevo neanche, mi accontentavo di immaginarle, arrivavano le voci, l'inflessione dialettale. Qualcuna restava con le scarpe tutto il tempo, sentivo il ticchettio sul pavimento, agli uomini piaceva fare l'amore con donne che non toglievano le scarpe. Lo sapevo, e forse lo sognavo anche io.

Il campionario delle coppie che arrivavano a prenotare la stanza rossa s'arricchiva ogni giorno di nuovi personaggi. Un gigante e una piccola cinese che diceva d'essere giapponese, un mesto impiegato di banca con una ragazza truccatissima e il tailleur da segretaria, due studenti universitari che si riprendevano col telefonino e chiedevano al sottoscritto l'approvazione del video.

Una volta al mese compariva un galeotto in semilibertà, ma puntuale nel pagare subito la stanza e consumare con le sue belle, quasi sempre signore sudamericane di una certa stazza che ridacchiavano chiamandolo «Ammore».

Si chiamava Fernando, era stato una decina d'anni dentro per traffico internazionale di stupefacenti, la sua passione erano le colombiane e le venezuelane che poteva rimorchiare soltanto di giorno, visto che la notte era sotto il cielo a strisce della prigione.

Eravamo diventati buoni confidenti, gli raccontavo i miei buchi nell'acqua con Luisa e le altre ragazze cui facevo la corte, tra cui una cassiera e un'edicolante che avevo pensato di corteggiare soltanto perché compravo le cose da loro.

Era piccolo, muscoloso e glabro, Fernando, le sue magliette striminzite esaltavano le vene dei bicipiti.

– Tu sbagli amico mio, non si va sul posto di lavoro a cercare. Io ho poche ore e quelle ore me le gioco in posti come Casa Zanetti.

– Casa cosa?

– Un club, una specie di balera, apre alle 17 e chiude alle 20. Ci trovi di tutto. Neanche un italiano.

– Perché è aperto cosí poco?

– È un locale che funziona solo il giovedí... è la buca delle badanti.

– Non capisco.

– Badanti, donne delle pulizie, giardinieri, maggiordomi, secondo te vivono 24 su 24 coi loro padroni? Il giovedí hanno una giornata buca e allora ci sono posti dove si balla, dove la gente che fa le notti può passare del tempo libero.

Mi incuriosí.

– Voglio andarci.

– Tra due giovedí ci torno e ti ci porto, ma non sporcare, – mi ammoní ridendo.

Fernando e io facemmo il nostro ingresso a Casa Zanetti alle 17 di un giovedí d'inverno. Era un sottoscala nello stesso palazzo di un noto sindacato a due passi dal

Vaticano. Quello che un tempo era un magazzino si era trasformato in una balera: luci al neon, festoni modello compleanno delle elementari, viavai di uomini e donne vestiti casual, alcuni addirittura in tuta, perché non importava l'apparenza ma il divertimento. Età media sulla cinquantina, molte donne e molti uomini mostravano piú anni di quelli che avevano. La pista da ballo era uno spazio in mattoni con al centro una colonna portante dell'edificio. Lungo i muri una fila di sedie in legno, appartenute a qualche scuola, su cui sedevano vecchietti italiani totalmente incapaci di intendere e volere, semiaddormentati o con le mani che battevano fuori tempo: erano gli anziani a cui badavano molti di quelli che si stavano divertendo, se li erano portati appresso per non perdersi il giovedí pomeriggio.

Il posto era suddiviso in gironi etnici ben precisi: i neri africani da una parte, i sudamericani in pista e gli Est in fondo, a loro volta divisi in gruppuscoli; c'erano anche i ragazzi di vita di Valle Giulia, slavi giovanissimi che battevano nei pressi della Galleria Nazionale alle spalle di Villa Borghese, ma che alla festa si erano presentati con le loro fidanzate sottobraccio.

Mi aggiravo nel locale con una birra in mano, fui bloccato da tale Roza, una pasciuta signora dal forte odore di falafel all'aglio, che mi chiese se ero di Beirut e se ero interessato al buffet libanese in via di preparazione per domenica.

– Ci sarà una festa, – precisò.

– Non credo verrò, – dissi.

– Non ti danno il giorno libero?

– No.

L'odore di sudore riempí l'aria, mi accorsi senza volere che muovevo il corpo sul pungolo rotante delle note latine.

Ero a mio agio dentro il guscio di Casa Zanetti, circondato da decine di donne grandi che si spogliavano restando in maniche corte e pantaloncini per ballare meglio, uomini madidi che avevano quelle tre ore di libertà e se le prendevano riempiendole di una felicità cui non osavo attingere per remoti sensi di colpa, per i miei amori che non esistevano.

Poi prese il sopravvento una delusione sotterranea, nessuna delle donne che avevo visto mi ricordava qualcuna delle eroine su cui sarei andato a concludere l'ennesima serata inconcludente.

Quando uscimmo da Casa Zanetti, Roma era deserta; erano le nove di sera, ma qualche partita teneva i romani chiusi in casa. Passeggiavo tra le foglie degli alti olmi di via delle Milizie guardandomi intorno con un certo stupore; quando non c'è nessuno, resta soltanto la città a parlare, con un tappeto di foglie dei suoi milioni di alberi che si spogliano al primo spiffero di bufera.

Non riuscii a tornare a casa, i miei spettri mi tirarono per il collo della camicia, finii davanti a un chiosco di fiori illuminato dai neon di piccole insegne coi prezzi a lettere grandi.

L'avevo già visto. Mostrava un ghigno indimenticabile nell'atto di spogliarsi e avvicinarsi a una ragazza sottile, spregiudicata, con una prodigiosa proporzione tra le lunghe gambe, il seno piccolo e sodo, gli occhi da bestia dei boschi. Erano una dozzina, ma lui era il capo: il film s'intitolava *Panna montata*. Sandy, la ragazza dagli occhi ferini, faceva un provino con questa masnada di aspiranti attori porno di tutte le nazioni.

Era diventato un fioraio, il bengalese; restava a guardia di notte in un chiosco a due fermate di tram dal mio quartiere. Non chiudeva mai. Il color caffellatte della pelle, gli occhi addormentati, una sciarpa nera e il cappello di lana sulla fronte in mezzo al suo giardino di rose e tulipani che inondavano di colori e profumi quell'angolo di città. Guardava attraverso le nuvole di freddo gli uomini come lui, altri esseri notturni che cadevano dagli autobus e percorrevano le strade come guizzanti animali marini. Chissà cosa vendeva oltre ai fiori.

Tornai a visitarlo perché avevo deciso di procedere con l'atto finale della mia corsa verso Luisa. Sognavo di comprarle un reggicalze e quelle décolleté nere che ormai erano fuori moda, ma in «Supersex» erano la divisa ufficiale nella tempesta del fluido erotico. Dovevo tenerle a portata di mano perché sarebbe arrivato il momento di farle indossare a Luisa, un attimo prima di un nostro bacio. Ma c'era ancora da fare un altro passo e il fioraio bengalese, reduce dei provini hard con Sandy, sarebbe stato il mio alleato.

– Tu eri in un film? – gli chiesi a bruciapelo. Lui rispose di no. Replicai la domanda, e lui scosse la testa. Eppure ci somigliava tanto. Descrissi il film con minuzia di particolari, diedi addirittura la topografia della villa in cui era stato girato, c'era una grande pianta grassa, il sesso si consumava su una sedia a sdraio, c'erano suoi connazionali, degli italiani avanti negli anni, forse oggi morti.

Rise. – Non è un film.

– L'ho visto, ti giuro.

– Non è un film, è la realtà –. E rise ancora.

– E lei, lei com'era? – domandai, mentre il cuore cominciava a battermi forte.

– Magra, sentivo le ossa, giovane, non si stancava mai.

– Ti è piaciuta?

– Non ricordo.

– Niente?

– Profumava.

– Profumava?

Il fioraio uscí dal chiosco e si diresse verso uno dei vasi che costellavano il bordo del marciapiede, sollevò un mazzo bianco, gambo e foglie carnose, ciuffi di candidi petali che emanavano un odore dolciastro. – Tuberosa, profumava di tuberosa, – ammise dopo quella sceneggiata che forse serviva soltanto a liberarsi delle mie domande e a vendere i suoi fiori.

Scoprii che le tuberose erano i fiori del peccato, addirittura nel Rinascimento era vietato farle annusare alle donne perché avrebbero potuto indurle ai piú improvvidi vizi carnali. E cosí mandai un mazzo di tuberose al Bluebelle, immaginai Luisa infilare il naso nel polline e piegarsi mettendo bene in risalto la leggera protuberanza del reggicalze che le avevo regalato. Le avrei spiato le gambe dentro una gonna bianca, era nata per amarmi, l'avrei portata in una sala da ballo, solo lei ed io, al profumo di tuberosa, come Sandy in quella indimenticata orgia.

Ma quando arrivai al locale trovai i miei fiori sul davanzale della cassa. Mimmo e Luisa stavano litigando. Una delle ragazze era stata scoperta a fare marchette durante un privé, cinquanta euro extra per una sega. La legge parlava chiaro: se c'era sesso scattava in automatico il favoreggiamento alla prostituzione, il che significava chiusura del locale e guai grossi per il proprietario, che rischiava di finire dentro.

Luisa stava rimproverando Mimmo, era talmente presa che non si accorse neanche della mia presenza. Mi avvicinai e la sentii dire: – Sei tu che mi hai mandato i fiori?

– Quali fiori? – domandò Mimmo.

– Le tuberose, non c'era neanche un biglietto.

– Beh, il bastone e la carota, anzi la tuberosa, sono un boss moderno, – sghignazzò.

Le ore precedenti avevo pensato a quale sarebbe stata la reazione di Luisa, ma avevo dimenticato di allegare un biglietto firmato. Mimmo si era preso il merito delle mie tuberose, non era giusto.

Poi sentii Luisa aggiungere: – Sai che Martino, il tuo factotum, affitta casa alle prostitute?

– Ma lascialo perdere, deve svolta' pure lui.

– Noi non siamo un locale come gli altri, devi assumere gente seria o finiamo nei guai.

Avevo la bocca asciutta, un sapore amaro sul palato,

tirai su con il naso per far sentire la mia presenza, Luisa alzò gli occhi, sorrise come sapeva fare solo lei. – Non si dice buonasera?

– Buonasera non lo dico dalla seconda media.

– Stavamo parlando di te, Martino, – disse Mimmo in modo mellifluo.

Ero impietrito e reagii nel modo piú dignitoso possibile, dando le dimissioni. – Volevo dirvi che me ne vado.

– Come, lasci? Ma che dici? Ma dove vai, resta qui, poi, poi... – protestò Mimmo.

– Mi dai un aumento? – dissi allora sfrontato.

Le mie dimissioni erano durate pochi secondi.

– Vorrei, ma Luisa non vuole! – Rise e Luisa, guardandoci con disgusto, ci mandò a quel paese.

Mimmo si alzò dal divanetto e mi mise un braccio sulla spalla. – Se tu resti qui, insomma, investi il tuo tempo, tra qualche anno magari te lo fai tu un locale cosí, qui gira un sacco di gente importante.

– Sono due anni che sto qui e mi tratti come un poveraccio.

– Guarda che pure io lo sono, ti vorrei dare di piú, ma sai, Luisa...

– Luisa non è una tua dipendente?

– Ma oggi sono le donne che comandano.

In quel momento il destino si prese gioco di noi, arrivò una strana telefonata e la intercettai io.

– Devo mettere in contatto Mimmo Spadafora con il mio capo, sono il segretario di Vasco Rossi.

– Chi, scusi?

– Vasco Rossi.

– Un attimo, vedo se c'è.

Confesso che per un momento dentro di me si mosse una sorta di dubbio: e se Mimmo non fosse lo sparaballe che tutti crediamo sia?

– Vasco Rossi, – dissi inebetito.

Non appena sentí il nome del cantante suo presunto

amico Mimmo si illuminò. Fece una piroetta e si avventò al telefono aperto in cassa.

– Venite, vi faccio sentire la voce del mio amico Vasco, magari gli faccio pure cantare una strofetta al telefono.

Chiamò dall'ufficio Luisa, i baristi, le poche ragazze che si stavano cambiando per il primo spettacolo della sera. Maneggiò l'apparecchio; poi si guardò intorno con aria interrogativa. – Luisa, come si mette questo in vivavoce?

Luisa, paziente, premette un tasto e il ronzio del telefono occupò tutto il vestibolo dove ci eravamo radunati in attesa del dialogo fra i due.

– Pronto Vasco, amico mio carissimo! – urlò Mimmo al microfono, muovendo le mani aperte verso il basso come se fosse impegnato nel ballo del qua qua.

La musica degli *Spari sopra* riempí l'aria.

– Pronto?

Gli spari sopra sono per voi… Era la voce di Vasco ovviamente, ma registrata.

– Pronto… ma è la musichetta d'attesa, questa? – chiese interrogativo Mimmo guardandoci, finché il volume della musica si abbassò e salí una voce maschile.

– Pronto Mimmo?

– Sí, sei Vasco?

– Sí, e tu sei un cazzaroooo, a cazzarooooo!

Ci fu un silenzio terribile, mentre Mimmo maldestramente riponeva la cornetta. Luisa premette il tasto giusto per chiudere finalmente la conversazione. Mi veniva da ridere e mi trattenevo. Vidi che anche Luisa voleva ridere, e pure il barista, le ragazze, eravamo tutti in preda a un dolore al petto, alla bocca, per non lasciar trasparire che il silenzio non era costernazione, ma resistenza a una immensa risata.

L'aggettivo «cazzaro» calzava a pennello a Mimmuzzo; qualche cliente, o semplicemente un buontempone, aveva capito che Spadafora era uno sparaballe. Non che ci volesse molto, ma aveva agito e aveva agito per tutti noi.

Mimmo era rimasto piuttosto turbato, interpretò lo

scherzo come una minaccia mafiosa. Da sciocco che viene preso in giro al telefono, si eresse a martire. – Chi può essere stato? – si chiese per tutta la serata.

– Uno dei tanti a cui devi dei soldi, – dissi. – A proposito, Mimmo, mi devi centoventicinque euro e Luisa ha detto che se tu non dai il permesso lei non liquida.

Sapevo che era il momento peggiore per reclamare quanto mi spettava, ma ne avevo necessità.

– Ma come ti permetti, non vedi che mi stanno minacciando e tu mi chiedi i soldi? C'è di mezzo la mafia e tu vieni a pugnalarmi alle spalle?

Balbettai qualcosa, lui mise le mani nel portafoglio e tirò fuori qualche decina di euro, le stropicciò e me le lanciò contro.

– Vai, morto di fame albanese, prenditi questi e sparisci.

Non lo avevo mai visto cosí arrabbiato, nulla è peggio di chi non sa scherzare su di sé.

Luisa mi guardò con gli occhi complici mentre uscivo dal locale. – È stata una giornataccia, domani andrà meglio.

– Domani non mi vedrete, – le dissi, deglutendo e chiamando a raccolta il coraggio che mi era rimasto. Anche lei doveva disprezzarmi, mi aveva sempre considerato un essere bacato, uno di quei lupi mannari che facevano ressa davanti al Bluebelle. Ero come loro, non potevo illudermi, e non bastavano certo i rari sorrisi di Luisa. La gentilezza è talmente rara che a volte la si scambia per amore.

Alberi e topi

Mi innamoravo della forma del collo, dei capelli, mi struggevo sui dettagli delle mani che si mordevano, le donne sui mezzi pubblici non mostravano nulla se non questo, raramente le gambe. Mi parevano tutte bellissime, con la pelle candida ed elastica, se erano anziane ne studiavo la bellezza che avevano avuto anche un solo giorno nella vita, impressa negli occhi o nel modo di muoversi e restare in piedi nella canea del bus. Mi chiedevo quante di loro avrebbero confessato almeno una delle fantasie raccontate nei casting di Pierre Woodman dall'ignota Selma: «Sí, mi piacerebbe essere presa da una dozzina di maschi in modo molto duro», o da Rowena: «Stare sola in una stanza con un pastore tedesco dagli occhi di Paul Newman, o chiusa in una torre aspettando che Zeus, sotto forma di pioggia d'oro, venga a ingravidarmi come nel mito di Danae...»

Era la stagione degli iPod, tonnellate di musica raccolte nello spazio di una mano, un rifugio per dimenticare la città. Vivevo sui tram e sui bus che mi traghettavano da un quartiere all'altro in cerca di occupazioni saltuarie. Gli italiani avevano gli auricolari e si guardavano i piedi con le mani sprofondate nei paltò, gli stranieri avevano gli occhi aperti, erano pallidi e tenevano una cartina che li avrebbe dispersi in centro, i neri vegliavano i pochi posti che si liberavano nel ventre del tram 14, i gialli non si vedevano se non sulla soglia dei loro negozi.

La corsa della tecnologia sembrava non riguardarmi, ero fermo a quel negozio di telefonia dove avevo conosciuto

Fabiana alla fine degli anni Novanta, e sentendomi ancora addosso gli anni Novanta come una coperta di Linus presi un lavoro tipico del periodo: Pr in un dancing. Non ero mai stato un tipo da discoteca, ma il Bluebelle mi aveva abituato alle notti e ai tipi da notte, personaggi che rasentavano il malaffare come Mimmo, abbronzati, colli alti di camicia, orologi pesanti al polso, odore di dolciastre eau de toilette. Promettevano soldi, serate, poi sparivano, lasciando debiti che a Roma chiamavano buffi, perché quando c'era da saldare, puf, i debitori sparivano e arrivavano nuovi proprietari.

Il nome della discoteca era Animal e non raccontai a nessuno che le vere ragioni per cui ero andato a cercar lavoro in quel posto avevano a che fare con Rocco Siffredi. La serie *Rocco Animal Trainer* era al culmine, nel 2007 usciva il ventitreesimo volume. Tutti gli episodi erano ispirati all'idea che il film porno è il paradigma dell'umanità che si libera solo quando tira fuori l'aspetto ferino respinto dalla società, le attrici sono lí per divertirsi e imparare, dare libero sfogo agli impulsi, per l'appunto animaleschi, guidate dal loro trainer di fiducia.

Era passato un decennio dal mio tentativo di spacciare Siffredi come novello Pasolini in un esame di letteratura all'università, ero ancora convinto che ci fosse un disegno poetico dietro la sua filmografia.

In uno di quei film recitava Annette Schwarz, un'altissima ragazza tedesca ex assistente in sala operatoria, con la testa rotonda e gli occhi tiroidei, somigliante alle tre animatrici dell'Animal che si dimenavano sui cubi. Il corto circuito tra ciò che guardavo e ciò che vivevo era tale che le chiamavo tutte e tre Annette, poi la sera cercavo sul computer l'ultima novità di *Animal Trainer* e la facevo decantare tra gli occhi e la mente come i bevitori professionisti con un brandy invecchiato. Provavo un sentimento molto vicino al sollievo allegro che produceva tanti piccoli fremiti simili alle bollicine d'aria della plastica d'imballaggio. Non bisognava piú aspettare il lento download dei file in condivisione, ora bastava cliccare sui siti di streaming. Imperavano nuove attrici, e leggendo la data di nascita delle ultime regine del porno, Sasha Grey e Tori Black, rimasi sconcertato. Nel 1988 ero già un ragazzo e sognavo Moana e Karin Schubert, mentre Sasha e Tori dovevano ancora nascere. Avevo i brividi mentre curiosavo tra i film delle nuove star, era il modo piú crudele per sentire il tempo scorrere sul proprio corpo senza bisogno di guardarsi allo specchio.

Poi arrivava un senso di prosciugamento, mentre i tessuti delle protagoniste si dilatavano e le articolazioni subivano innaturali contorsioni da fachiri, i volti degli uomini s'incattivivano, i denti digrignavano e la presa diretta riportava il ritmo del fiato pesante. Il nuovo porno era troppo fisico, troppa performance, troppa guerra. Kristi Myst aveva capito tutto abbandonandolo per il wrestling, non era piú il suo porno e nemmeno il mio. Spegnevo il computer, ricucivo gli attimi della giornata, le cose fatte e quelle da fare, finché arrivava il momento migliore, mettersi a letto mentre la città si svegliava e sentire l'odore di lenzuola pulite, una minuscola gioia che mi aiutava a chiudere gli occhi sulle immagini di Luisa Montieri nei panni di una delle eroine appena avvistate in un disperato atto di sottomissione. Cercavo l'eccitazione che non sopraggiungeva per la stanchezza, restava solo il tonfo disperato del sonno che mi travolgeva.

Del Bluebelle mi mancava Luisa, e un po' mi mancavano quei maschi ansanti che applaudivano ogni volta che un drappo delle spogliarelliste arrivava in platea. Lí mi sentivo meno difettoso, meno solo. I maschi consapevoli della propria solitudine cercano altri maschi non consapevoli, era quella la strada da percorrere, chi non è mai stato da nessuna parte, come me, non poteva che cercare i suoi simili. E la solitudine mi venne incoraggiata dalla nascita di Facebook che mi permise di tenere alcuni contatti con vecchi amici dei tempi di Fabiana, anche se né lei né Luisa mi diedero l'amicizia. E cosí fantasticavo su chi fossero diventate, studiando le evoluzioni delle foto sul profilo. Fabiana aveva un fiore stilizzato, una calla, mentre Luisa cambiava spesso, ed era sempre inclinata con la mano che teneva la fronte, la frangetta o il cerchietto con le antenne di chissà quale San Valentino trascorso tra le stripper.

Qualche volta ero pure andato nei paraggi del Bluebelle ad alimentare la mia malinconia luisesca, un sentimento che somigliava alla polpa di certi acini d'uva, con la buccia amara e il nucleo dolce.

Lei compariva sulla soglia per fumare, era sempre uguale a come la ricordavo, il gesto con cui leccava la cartina della sigaretta, una gonna nera a pieghe, stivaletti o scarpe da uomo, anche quelli neri, e una camicia bianca abbottonata al collo. I capelli castani si schiarivano, assomigliando sempre piú al biondo fieno di Kristi Myst. Mi bastava attraversare la strada per sopraggiungere alle spalle di Luisa Myst, farle i saluti che meritava, attaccarmi alle sue gambe, congedarmi con un bacio sulle labbra, ma quando finalmente sentivo il coraggio per farlo, lei era scomparsa dentro il locale e il tempo del mio ingresso in discoteca era suonato.

Il popolo notturno dell'Animal non aveva nulla a che vedere con i lupi mannari del Bluebelle, al suo interno pareva ripetersi lo schema della storia primordiale: la disco era un cubo gommoso e fosforescente, simile alle caverne degli uomini che ancora non conoscevano il fuoco, lotta per la sopravvivenza, scene di caccia, adescamento e supremazia.

L'ultimo tipo col puf facile mi convocò nello scantinato dove aveva fissato il suo quartier generale. Era un milanese lampadato ed ecolalico che sosteneva di aver avviato una quantità di locali in Versilia senza mai dare prova di tale fervida attività. Appena entrai nel sotterraneo lo immaginai subito come un luogo perfetto per nascondersi, vedevo botole dappertutto, dove l'ennesimo topastro ribaldo sarebbe finito per non pagarci il mese di lavoro.

Si era sparsa la voce che avevo bazzicato nei locali a luci rosse e il tizio, con circospezione, come fosse spiato da qualcuno, m'interrogò sull'argomento mostrandosi spiccio e minaccioso.

– Sei nel giro, si dice –. Le dita grandi della mano accarezzavano il mento.

– Che giro?

– Hard.

– Ne faccio parecchio uso effettivamente.

– Di cosa?

– Di hard.

Rise, lo avevo divertito, non si aspettava una resa incondizionata. Abituato a trattare, promettere, turlupinare si era trovato davanti a un vinto.

Specificò la ragione dell'incontro: aveva messo un mucchio di telecamere di sicurezza nei cessi, filmando le acrobazie degli ignari avventori. Nei bagni dell'Animal si consumava qualunque tipo di droga, e soprattutto di sesso. Ne avevo visto piú lí che nelle sedicenti serate trasgressive al Bluebelle. Era la solita storia, quando c'era del vizio di mezzo qualcuno era pronto ad approfittarsene. Mi mostrò le registrazioni, lo schermo rimandava un'immagine offuscata dalla patina opaca, due ragazzi vestiti di nero, una coppia di studentelli, poi due maschi che si baciavano, due ragazze che si toccavano, non c'era nulla di eccitante, erano soltanto ombre che si mischiavano tra loro mutandosi a loro volta in altre ombre. In sottofondo c'era il ronzio della registrazione e il respiro affannoso di Mr Puf che si aspettava qualche commento.

– Sapresti alzarci qualcosa con questa roba? – Lo chiese con tono cattivo, era uno di quelli che non sopportano sentirsi dire di no.

C'era il boom dell'amatoriale che scorreva nei fiumi limacciosi della rete, non a caso chiamati Torrent. Erano passati i tempi dei filmetti in mascherina o degli scandaletti in paese. Ormai il web era il paese, e cosí tutti potevano dire di conoscere perfettamente l'hostess che era stata con quei tre steward, tutti conoscevano la storiella della studentessa di Perugia con il suo fidanzato e quella del professore che si era filmato con le sue allieve, oppure di certi fedifraghi che prima di copulare nell'abitacolo della macchina avevano avvisato i rispettivi coniugi che avrebbero tardato, «Butta la pasta che non torno», «Le lenticchie, ti ho lasciato le lenticchie». Bastava proferire il dettaglio delle lenticchie per capire se avevi davanti un cultore dell'amatoriale. L'amatoriale cosí a buon mercato era l'illusione che il porno assomigliasse alla vita vera, anche se ancora una volta ci era arrivato Siffredi prima di tutti, con gli attori presi dalla strada, l'umano che incontra il divino in questa delirante allucinazione prometeica, come nel mito olimpico ma col vantaggio di non subire la mannaia della *hybris*.

Mi sentii invaso. Lasciai passare qualche istante, respirai col naso tutta l'aria che potevo, ero andato in apnea e avevo bisogno di fare una scorta di ossigeno, senza ossigeno non si dice mai la verità.

No caro Puf dei miei stivali, assolutamente no, non possiamo alzarci nulla, perché non sai la differenza tra un *amateur* e un *refuse*. Il tuo non è che un video di sicurezza che ruba una scopata nei cessi. Non esiste amatoriale senza coscienza dello scandalo. Chi non riesce a cogliere le sfaccettature piú ardite di questa parola non potrà mai capire cosa spinge milioni di uomini e donne a cercare volontariamente quella forma di stupore e libertà che solo certa trasgressione regala. Quei ragazzi arrapati che scopano nei cessi non hanno nessuna voglia di diventare oggetto delle tue, mie e altrui fantasticherie, quindi non possiamo alzarci una lira.

Era un lungo sermone da uomo ferito, in cui difendevo il mondo di quei ragazzi che si amavano nei bagni con l'energia dei protagonisti dei film che guardavo. L'istante felice e inconsapevole non andava diviso con altri, avrei distrutto il dvd e mi sarei licenziato, se solo avessi avuto il coraggio di dire tutto ciò.

Prima che potessi parlare inghiottii l'ennesimo rospo, tacqui, sopraffatto da indolenza, vigliaccheria o semplice pigrizia.

Mr Puf sparí nel nulla pochi giorni dopo senza saldarci settimane di lavoro. Riuscimmo poi a scoprire che era andato in Norvegia dove si era fatto una plastica agli occhi diventando donna e giapponese, si faceva chiamare Yasuko Tamaki.

Tra discoteca e camera a ore inserii un altro lavoretto. Il mio obiettivo era stare il piú possibile nei paraggi del Bluebelle per poter incrociare Luisa Montieri. Immaginavo già l'incontro.

«Perché mi spii? Perché mi segui?»

«Perché lavoro qua». Le avrei risposto tronfio e allegro, anche se avrei voluto risponderle: «Perché ho imparato a dire ti amo alla persona che amo, e ho scoperto che sei tu. Mi segui sull'altare?»

Trovai requie in un modesto sexy-shop a trecento metri dalle gambe di Luisa e dalle sue mani di tabacco. I proprietari erano cinesi, il personale italiano. Una signora vestita da uomo col farfallino e i capelli verdi gestiva questo grande sottoscala ricolmo di video e oggettistica. Fingeva di essere la proprietaria, i cinesi avevano capito quale senso del pudore appesantisse le azioni degli italiani, una presenza dalla sessualità indefinita rassicurava i visitatori. Veniva pochissima gente, vendevamo oggetti scadenti, una specie di camerino da outlet veniva spacciato per videocabina, si guardava un porno seduti in poltrona con un secchio ai piedi e un rotolo di carta alla cifra di cinque euro per un massimo di due ore.

Nel deserto di certi pomeriggi provai l'inquieta ebbrezza di guardare i porno che scorrevano su quel televisore. La selezione automatica simile alle radio notturne, gli stessi dvd da mesi: era quello che piaceva ai nostri clienti, sempre pochi, sempre gli stessi, uomini che non si incontravano da nessuna parte se non nelle videocabine, in ciabatte e calzoni, le camicie fuori dai pantaloni. Presi atto che il porno che piaceva a me era sempre piú raro, i pompini si erano praticamente estinti. Aveva preso piede una strana forma di sesso orale, la meccanica introduzione di un membro nella bocca spalancata di un'attrice remissiva come una bambola. I maestri di questa pratica erano Khan Tusion o Max Hardcore, ex giudice americano, imprigionato per tre anni, perché vestendo le sue attrici come collegiali vagheggiava un immaginario pedofilo.

Al mattino tornavo in via delle Ciliegie in condizioni pietose, lottavo sul tram per il mio spazio vitale, per strada stavo attento ai malintenzionati che la notte vagavano con sbarre di ferro attorno al parco di Centocelle. Poi entravo in casa, dovevo sistemare la camera per gli ospiti, ogni giorno era uguale all'altro, anche se le persone che venivano avevano un aspetto sempre peggiore, donne e uomini butterati, sovrappeso, capelli in disordine, scarpe sporche, tipi arroganti che insistevano per pagare meno, trattavano su tutto, si comportavano da padroni e lasciavano un cattivo odore: non era il sudore degli amanti, ma l'amaro sapore della fatica, come se l'adrenalina di vivere quell'avventura clandestina trasformasse i loro umori in acido carognesco.

Un pomeriggio al telefono sentii una voce stentorea, ma poco sicura di sé, sospetta balbuzie.

– Sono Ivan, quello che suona la batteria. Ho già preso la stanza tempo fa...

Il pischelletto con la cresta, pensai, e una lucina s'illuminò dentro la testa. Finalmente aveva trovato il coraggio di comporre lui il numero per unirsi alla sua donna misteriosa.

Gli dissi che avevo libero dalle tre alle cinque, ma che dopo dovevano smammare, la stanza era occupata da un'altra coppia.

Arrivò puntuale, solo. Fui sorpreso, però non chiesi nulla, mantenendo la discrezione professionale di un ruffiano. Lasciai la chiave, intascai il cinquantino e andai in camera a dormire.

Ero esausto, ormai da settimane mi tenevo su con la creatina, una polverina gialla che sciogliévo in bottigliette di Gatorade o Red Bull. Ma quel giorno non avevo piú forze, i muscoli erano indolenziti, la bocca impastata, il collo flagellato da fitte insopportabili, la faccia gonfia. Erano due notti che dormivo appena un'ora, crollai senza sentire nulla. Feci sogni malsani, i condotti sotto i miei occhi erano pieni di qualcosa che sembrava cenere.

Mi svegliai nel buio guastato dai riflessi dei lampioni in strada, il letto umido di sudore, controllai l'orologio e vidi che erano le sei e mezza. Avevo dormito tre ore. Eppure mi sentivo male, il cuore batteva fortissimo, la gola arida, non ce la facevo neanche ad alzarmi. Avevo dentro come il peso di una colpa cui non riuscivo a dare un nome.

Da fuori venivano i rumori del traffico, la gente stava rientrando dal lavoro. Ero ancora disteso, il soffitto era attraversato da ombre indistinte, quando un rumore persistente catturò la mia attenzione, un rumore che proveniva dalla stanza accanto e assomigliava a un colpo di nocca sul muro. Pensai ai due amanti. Era passata piú di un'ora oltre il tempo pattuito.

Impigrito prolungai la mia sosta nel letto e iniziai a bussare con la nocca del medio, due rintocchi, come stessi saggiando la consistenza del muro. Lo stesso numero di rintocchi tornò dall'altra parte.

Allora provai a battere cinque volte. Cinque volte suonò il muro. Capii che a produrre quei rintocchi non erano le dita di qualcuno, ma un oggetto, forse una matita o una penna.

Picchiai sette volte, la nocca iniziava a illividirsi. Sette volte il muro rispose.

La curiosità mordeva al collo. Che mani erano dall'altra parte del muro? Com'erano fatte? Un uomo, una donna? Come impugnavano l'oggetto che toccava la superficie del muro?

Smisi di giocare, dovevo cambiarmi, recuperare le forze per la serata in discoteca. Non mi andava di cacciare i due piccioncini, ma quando fui sul punto di andarmene decisi di bussare per comunicare che il tempo era scaduto. Stranamente la porta della stanza era aperta. Mi affacciai per vedere se ci fosse dentro qualcuno, ero pervaso da inquietudine e interesse. Scorsi un'ombra che poco alla volta prese le fattezze di una persona vera. Una ragazza in tuta e scarpe da ginnastica era sdraiata sul letto, portava occhiali da miope e i capelli, di un colore rosso acceso innaturale, erano tenuti su da una matita, probabilmente l'oggetto con cui mi aveva stuzzicato attraverso il muro.

Nessuna traccia del batterista Ivan o della simpatica signora dell'altra volta.

– Scusi, lei era con il signor Ivan? – chiesi.

La ragazza alzò lo sguardo dal telefono, gli occhiali scivolarono sulla punta del naso. – Chiami signore Ivan? – Poi tornò al display. – Uno che porta la sua donna qui non è un gran signore.

Quella voce mi era familiare, ma non riuscii a ricordare dove l'avessi sentita. La ragazza si alzò in piedi, si stiracchiò, aveva la pelle chiara, un bianco metallico e lattescente, quel candore che di notte assume un riflesso azzurrognolo.

– Ero uscita a fare jogging e mi sono ritrovata in un motel a ore, non è che hai una crema per il viso?

– No guardi, qui non abitano ragazze e non siamo in un motel.

– E c'è bisogno di una ragazza per avere una crema

idratante? Senti, ti pago se mi vai a comprare una crema. Non ho niente qui e non posso uscire con questa faccia.

Era spudorata e guardava un punto oltre i miei occhi, come se dietro ci fosse un uomo piú alto di me.

– Forse ho della vaselina.

Lo dissi perché qualcuno aveva lasciato un tubetto alcuni mesi prima, e mentre lo dicevo mi resi conto che poteva essere considerata una gaffe.

– Quella non mi serve.

– Mi scusi, non volevo essere scostumato.

– Scostumato... che bella parola, non la sentivo da anni. Mi chiameresti almeno un taxi?

– Ci sarebbe un'ora extra da pagare, ho mandato via gente per non disturbarvi –. Provai a fare il duro, ma non ero credibile.

– Ti siamo venuti a chiamare ma non rispondevi. Mi dispiace, questo giro ce lo offri tu. E poi cento euro per due ore... in albergo pago meno.

– Cinquanta, comunque, – specificai, immaginando un equivoco.

– A Ivan ho lasciato cento, mi ha fregato lo stronzo.

Un sorriso impercettibile le comparve sulle labbra, come quello di un padre davanti a un capriccio ammissibile del figlio.

– Eh già, non mi pare proprio un signore.

Risi e pensai a quel disgraziato di Ivan. Si faceva pagare dalle sue belle.

– Studia da attore, suona... che vuoi, è un poveretto destinato a una vita da poveretto, – disse con una tale faccia tosta che non seppi replicare. Però cercai il numero del taxi.

– Perché non compri le creme? Giú c'è un bel negozietto.

– Forse non ha capito che la sto cacciando con le buone maniere.

– Ma mi dai del lei? Va bene, le faccio un'ultima domanda.

Ero stremato e la trovavo odiosa.

– Sono un'impicciona, sa. Ma lei campa di questo?

– Arrotondo.

Notai le sue mani, erano lunghe e grandi come quelle di un uomo, le unghie mangiate.

– Mi guardi le mani?

– Di solito mi capita di soffermarmi sui piedi, non lo so, mi fanno schifo i piedi della gente.

– Ah, sei un pervertito anche tu. È un periodo che li incontro tutti io.

– Guardi, sarei un pervertito se mi piacessero i piedi.

– Sei un pervertito, lo leggo in quel visino da bravo ragazzo.

– Io devo proprio andare.

– Ma hai capito chi sono?

– No, e non lo voglio sapere.

Eravamo sulla porta, l'aiutai a infilare la giacca e la guardai mentre riponeva gli occhiali nell'astuccio: i suoi occhi erano verdi, ricordavano i toni della giada. Vi lessi arroganza e spregiudicatezza, immaginai quanti uomini ne fossero rimasti conquistati.

– Mi chiamo Giorgia. Mi dai il tuo numero? Potrei aver bisogno di questo posto.

Allungai un biglietto su cui avevo fatto stampare il mio numero di telefono.

– Posso sapere come ti chiami?

– Martino, Martino Bux.

– *Books*, libri, sei inglese?

– Bux è un cognome albanese, ma sono italiano.

– Giorgia Savoia.

– Come l'attrice.

– Sí, come l'attrice.

Ci salutammo, le voci si sovrapposero, lei disse qualcosa che non capii, forse la promessa di rivedersi presto. Poi aprí la porta e scese lungo le scale, la vidi sparire lentamente dietro il parapetto che portava ai piani inferiori. Solo allora mi resi conto che era davvero chi diceva di essere.

Inserii il nome dentro la stringa di un sito porno. Immaginavo già qualche sua scena scollacciata girata agli inizi della carriera. Anche le regine del teatro avevano ceduto a una posa sexy. Scoprii un sito dove le donne italiane del mondo dello spettacolo, giornaliste, politiche, attrici venivano capsate in gallerie con la possibilità di commentare. «Capsare» significava pubblicare un fermo immagine particolarmente seducente. Di Giorgia Savoia c'erano soltanto immagini banali tratte dal film *Papà, mi fidanzo*, dove si baciava con un'altra attrice. E quest'ultima era l'oggetto dei turpi commenti dei capsatori, mentre la Savoia era considerata una troppo impegnata, tra il punk e il radical chic. Giorgia cambiava look di continuo, era stata bionda, maschio, poi era tornata rossa, forse era per questo che non l'avevo riconosciuta. Sbirciai le foto, ogni singolo fotogramma, sentii che potevo innamorarmi di lei come un quindicenne della piú bella della classe. Era una bellezza sofisticata, lontana dai canoni televisivi: poco prosperosa, gambe robuste, un viso dai tratti complicati. Nelle interviste che concedeva era disposta a parlare soltanto delle sue esperienze teatrali, monologhi di Sarah Kane, recital di poesie da Anne Sexton e Sylvia Plath, ma per tutti era la protagonista della commedia *Papà, mi fidanzo*, la storia di una ragazza figlia di un retrogrado meridionale che annuncia il suo fidanzamento alla famiglia salvo poi presentarsi il giorno del banchetto ufficiale (organizzato dal padre) con una donna.

Per altre due volte Ivan il batterista e Giorgia Savoia affittarono la stanza. Le prenotazioni le fece direttamente lei, fui pagato prima che entrassero. Giorgia indossava una pelliccia sintetica nera e occhiali scuri: assomigliava a Madonna in *Cercasi Susan disperatamente*. Glielo dissi, credendo di fare cosa gradita (anche se pensavo piú a Nathalie Tussot, una meteora del porno tedesco con la frangetta rossa), ma mi ignorò mentre annusava gli asciugamani puliti che le tendevo. Poi, sempre senza guardarmi, sparí in camera con l'amante.

La sua pelle bianca e le lunghe dita che mi avevano passato i soldi pattuiti erano diventate un'ossessione. Scovai appassionati di donne con i capelli rossi e la pelle lunare sul sito REDHEADFORFUN, il redhead divenne il mio unico orizzonte, mollai il sexy-shop senza preavviso e perché non mi pagavano da alcuni mesi. La tipa dai capelli verdi e il sesso indefinito prese la cosa come se le avessi detto «Buonasera».

– Tanto non viene mai nessuno, – le dissi.

– Aspettiamo il prossimo giubileo, o quando il papa muore o se beatificano qualcuno, se non ci fossero loro avremmo già chiuso, – mi disse senza alzare la testa da una bolla d'accompagnamento con il tono cinico di certi romani che sembrano sempre saperla lunga su tutto, poi aggiunse: – Prenditi qualcosa come buonuscita.

Pensai prima a Luisa Montieri, ma poi mi vennero in mente i capelli di Giorgia, e mi sembrarono dare un senso a tutto ciò che mi girava nella testa. – Mi dai tre parrucche rosse?

Quella notte mi ubriacai. Le tre Annette avevano sciolto MDMA in una bottiglietta d'acqua e l'avevano tracannata passandosela con occhi avidi come fosse il sacro Graal. Salirono sui cubi, mentre la musica innescò i muscoli e le molecole della metamfetamina, guardai le tre parrucche rosse sulla testa delle tre Annette che brillavano nell'oscurità.

Ero acquietato dopo la notte di lavoro e alcol, l'olezzo di cenere addosso, il sudore degli altri, l'ancheggiare delle tre parrucche che avevano reso le loro ignare portatrici almeno per una volta divinità a cui consacrarmi. Un autobus mi passò sotto gli occhi. Mentre cercavo di prenderlo, correndo lungo la strada deserta, vidi che sul retro campeggiava un'ammiccante Giorgia Savoia: era la locandina del suo ultimo spettacolo pubblicizzato proprio sul mio bus notturno. Mi convinsi che Savoia aveva comprato quello spazio soltanto per darmi notizia del fatto che mi aspettava, e io la inseguivo con la disperazione di un bambino che rincorre la fata Morgana.

Avevo letto le sue interviste con avidità, in una di queste parlava dello spettacolo in cui interpretava una prostituta e diceva che le piacevano i ruoli delle donne perdute perché non conoscono l'amore puro, non hanno capacità giuridica, non hanno figli, le madri e le sorelle le piangono come morte, la scienza le tratta come un male, eppure, malgrado tutto, sono l'immagine di Dio. Impazzii d'amore (non sapevo che stava citando le parole di Čechov), il nostro era un connubio perfetto, anch'io ero perduto, ci saremmo smarriti insieme nella grande città.

Il teatrino dove si esibiva era sulla strada desolata di un quartiere in via di costruzione alle spalle di Tor Bella Monaca. Impiegai due ore per arrivare con i mezzi pubblici. Mi sedetti al centro della platea. Il teatro poteva contenere trenta persone al massimo e davanti a me si era seduto un uomo col cappello a cilindro. Giorgia apparve sul legno malfermo del palcoscenico completamente nuda con un paio di pantofole e un guanto da portiere sulla fica. Poi smisi di vedere lo spettacolo perché il cilindro del signore avanti a me occupò il mio campo visivo.

– Scusi, può togliere il cappello?

– No.

Ci fu uno scrosciante applauso e il guanto da portiere volò sulle nostre teste, due uomini se lo contesero e chi lo vinse, dopo averlo mostrato come uno scalpo, lo annusò.

C'era qualcosa di molto intelligente che non avevo capito nella performance, che si concluse con Giorgia che emetteva un verso animalesco, lo stesso in cui si era prodotto anni prima il Bestialista.

– Sei stata bravissima, per me è inusuale venire a teatro, – le dissi nei camerini. Rimase stupita nel vedermi.

– Ma chi sei?

– Martino. Bux...

– Non farti vedere qui, per favore, c'è gente.

– Non ho fatto nulla di male.

– Ma io sí, e tu sei un testimone, via via via.

Tornai ancora a teatro, c'era meno gente, appena una dozzina di persone. Rifeci la solita fila al camerino, avevo tra le dita una rosa rossa, gliela lasciai senza parlare, mentre un bouquet con una dozzina di rose colorate riempiva il tavolo dei trucchi.

– Ruffiano, che fai stasera?

– Vado a casa.

– Ci beviamo una cosa insieme?

L'odore di fiori freschi mi invase le narici, il profumo di quella richiesta sorprendente. Negli occhi notai un lampo diverso, leggevo una gradevole condiscendenza, la stessa del pomeriggio dei tocchi alla parete con la matita.

Mi ritrovai in pochi minuti nell'aria notturna, con il vento che pizzicava le guance. Giorgia era bellissima dentro un cappotto blu fino al ginocchio, stivali, jeans, una sciarpa colorata copriva il suo volto. – Non esco con tutti gli sfigati che vengono –. Camminavamo sul selciato che si estendeva fuori il teatrino, mi piaceva il rumore delle pietruzze bianche sotto la suola, tante minuscole conflagrazioni che mi placavano. – Però tu mi fai paura, quindi hai chance con la Savoia, se non altro per offrirle un mojito.

– Lo prendo come un complimento?

Aprí la borsa, estrasse il telefonino e iniziò a cercare qualcosa, forse aspettava un messaggio di Ivan. Parlava con lo sguardo rivolto al display. – Leggo nei tuoi occhi un maschio capace di tutto, ma anche un bambino, non lo so, voglio studiarti, non sono mai stata con un tipo come te.

Non ebbi il tempo di replicare.

– Guarda che devi considerarti fortunato di essere qui con me. Se domani compare una foto in cui siamo insieme, tu puoi iniziare a fare soldi.

In viso le fiammeggiava una luce perversa, senza misericordia.

– Mi sembri spietata, – azzardai.

– Solo realista, lo sono tutti in questo paese.

– Il ragazzino... non lo ami?

– Lui ci sa fare.

– Un seduttore?

– Un superdotato, ma molto dolce –. E rise. – A me piace il cazzo grosso. Se lo sai usare, poche storie, sei in grazia di dio. Sai, un cazzo giovane e duro mi toglie un sacco di problemi dalla testa.

– Quindi non sei innamorata? – insistetti.

– Sono stata innamorata di attori, registi e scrittori, ma anche medici, avvocati, sono stata innamorata di tutti quelli con cui sono stata. Non sono tanti, ma abbastanza per capire che voi maschi avete tutti un problema.

– Quale?

– Siete froci, innamorati di voi stessi. Vi fareste se poteste.

– Mi sembri cosí diversa dalla prima volta che ti vidi nel mio letto.

– Non ero impasticcata come sono adesso, che sono a ruota libera.

– Che roba ti fai?

– Litio, è uno stabilizzatore dell'umore.

– Sicuro che te lo stabilizza?

– Io sono quella che vedi, una realista che non si fa fregare da nessuno. Non la do al primo produttore sfigato, e poi non sono mai andata con i politici, e neanche coi dirigenti della Rai, ecco perché non mi vedi lavorare lí.

Eravamo finiti dentro un bistrot affollato. Il cattivo odore della cucina che tirava fuori stuzzichini riscaldati nel microonde avvelenava l'aria. Seguivo ogni suo movimento con attenzione, avevo nella testa una sua foto scovata su IPERCAFONEFORUM, un grande sito di capsatori. Era stata rubata da un set di qualche anno prima. I capelli fulvi scendevano ai lati del collo nudo, il petto bianco, gli occhi nascosti dietro un paio di occhiali con montatura blu, le lentiggini, che avevo contato una a una. Quanto sei bella Giorgia, mi dicevo, quanto darei per baciare le macchioline rosa che punteggiano le tue gote.

A un tratto sentii il suo stivaletto urtare delicatamente la mia caviglia, le cercai lo sguardo, lei sorrise, un misto di malizia e complicità.

– E pure tu sarai frocio dentro, lo sai? Pure tu sei innamorato del tuo piccolo ego –. Mi gelò mentre da sotto il tavolo i suoi tacchi danzavano vicino la punta delle mie scarpe. – E tu sei mai stato innamorato?

– Io ho amato solo una volta nella vita, poi lei mi ha mollato.

– Non ci posso credere, dici sul serio?

– Sí, è finita con uno meglio di me. E lei era migliore di me.

– Tu hai mai fatto un percorso di analisi? Per me ne hai bisogno come il pane.

– Perché ho detto che la mia ex era migliore di me?

– E tu non hai lottato? Forse non l'amavi davvero.

– Forse noi semplici abbiamo una vita un po' piú lineare di voi sofisticati.

Le dissi questa frase con orgoglio pronunciandola con plateale lentezza, come se mi fossi trovato davanti a un bambino. Ma forse parlavo con Fabiana, le stavo dicendo che non ci si smette mai d'amare, oppure lo stavo promettendo a Luisa, su di me potrai sempre contare, dopo che un innamorato ti ha visto fare roba della Extreme Associates, nulla potrà mai scalfire il suo eterno sentimento di sbigottimento e gratitudine.

Il cuore mi batteva, mi sentivo cuocere la faccia, mi parevano secoli, secoli senza una donna in carne e ossa che mi prendesse in considerazione. Pensai che avrei voluto dormire abbracciato a Giorgia, nella tipica posizione a cucchiaio che nei porno chiamano «spoon», i suoi piedi lisci e gelidi intrecciati coi miei. Era il momento giusto per chiederglielo.

– Hai mai fatto una gang bang?

Giorgia sembrò non essere minimamente scalfita dalla mia domanda, e come se le avessi chiesto se era mai stata in vacanza in Croazia rispose:

– Una gang? – lo sguardo fisso nei miei occhi.

– Sí, molti uomini e una donna, – chiarii.

– Sí, so cos'è. Guardi i porno? – bagnò le labbra con il cocktail che aveva ordinato, aggrinzí la fronte ripetendo: – Guardi i porno?

– Sí.

– E ti piacciono le gang bang, – rilassò le rughe del viso e della fronte col tono di chi prende atto di una situazione che già conosceva.

– Sí. Donne adulte, una donna e molti maschi, donne vestitissime, magari in reggicalze e corsetto –. Giorgia mi interruppe scoppiando a ridere, ma una risata che non voleva essere irrisoria, le vidi tutti i denti della bocca, mi accorsi che oltre i perfetti incisivi che i suoi fan conoscevano, nascondeva molari disposti casualmente come dadi. Approfittò della mia pausa di distrazione e mi domandò:

– Secondo te esiste una donna a cui piace farlo con tanti maschi assieme? Guarda che non è molto lontano dallo stupro…

– Stupro? Che c'entra lo stupro con la gang bang?

– È solo una vostra fantasia di merda. C'è sopraffazione, il senso di inadeguatezza che si sublima con la moltiplicazione dei partecipanti. Di solito è appannaggio di maschi misogini, con un'elevata propensione all'impotenza che attraverso il prevaricante sesso numerico esprimono il loro vitalismo da caserma, violento, bestiale, oserei dire mortuario. Solo rare volte, quasi MAI, e ripeto MAI, c'è una donna che sceglie.

– E forse io amo quella donna quasi MAI, lasciami immaginare, mi negheresti di immaginarti come un'eroina dei miei sogni che fa certe cose? – mi confessai gettandomi in pasto al suo giudizio. Assunse un'aria seria, ai limiti della severità.

– Fai ciò che vuoi, pensami come vuoi, è il mio lavoro essere immaginata... Visto che ti confidi, ti confido anch'io un segreto. Io ci sono stata una volta con due maschi e sai cosa è successo? Che a un certo punto uno dei due non mi piaceva piú, ma come facevo a mandarlo via? È stato un supplizio, una delle peggiori scopate della mia vita –. Giorgia e due uomini, non era una gang bang, era un threesome, ma ora non avevo il coraggio di sottilizzare, era giunto il momento di dichiararmi.

– Giorgia...

– Savoia, – mi corresse.

– Scusami, Savoia... ti va di continuare a vederci?

– Martino, non sono in vena di passeggiate romantiche sulla battigia, questo mettiamolo subito in chiaro. Diciamo che sono qui per una mia indagine... antropologica.

– E io sarei un campione della tua indagine?

– Non lo so, ma devo essere a contatto con questa realtà precaria, con i trentenni di oggi, senza futuro.

– Come reciti bene, – dissi pensando di farle un complimento.

– Mi stai offendendo? Ricordati di non offendere mai Giorgia Savoia, ha poteri magici!

Il volto minaccioso incuteva timore, il colore latteo si era imbrunito, aveva le sfumature di una susina di Monreale, con piccole vene rosate. C'era qualcosa che non tornava in tutta quella serata, mi ero fidato, stava forse per accadermi un incidente?

Ci lasciammo sotto le luci di un lampione vicino piazza Vittorio, il chiosco di pakistani aveva un televisore acceso che diffondeva bagliori e voci. In quella piazza ricolma di orti, tronchi, portici e segreti, rimasi turbato dalla dichiarazione di Giorgia Savoia sui suoi poteri magici. Aveva lo stesso sguardo pazzo e pieno di presagi della Strega dell'Ovest nel *Mago di Oz* con Anikka Albrite e Nina Hartley. Il film porno piú costoso della storia che ora mi tuonava nella testa fino a farmi male.

Raccolsi informazioni, andai da un sacerdote, non mettevo piede in una chiesa da anni; lo feci per chiedere se era vero che esistevano esseri umani dotati di poteri magici. Ci credevo perché Giorgia aveva qualcosa di extraterrestre, i colori, il modo singolare in cui ti guardava. E poi era successo che una sera, tornando dall'Animal, fui aggredito da un cane randagio con gli occhi di Annette Schwarz, un pastore tedesco randagio che mi abbaiò contro, restandomi a lungo alle calcagna, e quando a pochi metri da casa pensai di essere finalmente salvo caddi in una buca dell'asfalto. Da laggiú vidi il cielo della città e capii cosa significava essere topo a Roma, il cielo sembrava piú lontano e la terra emanava borborigmi ininterrotti. Avevo imparato che sotto Roma c'erano le civiltà antiche, c'erano gli uomini migliori di noi, che avevano costruito qualcosa che si sarebbe studiato per sempre. Il rumore sotterraneo della città mi accoglieva proteggendomi, mentre il cane girava attorno alla buca scodinzolando, non voleva farmi male, voleva soltanto riconoscersi in un suo simile, spartire il cibo o la solitudine.

Raccontai la mia disavventura a Bubi, il buttafuori dell'Animal, lo sentivo amico, anche se era un tempo in cui scambiavo il rispetto per sentimento di amicizia. Mentre gli uomini, lí dentro, si dimenticavano la condizione di uomini, assecondando il nome del locale nei fatti, Bubi restava umano. Fuori sarebbe stato un teppista qualunque, ma in quel posto di fantocci danzanti obnubilati dalla tecno mi sembrava l'unico di cui fidarsi. Cosí mi aprii senza precauzioni.

– Oggi solo i cani sembrano capire qualcosa di me.

Lui mi guardò strano.

– Sono esseri autentici, gli animali sentono le cose, sentono le persone, – aggiunsi per mettere in chiaro che non gli stavo dando del cane.

– Martino, un cane ti ha mai contraddetto? Non ti chiedi come mai ti capiscono solo i cani? Evidentemente sei un cane anche tu.

– E se fossi un lupo mannaro? Uno di quelli che girano attorno ai privé e agli strip bar?

Bubi non rispose, aspirò con le narici masticando le parole. Era preso dalle tre Annette in parrucca e stivali, appena uscite dai camerini pronte per i loro cubi. Sorrise, vidi i suoi denti e c'era qualcosa che mi inquietò in quel ghigno. Aveva un annuncio da fare.

– Addio ragazze, il vostro angelo custode cambia vita! – disse. Ma quel colpo di scena non sconvolse minimamente le tre. I loro sguardi divennero ancora piú distanti, vacui, mentre Bubi cominciò a raccontare di essere stato assunto in un locale molto esclusivo. Le Annette avevano le dita infilate in una ciocca di capelli, si tenevano con le mani la schiena per apparire piú erette, avevano cose ben piú urgenti che ascoltare i propositi di nuova vita di un buttafuori coi denti da morto.

Fu lí che sentii parlare per la prima volta del 609, il privé piú chiacchierato della città.

Il 609 era gestito da Cinzia Conti, un'ex pornostar che aveva mantenuto un profilo basso nel periodo della trasgressione romana. Negli anni Ottanta compariva nelle televisioni locali con il suo immancabile cappello con veletta per vendere prodotti eccitanti, creme miracolose per erezioni mancate, gocce di profumo il cui aroma avrebbe sedotto chiunque. Quando avanzava, sullo sfondo di una tenda rosa e nella sua tenuta impeccabile in lingerie, sognavo di essere il suo cocchiere, mi bastava guidare una carrozza dalla quale sarebbe scesa, perché una come Cinzia Conti non poteva che viaggiare in carrozza, provenire da secoli licenziosi come il Settecento sadiano per offrire a noi comuni mortali un po' di quell'atmosfera.

Aveva fatto porno ai tempi di Moana, la Venere Bianca, Jessica Rizzo. Il mio database preferito elencava una cinquantina di scene. C'era una foto di Cinzia che risaliva a vent'anni prima, un fermo immagine tratto da *La moglie di tutti quanti lo prende sia dietro che avanti*. Cinzia era ironica, dominatrice, sorrideva sempre, in testa il cappellino con veletta anche nelle scene di gang bang. E che gang bang. Venti maschi di ogni specie e fattura, aitanti, improbabili, soldateschi e impiegatizi. Erano anni senza Viagra, ancora non esisteva l'obbligo della depilazione, dunque una masnada di gorilla pelosi con i membri barzotti. Cinzia li accoglieva sorridendo, tenendosi con una mano il cappello. Erano brutti e lei era bella.

Si era ritirata per dedicarsi allo scambismo, applicando al 609 il suo stile di vita libero da condizionamenti sociali e sentimentali. Cinzia non era una donna ordinaria, non avrebbe mai lasciato che il suo privé esibisse insegne scontate. Quello «o» rappresentava un algebrico ammiccamento, avvalorava i numeri viziosi che aveva accanto, i due amanti che si danno piacere, era il terzo incomodo, il demone che guarda e sovrintende ai peccati dei suoi adepti.

Se Bubi lavorava in un posto dove le fantasie erotiche dei comuni mortali diventavano realtà, perché non potevo lavorarci anch'io, che avevo maturato un'esperienza invidiabile nei locali notturni romani? Pensavo a questa migrazione dall'Animal al 609 e oltre a Bubi e il sottoscritto avrei voluto che trasmigrassero anche le tre Annette. Le immaginavo vestite da sera, in un contesto elegante, con luci soffuse, musica bassa e uomini e donne di classe. Le Annette si sarebbero mostrate diverse da quel che erano, o forse no, forse sarebbero rimaste dei cyborg indolenti. Una di loro, la piú scolarizzata, che aveva portato a termine le scuole superiori intorno ai venticinque anni, una sera mi confidò: – Abbiamo sempre diffidato di quelli come te che sono gay ma non lo sanno, è una presa di coscienza, è importante –. Era bellissima e poco credibile mentre mostrava le labbra colorate da un rossetto viola trapuntato di brillantini, un piccolo cielo che si apriva in due e dentro l'avorio dei suoi denti grandi.

Balbettai qualcosa. La voce della ragazza aveva il timbro delle cornacchie, Roma era invasa dalle cornacchie da alcuni anni, uccelli spelacchiati e scuri che scucivano le foglie dagli aceri.

– Allora? – incalzò, e mi parve sempre piú assimilabile al mondo ferino. Quanto mancava alla definitiva mutazione?

– Io sono innamorato di una donna, ma lei non mi considera, – mi aprii.

– E perché non ci hai mai provato con noi?

– Perché non ho avuto il coraggio.

– Quindi non sei gay, non ci hai provato perché non hai avuto le palle.

Non dissi nulla.

– Ti piacciamo? – tornò all'attacco.

– Sí.

– Chi ti piace di noi? – mi stuzzicò.

– Tutte.

– Scegline una.

– Te.

– Troppo facile.

Una delle tre Annette si chiamava Pallina e cosí dissi, robotico: – Pal-li-na.

– Ne vuoi uno da Pallina?

– Sí…

Fu in quel momento che sentii un dolore fortissimo alla schiena, mi avevano tirato un calcio, poi una risata violenta coprí la mia umiliazione, il vecchio schiaffo del soldato era diventato il calcio di una cubista e io ero al centro di quello stucchevole gioco. Si applaudivano vicendevolmente, mentre a terra piegato in due vedevo i movimenti marziali di una di loro che ripeteva nel vuoto il calcio che mi aveva sferrato. Era giunta l'ora di fermare la mutazione. Era giunta l'ora di scappare.

L'ingresso anonimo in una via buia del centro ricordava quello di un jazz club, nessun buttadentro nei paraggi, nessun pappone, solo un tappetino bordeaux e una manciata di scalette dietro una porta scura.

La prima volta feci le poste per capire che razza di gente frequentasse il 609. Notai subito qualcuno che guardava l'entrata chiuso in macchina, forse aspettava il movimento giusto per scendere. A un tratto, dall'oscurità del grande viale trafficato che intersecava il vicolo del privé, vidi arrivare una coppia: lei in bianco, gonna corta, sandali, sul viso la patina delle lampade solari; lui alto, largo, faccia scontrosa. Prima di entrare si guardarono intorno per qualche secondo: doveva essere un segnale, perché nello stesso momento si aprirono le portiere di una mezza dozzina di auto da cui uscirono altrettante coppie. Erano persone che non avresti mai notato per strada, quasi tutte sulla sessantina, eleganti. Le donne avevano pantaloni o gonne oltre il ginocchio, tacchi a stiletto, capelli vaporosi, i maschi erano brizzolati o calvi, ben vestiti. Piú che in un club mi parve entrassero in una serata da Lions o Rotary. Fantasticai su cosa accadesse in un posto simile, immaginai le coppie giovani sollazzare quelle piú anziane. Cinzia Conti era il demone che organizzava torride quadriglie.

Tornai un paio di settimane piú tardi, stavolta fuori orario. Avevo preso un appuntamento per telefono, spiegando chi fossi, dove avevo lavorato, cosa stessi cercando. Ero certo che mi avrebbero liquidato in pochi minuti, forse non sarei nemmeno riuscito a parlarle. E invece fu la prima persona che vidi: Cinzia Conti stava camminando avanti e indietro sulla moquette dell'ingresso, lo sguardo fisso sul telefono.

Era ancora seducente, aveva un leggero trucco, caschetto rosso, occhiali scuri, una sigaretta sottile tra le dita. Era altissima, montava stivali di pelle, aveva una camicia nera e pantaloni bianchi, un foulard al collo. Sembrava a suo agio in quella tenuta da lady dominante in un country club.

Le sorrisi, lei contraccambiò, ma fece cenno di aspettarla. Appena chiuse il telefono tese la mano verso di me.

– Sei il ragazzo per il colloquio?

– Grazie per il ragazzo, ma ho superato i trenta.

– Allora non devo spiegarti chi sono, sai già tutto.

– Sono cresciuto con lei, – rivelai emozionato.

– Ero molto piú bella, ora quella Cinzia esiste solo nei vostri ricordi, spero siano peccaminosi.

Sorrisi, mi sentivo a casa. Tutt'altra classe rispetto a Mimmo, pensai, mentre Cinzia civettava.

Chiacchierammo a lungo. Sorrideva con l'aria di chi accetta il languido ricordo degli anni d'oro senza bearsene.

– Quando ho smesso ho aperto un privé per le prime coppie scambiste. Ci ho provato, volevo prendere la scia dei grandi innovatori del settore come Riccardo Schicchi e la sua scuderia di giovani promesse dell'hard, ma erano altri tempi. Moana, Ilona, erano donne coraggiose, si facevano arrestare a seno nudo davanti alle chiese, al parlamento, soltanto per spingere un po' piú in là il comune senso del pudore.

Con orgoglio mi mostrò lo stile dell'arredamento nelle varie camere, due grandi ovali circondati da minuscole porticine che davano accesso al mondo delle stanze segrete, dove si incoraggiavano desideri di ogni tipo. «Pulizia e discrezione» prometteva un qualsiasi annuncio sessuale, e mentre camminavo tra i cunicoli oscuri, dove si respirava aria di pulito – il bucato delle buone famiglie italiane –, pensai proprio all'accoppiata dei due sostantivi. I rivestimenti dei grandi letti sapevano di albergo vaticano, sobri e lindi; in realtà erano culle dell'abbandono che accoglievano ansimi, deliqui, fiati adrenalinici.

Cinzia rispondeva con riluttanza su programmi e clienti, era meno discreta quando raccontava gli aneddoti del suo passato.

– Le attrici porno hanno sempre una seconda vita complicata. Hanno vocazioni mistiche, si danno al fitness oppure finiscono a fare marchette. Sposarsi con un ricco impotente per quanto mi riguarda significa una cosa sola: marchetta.

Verso la fine del nostro colloquio, totalmente rapito dalla leggerezza con cui parlava del passato, arrivai al dunque. Diventai rosso, Cinzia se ne accorse e sorrise, un sorriso gentile che infondeva coraggio.

– Insomma signora Conti, c'è qualcosa che posso fare qui? Al Bluebelle, come le dicevo, ero un tuttofare, mi può mettere alla prova anche al bar.

– Diamoci del tu, puoi essere mio figlio o un nipote. Ho fatto il mio primo porno a trentatre anni.

E intanto conteggiavo l'età di Cinzia: doveva essere sui sessanta, eppure era ancora bellissima, per come si muoveva, per come sembrava incurante dei suoi anni e delle mille trasgressioni vissute.

– Hai l'aria da bravo ragazzo, perché vuoi lavorare in un club? Puoi venirci da cliente. Ci sono serate carine e uno come te se le può permettere. Lavoro con questa gente da un sacco di tempo, non posso proprio prendere nessuno.

Fu gentile, ma categorica. Mi offrí la tessera d'iscrizione, mi spiegò come funzionava, disse che il suo era un circolo culturale (qui una piccola risata le increspò le labbra) e che moltissimi associati erano coppie, però avrei trovato anche tanti singoli. – Prostitute e papponi invece non ci sono, – puntualizzò. – Se becco marchettari nel mio locale chiamo subito la polizia.

Le rimasi simpatico. Non era cosa da poco, perché se le andavi a genio poteva farti entrare gratis, consumazioni escluse.

Tornai al 609 come cliente, pagai soltanto la prima volta, ma non scesi giú nei cunicoli. Conobbi un po' della fauna locale, coppie e un paio di singole. Le donne mi sembrarono mercenarie, ma pensai che con la clientela di alto bordo che girava non poteva essere che Cinzia si circondasse di signore cosí poco avvenenti. Una era alta, ricoperta di tatuaggi, labbro leporino e vestito corto; l'altra era in carne, capelli corti, autoreggenti e corsetto, un'aria dimessa e sciatta.

– Giochiamo? – mi chiese quella alta e tatuata.

– In che senso? – percorsi le sue gambe lunghe fino allo stiletto delle scarpe color argento.

– Andiamo giú e giochiamo un po'.

– No, sono un amico di Cinzia.

La donna si rassettò, chiese scusa e si allontanò subito, come se avesse parlato con un esattore delle tasse.

In una delle sere che tornai feci amicizia con una tipa curiosa. Veniva due volte alla settimana. Ci tenne a sottolineare che non era una prostituta, era lí per parlare, poi se qualcuno le piaceva scendeva e «giocava». Le donne e gli uomini che si proponevano come «o» nel 609 usavano il verbo «giocare» in modo ambiguo. «Giochiamo» stava per scopare, ma anche per sedurre, adescare, bere e chissà cos'altro. Ribattezzai la tipa con il nome di una pornostar morta un paio d'anni prima in circostanze misteriose: Haley Paige. Le assomigliava da impazzire. Se non fosse stata romana avrei potuto pensare che fosse la rediviva Haley venuta a nascondersi nelle viscere della città santa, lontano dal perfido mondo della San Fernando Valley.

Il 609 si accendeva quando la città dormiva. La campana di una chiesa nei paraggi mandava i suoi rintocchi, i lupi mannari attraversavano come pazzi il marciapiede, ne avvertivi il respiro affannoso, l'emozione. Tutte le finestre dei palazzi erano buie e solo una luce fioca vegliava l'ingresso; in quell'angolo di strada la bocca del privé aveva l'aspetto di un anonimo teatrino. Attraverso il vetro opaco dell'entrata scorgevi il cassiere, simile a un concierge di uno di quegli alberghi tra le due guerre, gli mancavano solo il berretto gallonato e la livrea. Alle sue spalle spuntava Cinzia, che di sera era sempre in tiro, in posa come una statua con le braccia scoperte, la mano a coppa rivolta ai clienti: – Benvenuti!

Dalla disposizione dei divanetti nel locale potevi capire a che tipo di serata saresti andato incontro. Quando al centro c'era spazio, significava che il momento piú piccante sarebbe stato avviato dalla musica, le coppie vere e quelle di cortesia (ingaggiate per animare o giocare) avrebbero iniziato a danzare.

Preferivo le serate in cui i divani occupavano la pista e il locale assomigliava alla hall di un albergo, quando la musica era piú bassa. Tra gli avventori raramente mi imbattevo in qualcuno con cui parlare, ero sempre in imbarazzo, aspettavo la fatidica domanda che si nascondeva dietro ogni chiacchiera: «Giochiamo?» Oppure: «Andiamo giú?» Giú c'era l'orto segreto, i cunicoli contiani che conducevano alle stanze del piacere, dentro le quali si contorcevano nudi gli stessi clienti che un attimo prima ti avevano offerto da bere.

– Posso guardare?

– Prego si accomodi, ma non tocchi mia moglie.

– No, assolutamente.

– Ti piace guardare come mi scopo mia moglie?

– Sí.

– Sei un pervertito, ti piace, dillo che sei un pervertito.

– Sono un pervertito. Per-ver-ti-to.

Nel locale c'era una sala chiamata «Kinky», come l'omonima serie pornografica in cui i protagonisti subiscono giochi di dominazione fisica e psicologica. Non osavo avvicinarmi, temendo di essere spinto alle soglie della croce di legno che campeggiava al centro con le sue borchie di ferro e le maniglie in pelle. Una sera, camminando lungo uno dei cunicoli, avevo sentito alito sulla caviglia e la lingua di qualcosa che sarebbe potuto essere un cane e invece era un uomo di trent'anni tenuto al guinzaglio che scodinzolava felice a quattro zampe.

Raramente parlavo con le donne che entravano nel locale, mi intimidivano i loro uomini, mi intimidivano i silenzi che si creavano quando avevo esaurito le prime domande. Che fai? Dove passi il weekend? Sei di Roma?

A volte trovavo soltanto la persona sbagliata con cui chiacchierare. Per esempio Totò, una donna che veniva una volta al mese, beveva un bicchiere di Bellini e si lamentava subito dopo della sua gastrite.

Totò era sulla cinquantina, smagrita, sempre in minidress nero e un paio di scarpe rosse (di almeno un numero piú grande) tacco quattordici. Arrivava direttamente dallo studio dentistico dove lavorava come segretaria e si cambiava in uno dei camerini. Come Totò ce n'erano tante di donne sole che venivano a passare una serata da Cinzia. Era gente che potevi incontrare nella metropolitana, tra i vapori di una lavanderia, in qualche bar di quartiere. Per una bevuta gratis e forse una cospicua mancia della titolare arricchivano la fauna del 609.

Totò non si chiamava cosí, ma il viso quadrato, i capelli corti, i denti da maschio, la facevano assomigliare al comico napoletano.

– Dormo su una tavola di rovere, – mi disse una sera.

– Per la schiena? – chiesi timido.

– No, da quando è morto mio marito.

– Non fa male? – azzardai dopo un attimo di silenzio imbarazzato.

– Niente fa male quanto dormire in un letto vuoto dove ha dormito la persona che amavi.

Col tempo figure come quella di Totò presero sempre piú piede nel locale di Cinzia, un plotone di signore ultracinquantenni che ribattezzai con un'infelice e scontata locuzione «le vedove allegre», perché erano tutte vedove e molto spesso pure nonne. Mi incuriosiva la conversione alla trasgressione in virtú del nuovo status di singole. Ne chiesi conto a Haley Paige, come uno scienziato che si compiace delle sue scoperte.

– Martino, ma guardi il mondo alla rovescia, quelle una pensione ancora non ce l'hanno.

La disinvoltura dell'élite che frequentava il locale di Madame Conti era rappresentata dal filosofo. La tranquillità con cui faceva le cose piú strambe, come estrarre dalla giacca un contenitore di amuchina dopo aver stretto la mano a qualcuno, era degna di ammirazione. Era sulla sessantina, capelli cotonati, occhiali con montatura d'osso, sorriso perfetto grazie a denti rifatti da qualche odontoiatra che doveva avere i miei stessi avi. Si presentava sempre con donne molto giovani, che avevano lo sguardo perduto di chi è pronto a tutto pur di scoprire qualcosa di grande che sfugge. Io capivo quello sguardo, era lo stesso dei miei vent'anni, quando seguivo ovunque gli uomini che mi affascinavano, i padri che cercavo, le donne che avrei voluto amare.

Mi accucciavo a un metro da lui, di spalle, per poterlo ascoltare. Era bello sentire concetti sofisticati e parole difficili dentro il 609. Quando scendeva sul campo della politica, della retorica quotidiana, diventava il professore che interroga l'allievo.

– Hai letto il mio pezzo di oggi? – chiedeva con piglio intimidatorio alla ragazza che lo accompagnava. – Ogni paese ha la classe dirigente che si merita. Immoralità pubblica, corruzione eccetera. Dare un giudizio morale sugli italiani comporta a volte anche un giudizio storico.

– Come dicevano Machiavelli e Guicciardini... – Era l'allieva che si faceva bella ai suoi occhi con citazioni pompose. E lui, per farsi ascoltare da piú persone possibili, petto in fuori, un sorriso ammiccante, la barba allisciata dai polpastrelli, riprendeva: – Machiavelli era arrivato alla conclusione che per creare lo Stato italiano ci volesse un Principe che con ogni mezzo, anche il piú violento e immorale, unificasse un paese altrimenti ingovernabile.

– E Guicciardini? – chiedeva qualcuno.

– Anche Guicciardini constatò che il paese era ingovernabile perché ogni cittadino badava soltanto al suo «particulare» interesse disprezzando quello pubblico.

– E Pasolini? – tornava all'attacco l'allieva volenterosa.

Subito pensai a Rocco Siffredi, ero in ebollizione, avevo la mia tesina sulla punta della lingua.

– Aveva capito tutto, ma ormai è superato. Oggi dobbiamo guardare oltre il Tevere. La speranza sono questi pontefici illuministi che governeranno un'istituzione tra le piú corrotte della storia come la Chiesa, sono i nuovi Federico II, sovrani illuminati che lottano anzitutto contro le burocrazie interne. È con loro che l'élite deve dialogare.

– Papa Giovanni?

– Meglio il papa tedesco.

– Ma Indro Montanelli diceva... – E mentre la ragazza cominciava un discorso con un tono di voce ritmicamente sostenuto, lui l'aveva già presa per mano, scuotendola.

– Seguimi giú, ti mostro il mio segreto.

La coppia scendeva nei cunicoli seguita da ombre nere dai sessi indefiniti. Chi erano, cosa sarebbe successo? Tutto si mutava in un fastoso diorama di immagini che mi facevano pulsare il cuore e salire il magone, cosí tornavo a Cinzia, mi soffermavo su un dettaglio, il bottone dello spacco oppure il guanto nero, le dita lunghe e mirabili.

– Perché non scendiamo a vedere cosa succede? – mi domandò la sosia di Haley Paige mentre la sala cominciava a svuotarsi.

– Non mi va, – le dissi, anche se mi andava da morire. Avrei voluto essere una mosca per spiare senza essere visto.

– Sei strano, vieni qui e non fai mai niente, – mi guardò strizzando gli occhi come per mettermi a fuoco.

– Ti ho detto che sono un amico di Cinzia?

– Strano, ma non c'è niente di male.

– Sei bella, – le dissi, ma non lo pensavo affatto. Aveva tatuaggi dappertutto, sul collo, il petto, le spalle, immaginavo li avesse anche sulle gambe e la schiena. Feci qualche domanda, ma la mia eccitazione era sotto i tacchi.

– Che lavoro fai? – le chiesi.

La musica intanto era diventata un piacevole sottofondo, dai loculi contiani sentivo salire cigolii sospetti.

– Niente, vado nei bar e ristoranti a chiamata, e poi sto facendo le pulizie.

Ripensai ai miei tempi di lavascale, mai sarei tornato a fare quel mestiere.

Non ero abituato a parlare con donne come Haley Paige, dava l'impressione di non essere totalmente consapevole di ciò che le succedeva intorno e soprattutto di ciò che faceva.

– Un sacco di coppie qui fanno le gang bang, – disse a un certo punto. – Secondo te dove scopano questi singoli? Con le coppie. Alcune però non mi piacciono, per me prendono soldi.

– I singoli?

– No, le coppie. Si mettono d'accordo fuori e consumano dentro. C'è piú sicurezza, poi Cinzia è carina, qui è un posto pulito.

– Pure il tipo che è sceso con la ragazza giovanissima? Il filosofo si mette d'accordo fuori? – Ero curioso di conoscere le abitudini sessuali del padre della patria.

– Ecco, quello mi piace meno di tutti, porta sempre le sue studentesse.

– Ma è orribile.

– Cosa?

– Scusa, mi è sfuggito.

– Non lo dire, tanto non lo pensi, e poi le ragazze sono adulte e maggiorenni. Adesso però basta parlare del filosofo, se Cinzia sa che ti dico tutte queste cose...

– Se lo sa Cinzia che succede?

– Dice che sono chiacchierona e poi cerca di farmi fidanzare con te.

E mentre Haley rideva con gli occhi da pazza, mi accorsi che Cinzia Conti ci stava guardando. Aveva inforcato un paio d'occhiali e mi osservava contenta. Notai che faceva di sí con la testa.

Cercavo l'effrazione, avevo trovato la regola.

La serata non era un granché, stava andando in scena uno spettacolino scadente: due brasiliane, pelle mulatta, labbra siliconate e zeppe di plastica, muovevano le natiche davanti a un gruppo di vecchietti aggrappati alla base di un piedistallo sormontato da un palo per la pole dance. Non era roba da casa Conti, ma era una serata speciale, un inconsueto addio al celibato, sebbene il tipo fosse piú vicino a festeggiare le nozze d'oro. Cinzia aveva acconsentito, anche se guardava lo spettacolo con disappunto.

A un tratto uno dei vecchietti si portò a un palmo dal viso della ragazza, che distolse lo sguardo, pur lasciandosi baciare.

Quando vedevo queste unioni innaturali tra un uomo anziano e una ragazza ridacchiavo dentro di me. Mai farò la fine di uno di questi allocchi, dicevo. Eppure la pornografia contemporanea è una meridiana impietosa che ti chiarisce bene le idee su cosa stai diventando: da pochi mesi, infatti, avevo iniziato a compulsare non soltanto *Milf Hunter* o *Milf Rider* in cui donne mature si facevano giovani maschi, ma anche *Oldje*, *Young Tarts and Old farts*, *GrandPapa Gangbang*, in cui vecchi incanutiti dalle pance enormi e pieni di Viagra si accompagnavano con ventenni dell'Est Europa. Quando un uomo inizia a sentire odore di decomposizione cerca la vita, un balsamo per le sue cellule morte.

Cosí ripensai al filosofo che si presentava in casa Conti con qualche studentessa.

Ero stupito che un luminare che popolava i programmi televisivi, riempiva le colonne del giornale, pontificando sull'inadeguatezza morale degli italiani, portasse le sue studentesse nelle stanze segrete di un privé. Quando lo avevo detto a Cinzia lei mi aveva redarguito: – Martino, quella non si chiama trasgressione, ma biologia.

Non era la prima volta che mi richiamava all'ordine. Il moralismo dei senza morale spesso è piú feroce di quello dei bacchettoni. Nonostante tutto, ammiravo il fatto che Cinzia disapprovasse il filosofo senza però giudicarlo mai.

Mentre assistevo allo spettacolo arrivò un messaggio sul telefonino da un numero sconosciuto. Diceva: «Mi affitti casa tua per un pomeriggio? Non una stanza, ma la casa intera. Qualunque cifra, è importante. Giorgia».

Andai via in uno stato di ipnotica pienezza, avevo bisogno d'aria. La notte romana scoppiava di urla e sirene, vidi un autobus notturno che passava inseguito da una decina di extracomunitari, la fermata era solo a trecento metri, ma l'autobus avrebbe continuato la corsa. Di notte non c'erano fermate, non c'erano regole.

In quel casino il telefono squillò, lo stesso numero di prima.

– Domani me la lasci casa?

– Giorgia, io ci vivo lí, la stanza ok, il resto non posso.

– Allora chiuditi in stanza e non uscire per tutto il pomeriggio. Mi serve per forza.

– Conosco un buon albergo in cui non chiedono i documenti…

– Forse non ci siamo capiti, io non posso andare in albergo e non posso andare in casa di amici o parenti, hai capito ricottaro di merda?

– Giorgia, non sono quel tipo di persona.

Mentre camminavo sentivo la sua voce che mi insultava al telefono doppiarsi come fosse nei paraggi. Voltai l'angolo e la vidi: mi stava aspettando sotto casa. La guardai bene, era bianchissima dentro un cappottino nero, il cappuccio sulla fronte e due ciocche rosse che spuntavano ai lati del viso.

Non feci in tempo a parlare che una berlina nera si accostò al lato della strada. Sentii il rumore della portiera che si apriva e chiudeva.

Erano mesi che le poche ore di sonno, gli integratori e alcune sbronze smaltite male mi facevano apparire le cose sfocate, come avessi problemi di vista. Ecco perché non riconobbi subito il tizio sceso dall'auto: era il filosofo. Aveva un'aria cattivissima, la barba mal rasata, gli occhi arrossati dall'insonnia o da qualche sostanza, i capelli bianchi arruffati.

– Allora te la fai con lui? Sei tornata all'adolescenza, ai ragazzini? – disse rivolto a Giorgia. Il tono della voce non preannunciava nulla di buono.

Si avvicinò all'auto, dal cofano tirò fuori un borsone, e mentre cercavo di capire cosa stesse accadendo, pietrificato dall'incredulità, sentii Giorgia urlare: – Basta, non ti voglio piú vedere!

Voltandomi verso di lei mi accorsi che non stava parlando al filosofo, ma a me: ero io l'uomo che non voleva piú vedere.

– Hai capito, tra noi è finita, – aggiunse.

Le sue parole non avevano senso, forse ero solo ubriaco e stavo fraintendendo tutto. Avrei fatto bene a rientrare in casa, serbando il dubbio di essere caduto in un tranello. Ma non si trattava di un tranello, quella era un'imboscata e pian piano ci arrivai. Il filosofo e Giorgia avevano una storia, lei lo tradiva con il batterista Ivan nella mia stanza rossa, lui l'aveva fatta seguire oppure l'aveva scoperto da solo, e voleva cogliere sul fatto i due piccioncini. Peccato che lí non ci vivesse Ivan, ma il sottoscritto. E cosí Giorgia, facendosi trovare al posto giusto, voleva far ricadere su di me tutte le colpe.

– Vedi amore, l'ho lasciato, lo sto lasciando, – diceva adesso al filosofo, ma l'uomo non l'ascoltava, armeggiava nel borsone, era convinto che fossi io l'amante della sua donna e per questo voleva punirmi.

Estrasse una spada.

Avevo bevuto da Cinzia, ma non ero ancora arrivato al punto di vedere cose che altri non vedevano. Un accademico – contratti editoriali importanti e alta riconoscibilità sociale – stava avanzando verso di me con una spada.

Giorgia emise un rantolo di stupore. Ero allibito, quella spada non può trapassarmi, mi ripetevo. Il filosofo fece volteggiare l'arma nell'aria, una lingua di metallo che le luci fioche della notte rendevano scintillante, poi me la puntò contro, all'altezza del mento. Sentii il freddo sulla pelle.

– La prossima volta ti taglio la gola, poppante.

– Lascialo stare, è finita, io amo solo te. Andiamo via, ho freddo, – lo implorò Giorgia, la voce spezzata dalla paura.

Il filosofo continuò a fissarmi per alcuni istanti con un sorriso sardonico, infine abbassò l'arma e la ripose con lentezza nel borsone. Salí in macchina senza voltarsi, Giorgia lo raggiunse un secondo dopo.

Il finestrino della berlina si abbassò, la testa del filosofo era una macchia bianca nel cuore del buio. – Hai avuto fegato a non scappare, almeno questo te lo riconosco.

Poi l'auto scomparve.

Avevo la bocca impastata, gli occhi mi bruciavano, l'adrenalina in circolo. Ero certo che da qualche parte in me ci fosse soltanto un sogno guasto, una messinscena di Oniria.

Stremato entrai in casa, feci una lunga doccia, ebbi una crisi di pianto, mi sentivo solissimo. Pensai a Luisa, per un momento l'idea di chiamarla mi attraversò la testa, ma Mimmo avrebbe saputo, sapeva sempre tutto, cosí rinunciai. Avevo voglia di trovare qualcuno che mi abbracciasse.

Verso l'alba salii sul trenino metropolitano in mezzo a una muraglia di pakistani diretti in centro. Non sapevo dove andare, continuai a girare tutta la mattina mentre la città scoppiava di traffico. Pensai fosse venuto il momento di prendere in considerazione l'ipotesi di cambiare vita, fare quello che Fabiana mi aveva chiesto, andare in cerca di un impiego serio, mettere su famiglia, avere qualcuno con cui condividere qualcosa. Non avrei avuto piú paura di vagare da solo in casa e avere tempo per piangere.

Individuai una cabina telefonica tra un groviglio di automobili parcheggiate, lí vicino un olmo spelacchiato sembrava guardare con rassegnazione alla follia metropolitana. Notai una certa concitazione intorno all'albero, una dozzina di persone, abiti e facce da mercanti delle pulci armati di manici di scope e ramazze, come fosse in corso una sommossa. Qualcuno stava colpendo il tronco con un ombrello e urlava: – Scendi, scendi.

– Che succede? – chiesi.

– L'albero fa i topi, – fu la risposta di uno di quei mentecatti.

Guardai in alto e c'erano in effetti ombre nere che squittivano e correvano sui rami altissimi.

Scappai dalla mandria di pazzi, avevo il terrore che uno di quei sorci mi cadesse in testa.

Mi infilai nella cabina e fui raggiunto da un tanfo nauseante, doveva viverci qualche barbone là dentro, conoscevo bene l'odore di carne marcita, ma era troppo importante ciò che stavo per fare, non potevo andarmene.

– Pronto? – era la sua voce, profonda e imperfetta, ancora uguale a come la ricordavo.

– Sono Martino.

– Da che numero mi stai chiamando?

– Una cabina telefonica.

– Sei pazzo, sei sempre stato un pazzo, – e la sua voce cominciò a essere meno profonda, piú gutturale.

– Le cabine telefoniche esistono ancora, sai? – le risposi polemico.

– Che vuoi? Mi sposo a dicembre, – me l'aspettavo, ma volevo sentirglielo dire.

– Sono felice, – le dissi. Mi odio, lo odio, pensai, chiunque fosse lui.

– E tu, ti sei sposato, hai figli? – mi chiese in tono spiccio, senza dare l'impressione di volerlo sapere davvero.

– No.

– Mi dispiace.

– Chi te lo dice che è un dispiacere?

– Sei sempre il solito. Io mi sposo con un collega, si chiama Luciano, ha la mia età.

– E il primario?

– Ero piccola.

– Piccola?

– Sí, allora ero troppo piccola e lui non era l'uomo giusto.

– Se vuoi posso aiutarti.

– A fare cosa?

– A organizzare la festa.

– Non mi prendere in giro.

– Non parlo del matrimonio, parlo dell'addio al celibato.

– Martino, ma che vai sparando?

– Ti lascio il mio numero, magari il tuo tipo vuol passare una serata allegra, lavoro in un locale.

– Sei patetico, sei sceso proprio in basso.

Poi ci fu un silenzio, lei si aspettava che io dicessi qualcosa dopo la staffilata, si aspettava rabbia e invece:

– Ti amavo, ti amavo tanto, – le dissi con tutta la dolcezza di cui disponevo.

– Non sei sceso in basso perché non mi ami piú, ma perché non ti ami abbastanza, – e la sua voce tornò al «pronto» iniziale, profonda e imperfetta. – C'erano dvd porno tra i tuoi libri… non pensavo fossi il tipo, davvero.

– Hai visto Flick? – chiesi.

– Chi?

– Flick Shagwell, ti somiglia tanto.

– Non capisco di cosa stai parlando.

– Non l'ho mai detto…

– Cosa?

– Che mi sono innamorato di te perché eri uguale a lei.

– Mi fai paura.

– Posso immaginarlo. Torno a casa, anche se vorrei che ci fossi tu ad aspettarmi.

– Addio Martino, ti voglio bene lo stesso.

Le ultime parole giunsero alterate. Non pensai a un'interferenza, la melodia che sentii risuonare al telefono la conoscevo bene, non era andata via dalla memoria, il tono di voce che si fa basso, un principio di balbuzie, lo schiarirsi della gola. Immaginai che stesse singhiozzando, sí, stava piangendo per me, lo sapevo, vedevo le lacrime scendere sullo schermo del cellulare, chissà che modello aveva adesso, se era un telefonino al passo coi tempi. Quanto era trascorso da quella volta che le avevo parlato dell'importanza di essere sempre raggiungibili?

Iniziai a piangere anch'io, ma sentii che non c'era dolore in quella nostalgia, in quel sentimento di chi si è amato cosí tanto. Non so cosa stessimo provando esattamente, ma era sconvolgente. L'idea che qualcuno piangesse per me fu di conforto, sentii che un briciolo di umanità mi apparteneva ancora.

Uscii dalla cabina. Un furgone era rimasto incastrato da una macchina in doppia fila, suonava il clacson; piú in là, le auto erano incolonnate, qualcuno aveva ribaltato un bidone della spazzatura che stava prendendo fuoco. Passai sotto l'olmo, i tipi con l'ombrello erano andati via, avevo ancora quel pianto dentro, guardai verso i rami con paura, ma le ombre nere si mostrarono per quello che erano: avevano occhietti dorati, una cresta scura e la lunga coda pelosa. Non avevo mai visto cosí da vicino uno scoiattolo.

Lo strano caso del dottor Parsi

La vita degli altri, attraverso lo spioncino del mio appartamento, era sempre una vita migliore della mia. Persone che amavano mangiare, lavorare in un posto normale, fare l'amore due volte alla settimana e tutte quelle cose che danno un ordine. I miei vicini avevano appeso fuori dal loro appartamento una fotografia in cui erano ritratti lui, lei e il bambino mentre sorridevano e si abbracciavano. Ammiravo la sicurezza e la fiducia in se stessi, si mostravano a venditori porta a porta, zingari, testimoni di Geova e addetti del gas in tutta la loro intima felicità. Era una Polaroid, da un po' di tempo sembrava essere tornata in voga. Riproduceva la stessa estetica delle cose guardate da uno spioncino, un alone nero attorno alla vita che scorre, e io ero quel nero. Non a caso avevo cominciato a guardare i porno di Simon Thaur, la serie *Ausgeliefert* o *Sex Trance Bizarre*, che mostravano inquadrature ristrette dal basso, come se si stesse guardando la scena da un buco della serratura. Uomini e donne attorno al bancone di un bar discutevano in tedesco per lunghi minuti prima che accadesse qualcosa, poi cominciava l'azione, un party fatto di umidi giochi e orge, oppure niente, tre ore di donne e uomini che ballavano in abiti pittoreschi: un porno senza sudori e umori, solo movimento e ammiccamenti.

In quel periodo avvertivo nettamente la sensazione del fallimento. Lavori frammentari, mal pagati, solitudine. Fino a quel giorno ci avevo anche riso sopra, ma adesso mi sembrava che non esistesse piú riscatto. Cosa sarebbe successo se avessi avuto la forza di voltare le spalle al porno? Sarei mai stato fiero della mia vita tanto da mostrare una mia foto a qualche sconosciuto?

Il pensiero tornava sempre meno a Fabiana, la chioma che mi aveva incantato, le pause nel discorrere, le sue piccole nevrosi, le gambe, chissà se si sarebbero abbronzate quell'estate, chissà se la sua sarebbe stata una famiglia normale (e per normale intendevo una convivenza fatta di conflitti, quiete, accontentamenti). Osservavo con insofferenza le coppie che nel parco di Centocelle giocavano coi loro bambini. Padri brizzolati e madri affannate che mi parevano nascondere una bellezza segreta tra le loro prime rughe e le espressioni che facevano quando si rivolgevano ai figli. Avevano la mia età, cercavo di capire il tipo di ménage familiare, se uno dei due metteva le corna all'altro, chi era il sedentario della coppia, se il loro era stato un matrimonio classico con i fiori, il banchetto, le fanfare e l'abito da sposa... già, l'abito da sposa.

Mi fermavo incantato a guardare le immagini dei matrimoni nelle vetrine dei fotografi. Studiavo le scarpe dei maschi e le caviglie delle spose, cercavo una verità che mi veniva nascosta dalle facce buffe, il trucco sul viso, le espressioni in posa: le caviglie non mentivano, era lí la felicità.

Nei giorni a ridosso delle nozze fabianesche avevo cercato di estorcere ai pochi amici comuni qualche informazione utile, avrei fatto irruzione nella chiesa seicentesca dei Castelli e mostrato a Fabiana, in lungo e velo bianco, il significato dell'espressione «scena madre». Purtroppo un gesto simile non era da me, perciò ripiegai su HORNYBRIDE, la comunità dei feticisti delle donne vestite da sposa, un forum dove fanatici di tutto il mondo segnalavano link di filmetti hard con attrici in abito bianco. Ne vidi dozzine di quei film, le attrici erano sempre le stesse (Kelly Trump, Allie Sinn, Tori Black, Miss Piss, Jackie Ashe) e anche le fantasie: dopo le nozze, un marito accondiscendente divideva la prima notte coi testimoni o le damigelle d'onore in orge molto coreografiche. Sentivo l'odore di fiori e tessuti buoni, un sesso pulito che lastricava le strade per il paradiso. C'era una ricca sezione di annunci per i fan del genere. In una cascina nel Chianti si teneva un raduno di uomini vestiti da sposa (coi veli e lo strascico), mentre in un locale dalle parti di Tivoli c'era uno speed date in abito da nozze: uomini in farfallino e ragazze in lungo.

Provai persino a farmi assumere in un negozio di vestiti da sposa che cercava apprendisti con esperienza. Mi presentai nel grande atelier del quartiere Nomentano con addosso le cose piú eleganti che avevo: giacca di due misure in piú e pantaloni che non si chiudevano, sembravo pronto per un funerale piuttosto che per un colloquio di lavoro. Un uomo con occhiali dorati, sorpreso dalla mia richiesta di prova, mi stoppò.

– Lei è un uomo, non può lavorare qui. Cerchiamo ragazze.

– Anch'io cerco una ragazza.

– Se non le dispiace, le auguro buona giornata.

– Posso rimanere qui e vedere le ragazze che provano gli abiti da sposa?

– No, gli uomini non possono restare.

– Ma se mi volessi sposare?

– Le posso consigliare un buon sarto, vedo che ne ha bisogno. In questo posto l'abito fa sempre il monaco.

Mi guardavo raramente allo specchio dopo che avevo notato alla sommità del cranio una peluria castana simile a quella dei neonati. In una recente foto su Facebook postata da qualche personaggio dell'Animal apparivo stanco, due rughe profonde squarciavano il viso dalle tempie al mento, come se qualcuno avesse disegnato una riga e il tempo si fosse preso la briga di accentuarne il solco. L'attaccatura dei capelli era piú alta, la bocca sembrava una ferita che riproduceva quello che voleva essere un sorriso e invece era solo una smorfia con dentro stanchezza, un po' d'incoscienza e paura.

Lasciai l'Animal e divenni fattorino dell'Editoriale Trabacci. Il capo del personale era un tipo che aveva bazzicato il Bluebelle in condizioni di esaltazione totale. Sembrava uno di quei bambini chiusi in casa e poi liberati in campagna che diventano pazzi. Entrava in punta di piedi, pagava, poi, una volta raggiunti i divanetti, fischiava, applaudiva, gridava, palpava, inneggiava, aizzava. Un giorno una lapper lo aveva preso per una manica, lo aveva portato sul palcoscenico, gli aveva abbassato i calzoni ed erano spuntati dei mutandoni bianchi che avevano scatenato le risate del pubblico. Mimmo era rimasto di stucco. Era uscito dal bancone del bar con il volto implorante; se la lapper avesse fatto quello che sembrava, ossia un pompino in pubblico, avrebbero chiuso per sempre il Bluebelle. Ma la lapper, una volpe della scena romana di origini lettoni, a voce alta aveva comunicato alla platea in fervida attesa: – Niente massaggino, ce l'ha moscino.

Da allora il tale era stato per tutti Moscino e non era venuto piú, ma era rimasto in contatto col sottoscritto. Mi salutava sempre con l'imbarazzo di chi è stato pizzicato a commettere un reato.

Lo incontravo spesso all'Esquilino e un giorno, mentre prendevamo un caffè corretto, gettai la maschera. Sapevo che lavorava in una casa editrice che stampava una storica rivista di annunci chiamata con originalità «Luce Rossa» e un giornale di cronaca nera con una linea editoriale lievemente sensazionalista: «Corriere Nero». Moscino ci teneva a distinguere le cose. – Qui non si fa politica, facciamo la rossa e la nera, hai la patente?

– No, ma so guidare.

– Parli inglese?

– No, ma nei ristoranti dove lavoravo mi facevo capire.

– Sei laureato?

– Mi mancava poco.

Non avevo nessuna competenza, poco qualificato: perfetto da prendere senza ferie, malattie e garanzie.

Presto diventai tuttofare dell'Editoriale Trabacci: smistavo i colli, la posta, facevo su e giú per una palazzina di cemento armato costruita dopo Villa Bonelli nel niente; per arrivarci impiegavo un'ora di trenino, poi c'era da camminare tra i cantieri abbandonati di una Roma assolata, deserta, disseminata di rom. La strada senza asfalto era percorsa da furgoni bianchi che alzavano polveroni rossi, le poche case abitate erano occupate oppure affittate a disgraziate che facevano la vita. Molte di loro erano le stesse che fino a qualche anno prima avevano battuto sulla Salaria e la Colombo; ora i papponi avevano occupato questo pezzo di Roma che non sarebbe mai stato terminato. Era l'humus perfetto per l'Editoriale Trabacci e il suo «Corriere Nero».

La mia vita professionale ebbe una svolta quando un giorno Moscino mi affidò una ricerca iconografica per un articolo che aveva un titolo raccapricciante: PADRE FA A PEZZI FIGLIO E GETTA I RESTI NEL SACCO DELLA SPAZZATURA COME SE FOSSE IMMONDIZIA. Non sapevo nemmeno cos'era una ricerca iconografica, ma presto imparai: trovare foto libere dai diritti per corredare i pezzi.

– Scusi, ma non basta scrivere «padre fa a pezzi figlio e lo getta in un sacco»? Che bisogno c'è di aggiungere la storia dell'immondizia?

– È la nostra linea editoriale, – rispose laconicamente chi doveva insegnarmi il mestiere, un uomo sui sessant'anni con la barba grigia. Sarebbe andato in pensione presto. Ero tornato dietro una scrivania, anche se per poche ore al giorno.

I pezzi che mi commissionavano avevano titoli deliranti: GIOVANI SI APPARTANO NELLE FRATTE E VENGONO SCANNATI COME BESTIE AL MACELLO DA UN ORCO.

Dalla banca dati tirai fuori la foto di una coppia qualunque, coprii gli occhi e poi cercai «orco»; scoprii che «orco» era una parola molto cara al titolista del «Corriere Nero»: era stata ricercata ben novecento volte.

Gli unici miei contatti col mondo erano al 609. Spesso ci entravo con un'ansia che mi faceva tremare, restavo seduto per ore su uno dei divanetti vedendomi scorrere addosso tutto. Cinzia si preoccupava di me come un'affettuosa zia piuttosto che come la *mature* dei miei sogni erotici.

Con uno spritz Campari e dei guanti di pizzo che le guardavo con desiderio, una sera raccontò del suo cruccio: – Non ci sono piú gli uomini di una volta, oggi questi dicono «timbrare», ti rendi conto, dicono timbrare invece di scopare –. La vidimazione invece del godimento, in un formale atto burocratico che mette al centro la tabellina personale, la mandava in bestia. E rivolgendosi a me con un tono che esigeva conferma concludeva: – Mica sono maschi questi, Martino, dimmelo tu, tu che sei uno di loro, ti prego, dimmi che non hai mai usato quell'orribile parola –. Mi limitai a scuotere le spalle, e certo la gente che girava nel 609 spesso non era questa incarnazione di libertà e coscienza, molti erano grandi puttanieri, lupi mannari, uomini che avevano noleggiato una escort per «timbrare» quante piú donne possibili in un'unica sera, spesso altre escort noleggiate da altri uomini, illudendosi che fossero le mogli. Il 609 stava diventando questo, ma avevo paura a dirlo perché Cinzia mi voleva bene, mi guardava con la stessa espressione con cui guardava un pappagallino verde dentro una gabbietta all'ingresso del locale. Premura e rassegnazione.

Smisi di affittare la stanza. Era entrata troppa gente con un pessimo karma, personaggi sempre piú conniventi con il malaffare, tipo Fernando, il pluricondannato e mio affezionato cliente, con il quale ruppi ogni rapporto a causa di una sua battuta su Obama, da poco rieletto presidente degli Stati Uniti.

– A capo del mondo hanno messo un negro, dove finiremo di questo passo.

Fernando non poteva sapere che nel letto sul quale aveva appena finito di amarsi con la giovane ecuadoriana Marita si erano uniti una signora italiana e il suo amante senegalese, e non gli avevo cambiato le lenzuola per dispetto.

– Non ti piace l'interracial? – domandai provocatorio.

Smisi di dargli la stanza dopo quel pomeriggio. Amavo guardare la serie *Blacks on Blondes*, e non amavo essere contraddetto su questioni cosí decisive.

Col tempo la mia attitudine solitaria diventò stagnante, non c'era essere vivente che incontrassi, uomo, donna, animale, che non facesse parte dei miei film mentali, sempre pornografici, sempre sul crinale della passione che avevo in quel momento. Eppure mi bastava una scheggia di luna tra le antenne dei tetti, la guardavo nel silenzio della città mentre camminavo con il cinema nella testa: Luisa Montieri mi senti? Sto fantasticando su di te.

C'erano giorni che non parlavo con nessuno, e salivano i languori, saliva sempre piú Luisa, spesso mi ritrovavo a parlarle da solo. In fondo c'eravamo frequentati senza mai essere arrivati al nocciolo delle nostre malinconie. Luisa mi era sconosciuta, e come certi sconosciuti, la persona ideale a cui poter raccontare un segreto.

Fu allora che un evento aggravò la mia solitudine. La neve aveva sepolto Roma, per le strade si muovevano figurette colorate che restavano pochi istanti in piedi per poi sparire inghiottite dal ghiaccio, rare auto senza catene e ricoperte da una coltre bianca sul tettuccio, di traverso sui binari del tram, bloccavano l'intero quartiere. Sebbene l'ovatta avesse sommerso la città, i rumori restavano gli stessi, le grida si moltiplicavano, i clacson erano un concerto maligno, il lamento dei caduti nel quartiere pareva quello seguito a un'esplosione, e da un camion arancione uomini in pigiama blu gettavano sale sulle persone come se fossero caramelle agli scampati di una guerra. Nonostante l'apocalisse bianca che aveva castigato la città, continuavo nei miei affari, la notte avevo preso un altro part-time. Ero tornato querulo e cosparso di cenere al vecchio sexy-shop cinese, ma invece del negozio di oggetti viziosi avevo trovato una bigiotteria e un uomo in camicia di flanella a quadrettoni mi aveva chiesto se mi andasse di fare il manichino vivente per la sua paccottiglia.

– Ma non sarebbe meglio una giovane donna?

– Saresti la mia assicurazione contro i furti, con uno brutto come te chi mi viene a derubare? – aveva riso da solo grattandosi sotto le ascelle.

I sexy-shop erano in via di estinzione, ma ne subivo ancora la fascinazione dovuta alla serie americana *Midnight Prowl*. Giovani aspiranti pornostar, inesperte leve con poca coscienza di ciò che stavano davvero girando, erano condotte in un sexy-shop notturno per rimorchiare ignari avventori. «Ti va di seguirmi in una stanza d'albergo e fare con me quello che succede in un film?» Era questo il succo della proposta che veniva rivolta a uomini appartenenti a ideali minoranze, ispanici, immigrati, neri, uomini di mezza età, nani, studenti brufolosi, obesi gravi. Tutto per trasmettere allo spettatore l'idea che anche al piú improbabile segaiolo sarebbe potuta capitare l'opportunità di praticare sesso intenso con ragazze belle e intraprendenti. Ricordo di essermi illanguidito per giorni con le immagini di Sidney, caschetto di capelli lisci e neri, sorriso largo, allegra, autoreggenti nere, che distribuiva profondi baci alla francese a una corte di miracoli composta da due ispanici baffuti, unti, grassi, un ragazzo di colore e un filippino dall'espressione terrorizzata. Al termine del film e alla domanda del regista sul perché interrompeva sempre l'azione per soffiarsi il naso («Hai qualche allergia?»), Sidney fece intendere di avere l'influenza. Un'untrice, pensai.

E come Sidney anche io mi trovai nel pieno di una caccia a mezzanotte, mi raccolse un tale conosciuto nel giro di Cinzia che aveva investito i suoi quattrini in alcuni sexy-shop 24/7 distribuiti a Roma Sud e Roma Est. I luoghi del peccato della capitale si stavano diradando, o meglio mimetizzando, era arrivata l'ora in cui la mano destra non doveva sapere cosa faceva la mano sinistra. Cosí i sexy-shop 24/7, come i fiorai e le prostitute, come i porchettari e gli ambulanti fiorirono in cubicoli dove nessuno ti avrebbe visto e dunque potuto giudicare. Fu il migliore compromesso per l'italiano vergognoso che segue messa ma compra film di Annette Schwarz.

La notte dismettevo i panni del travet dell'Editoriale Trabacci e rivestivo quelli che mi erano sempre appartenuti, gli stracci del vizio, l'officiante del rito voyeuristico. Da mezzanotte alle due visitavo i distributori, controllavo lo stato della merce e il funzionamento delle macchine. I sexy-shop automatici erano vecchi locali in disarmo con una porta nera che faceva accedere a una stanza rossa piena di macchine che proponevano dvd, sex toys, profilattici alla frutta e alcuni indumenti. Incontrai solo qualche smargiasso ubriaco che tentava di forzarlo, giovinastri che compravano nervosamente preservativi, mai Sidney che potesse stamparmi sulle labbra un bacio indimenticabile e un bacillo influenzale.

Mi muovevo con il 23 notturno che attraversava le zone dei miei distributori automatici, con un motorino avrei impiegato venti minuti, ma ormai vivevo sui bus, facevo parte di quell'umanità imbestiata, mi compiacevo del degrado e dell'odore cattivo, dei pakistani che uno sull'altro si perdevano nei display dei loro telefonini o degli arabi che parlavano tra loro con un tono di minaccia, ma era solo per farsi sentire perché l'asfalto scoppiava sotto le ruote malmesse, le mie ossa ormai vibravano e un po' il fondo del mio animo assomigliava agli pneumatici di tutti i bus della città.

Quella sera di neve e ghiaccio scivolavo lungo il vialone che abbracciava Villa Gordiani. Il nulla che si era fatto silenzio aveva avvolto ogni cosa in un'ansa di spettrale attesa.

Un uomo dalla testa incappucciata era l'unica presenza in quel bianco sporcato dai riflessi della luce. Si dava da fare davanti a uno dei miei distributori, tirava pugni alla tastiera dei numeri.

Indeciso se avvicinarmi o no, aspettai mantenendomi nascosto. Tattica appresa al Bluebelle quando Mimmo lasciava che le rogne scorressero, anche a rischio di esserne travolti. L'uomo si accorse di me e senza voltarsi scivolò lungo la parete andandosene. Tirai un sospiro di sollievo, era solo un segaiolo che si era imbattuto in una macchinetta difettosa e per la vergogna di essere stato scoperto si stava dando alla fuga. Mi avvicinai al distributore e notai che si era incastrato un dvd. Provai tenerezza per colui che aveva attraversato la città nella neve per procurarsi un porno a quell'ora.

Mentre rifornivo gli slot e svuotavo il raccoglitore dei soldi avvertii una presenza alle mie spalle.

– Sei proprio tu? Il figlio dell'ingegnere? – un'inflessione dialettale che risvegliava una zona del mio passato sotto un cumulo di macerie. Mi voltai e vidi che era lo stesso uomo di prima.

– Ma lei era qui poco fa?

– Non ero io.

Alla tenerezza subentrò fastidio per la sceneggiata.

Gli vidi finalmente la faccia, quadrata e piccola, occhiali con lenti spesse o forse solo appannate dal gelo, assomigliava a uno degli attori freak della White Ghetto, ingaggiato per fare numero nelle orgione.

– Sei Bux… l'ingegnere Bux… il figlio… – una tripletta che mi disturbò.

– Io mi chiamo Martino e qui non c'è nessun ingegnere, – sottolineai risentito e guardandogli le scarpe, mocassini beige del tutto inadeguati.

– Okkai okkai, – disse con la storpiatura di chi cerca una complicità che non avevo alcuna voglia di dare. – Passavo di qua, ti ho visto e volevo fare quattro chiacchiere, sono a Roma per lavoro.

– In verità ero io che passavo di qua, – ribattei.

– Qui ci sono sigarette?

– No, cazzi finti e film porno, io mi occupo della manutenzione. Era lei qui prima? Stava noleggiando un nostro porno? – e su «nostro» e «porno» alzai la voce.

– No, no –. Scosse la testa come se avessi pronunciato la sua condanna a morte.

– Peccato, potevo renderle i soldi o darle il film che cercava, – e intanto aprii lo sportello. Sentii esitazione, e ulteriore dose di imbarazzo. Rimisi a posto il dvd che si era incastrato. Il titolo era *18enni acerbe ed irrequiete 2*, una confusa raccolta di scene del teen sex americano con Paige Love e altre giovanissime starlette con maldestro commento in italiano. Ai doppiaggi ormai erano subentrati i commenti, un'unica voce che spiegava le scene per risparmiare sui doppiatori.

– Possiamo dividerci i soldi e prenderci una cosa da bere, siamo compaesani.

– Io non la conosco –. Lo fermai. Non mi piacevano questi tentativi di rimpatriata.

– Mi chiamo Benito Forese, ma al paese mi avrai sentito come Cozzedda –. Tossicchiò cercando di rendersi ai miei occhi affidabile solo in virtú di un soprannome.

– Manco da tanti anni dal paese, sicuro che lei non è qui per un Midnight Prowl?

– Come? Non so di cosa stai parlando.

– Dite tutti cosí, ora arriva una ragazza e le chiederà di seguirla. Dove sono i suoi compari?

– Sono Cozzedda, conosco tuo padre benissimo, abbiamo fatto politica, io ero socialista, ma eravamo amici, ci siamo sempre rispettati anche se eravamo avversari.

– Se venisse una certa Sidney con gli occhi che le sorridono e le autoreggenti nere, le sconsiglio di baciarla sulla bocca, ha l'influenza –. Io l'avrei baciata pure con la peste per quanta bellezza c'era nella sua risata.

– Non capisco quello che dici. Ma che lavoro fai? – mi chiese il compaesano impiccione.

– Questo, – gli risposi indicando il sacco nero che mi portavo dietro con le cianfrusaglie da sistemare nei distributori.

– Il tecnico? – sorrise a mezza bocca.

– Ho a cuore il paradiso dei segaioli, essendone anche io uno, – ribadii per chiarirgli il concetto.

L'uomo parve irrigidirsi e cambiò argomento.

– Tua madre non la vai a trovare?

La mia famiglia era morta per me. – No.

– Perché l'hai lasciata pure tu?

– Lasciata? – un arcaico e irrefrenabile interesse esplose con la piú ovvia delle domande.

– Scusami, non volevo farmi gli affari tuoi –. E se fino a un attimo prima ero a mio agio nel regno della scostumatezza e della provocazione, ora ero tornato all'adolescenza, al senso di vergogna, alla paura di essere inadatto in mezzo ai miei simili. Rimasi interdetto: quella strana e inquietante figura racchiudeva in sé tutti quelli che consideravo i mali del mondo, l'ipocrisia, la piccineria del paese, il moralismo del segaiolo impenitente.

– Ognuno è libero di fare quello che vuole: lei cerca i suoi filmetti nella notte, io mi disinteresso della mia famiglia.

– Guarda che ero qui per caso, – ripeté con la sua pelosa ansia di giustificazione. – Comunque tuo padre ha fatto bene ad andare in Albania –. E con la faccia tronfia mi guardò negli occhi per vedere se il colpo era arrivato a destinazione.

Rimisi a posto tutto, raccolsi i soldi, riavviai le macchine, ignorai le parole che continuava a dirmi quell'uomo che sembrava sapere tante cose della mia famiglia ma non conosceva nulla di me. Camminavo affondando i piedi nelle lastre di ghiaccio, quelle parole diventavano sempre piú piccole, sempre piú lontane, era come se mi mettessi dietro ancora una volta il mio paese e le mie origini. Mio padre non era mai stato in Albania, non conosceva neanche una parola di albanese, come me, ma forse aveva fatto la prima cosa giusta da quando ero nato, aveva fatto pace col suo cognome, era salito su un traghetto o un aereo e se n'era andato, e per me adesso era davvero un bel guaio non avere neanche piú un padre da odiare.

Non vidi coincidenze fra quanto mi era appena accaduto e cosa avvenne dopo, però alla solitudine si era aggiunta l'inquietudine, e il desiderio non bastava piú a riscattarla. Durante le notti scure e deragliate di quel periodo conobbi l'uomo che avrebbe cambiato il mio destino. Un chiromante al quale mi ero rivolto per liberarmi da un maleficio che presumevo mi avesse fatto Giorgia Savoia disse che, quando fantastichiamo a occhi aperti, un uomo dall'altra parte del mondo sta realmente mettendo in atto ciò che noi sogniamo. Non ho mai creduto alle frasi fatte per impressionare gli innocenti, ma dopo aver conosciuto Roberto Parsi fui portato a ricredermi.

La prima volta lo vidi al 609 una sera di primavera. Indossava un trench bianco e una sciarpa rossa al collo; sembrava un papa, e cosí lo chiamai a lungo, senza sapere quale fosse il suo nome. Era un uomo ordinario, non alto e sovrappeso, quasi calvo, con un ciuffo di capelli castani alla mercé del vento e la pappagorgia tipica di chi ama gli stravizi. Dalla pelle e il colore dei pochi capelli rimasti gli avrei dato quarantacinque anni, poteva averne qualcuno in piú, aveva un'aria affascinante, manifestava un magnetico potere attraverso il modo di parlare, il tono della voce, la sicurezza nell'occupare gli spazi che lo circondavano. Sapeva sedersi su una poltrona senza sprofondare, quando si metteva al bancone riusciva a stare col busto eretto e dalle maniche della camicia azzurra inamidate faceva capolino il brillio di un Rolex. Era un uomo ricco: lo dicevano i vestiti firmati che indossava, i bottoni d'osso della giacca.

Il suo comportamento al 609 risultava singolare. Arrivava al principio della serata, si fermava al bancone, ordinava da bere, vagava nel locale guardando le coppie e sorridendo, come volesse dare il suo assenso all'imminente effrazione. Aveva sempre con sé una valigetta da medico, bombata e di pelle color caffè, che non lasciava mai, neanche quando andava in bagno. Se il mio stato mentale era alterato dall'alcol, l'eccitazione o la stanchezza, la valigia diventava il perno delle mie allucinazioni; immaginavo che dentro ci fossero documenti riservati, il costume per un travestimento, il brevetto di un farmaco, armi, o piú semplicemente una grande bambola gonfiabile che sarebbe servita agli avventori distratti, quelli di bocca buona che non trovavano coppie disponibili o avevano paura delle donne, ed esistevano, esistevano soprattutto in questi posti pieni di donne disponibili.

Non scendeva nei cunicoli, non parlava con nessuno se non con Cinzia, dovevano essere amici di vecchia data, c'era confidenza, forse erano stati colleghi. Papa aveva piú l'aspetto del cacciatore di teste che non dell'attore, forse era uno striker. Impettito e lustro lo vedevo nei panni del Woodman italiano impegnato in uno dei suoi casting, simili a un colloquio di lavoro per entrare in agenzie di rating o società di revisione piú che in un film porno. Lo immaginavo mentre si posizionava davanti alle sue giovani creature in abito d'ufficio, parlava di flussi monetari, management e accounting, marketing control, poi chiedeva alla ragazza di alzarsi, voltarsi e abbassare la gonna.

Quando domandai a Cinzia chi fosse l'uomo vestito di bianco con la sciarpa rossa che assomigliava a un prelato, lei fu molto reticente. – Amorino non posso dirti nulla sui soci, qui vige la regola della riservatezza, hai firmato anche tu il regolamento, ricordi?

– L'ho visto in qualche porno, ma non ricordo dove, – dissi con autentica curiosità.

Cinzia sgranò gli occhi, poi disse: – È un produttore, ma non ti dirò altro.

– Del porno?

Rise.

– Neanche il nome puoi dirmi?

– Se ti interessa posso presentartelo, ma sta' attento, a Roberto Parsi non piacciono gli italiani.

Il nome Roberto Parsi mi si scolpí nella mente. A casa feci subito una ricerca, ma non ottenni grandi risultati. L'uomo che sembrava fare al caso mio aveva un profilo privato su LinkedIn, si leggevano i nomi delle aziende per cui aveva lavorato, dall'inizio dei Novanta aveva girato parecchio l'Europa e mi incuriosí la parentesi a Botas Tv: un canale europeo via cavo che alla fine del secolo scorso aveva prodotto alcuni porno. Da lí risalii ai titoli di coda di film che erano visibili integralmente sui canali streaming, infine scoprii una sua intervista dal titolo altisonante: *La morte dei film porno con trama*. Parsi era seguace di una idea innovativa di porno, la trama e i movimenti meccanici avevano fatto il loro tempo, era ora di finirla con i primi piani dei sessi e gli improbabili dialoghi fatti di botta e risposta: «Voglio la ricompensa», «Allora fottimi e incassala». Rifiutava anche tutto ciò che poteva essere considerato orpello: lingerie, camuffamento, le calze nere con la riga dietro, ossia quello che piaceva a me, quello che elaboravo nelle mie fantasie sulle donne. Agli inizi della sua carriera Parsi era rimasto colpito da una pellicola tedesca, *Sala d'attesa*, in cui tre signore che attendono il loro turno per una visita ginecologica passano il tempo a disquisire di apparecchiature mediche, della consistenza delle soluzioni fisiologiche, di siringhe, clisteri, divaricatori e altre amene curiosità scientifiche che presuppongono una notevole confidenza. Situazioni singolari, dunque. Parsi era convinto che bisognasse rompere gli schemi e sollecitare l'immaginazione dei fruitori della pornografia prendendo ispirazione dall'insolito. Lo persuadevano le parodie dei grandi film hollywoodiani, Mya Luanna in tuta gialla che affronta le peripezie della Uma Thurman di *Kill Bill*, Kaitlyn Ashley e Rebecca Lord vestite da drughi come nell'originale *Arancia meccanica*, *Saturday night fever* che diventava *Saturday night beaver* con Mr 35 cm John Holmes. E poi c'era la sit porno ispirata ai *Simpson*, dove gli attori e i loro sessi erano tutti colorati di giallo.

Le parole di Parsi mi incuriosirono e vidi che a quella dichiarazione d'intenti era seguita l'azione: aveva prodotto una serie di film dove uomini vestiti da pupazzi facevano sesso con donne bellissime e nude, o dove donne dipinte come alberi e travestite da gatte si univano a uomini glabri e depilati come vermi. «Riproduco ciò che oggi appare bizzarro, ma che nella cultura mitologica era il segno del divino che si fa uomo. Uomini e donne che si uniscono a esseri apparentemente disumani. Dentro la metamorfosi c'è il simbolo, c'è un dio, forse Zeus, forse Sasha Grey o James Deen».

Sasha Grey aveva fatto un porno con un attore di seconda fascia travestito da orsacchiotto di peluche. Altro che divinità. Ma quella furba citazione rendeva Parsi un innovatore: chi cercava sui motori di ricerca «Sasha Grey Sex With Teddy Bear» vedeva comparire anche l'intervista del nostro. E quando scoprii che il signor Parsi aveva partecipato alla produzione di un gran numero di porno con un'etichetta chiamata EstDipendenza che aveva sede a Praga, capii che «dipendenza» avrebbe dovuto raccontarmi molto altro.

La sera che gli rivolsi la parola – settimane dopo le mie scoperte su internet, perché nel frattempo era scomparso – si muoveva per il locale con circospezione, anche se sprigionava una singolare energia nei rari movimenti che compiva; fissava il suo smartphone alzandolo davanti alla punta del naso, poi tornava guardingo, sembrava tenere sotto controllo il territorio che lo circondava. Sentivo che faceva cosí tutte le cose della sua vita, guardava senza farsi notare, con l'occhio degli animali predatori. Un leggero ghigno disegnato sul viso, come se una verità a noi sconosciuta fosse a lui nota.

– Non trovi mai nessuno con cui scendere? – domandai a bruciapelo, con l'euforia del primo sorso di vodka lemon che scuoteva le tempie. Gli ero di fronte com'era capitato tante volte, ma quella sera non fuggii il suo sguardo.

– Non sono le mie serate, e a quanto pare nemmeno le tue. Non ti piace fare, non ti piace guardare, però ti piace stare in un posto dove succedono le cose –. Poi tornò a fissare il telefono, come se aspettasse una chiamata importante. – Cos'è che non ti piace qua dentro? – chiese senza alzare gli occhi. Notai un rivolo di sudore scendergli sul viso, era un dettaglio che lo rendeva umano.

– Cinzia lo sa, mi inibiscono i regolamenti.

– Quali regolamenti? – domandò incuriosito.

– Il punto 4 del decalogo di Cinzia, quello che tiene appeso dietro al bancone. Lo hai letto? *Lo scambismo è un gioco di sesso basato sulla trasgressione, il club non è il luogo adatto per corteggiare o innamorarsi. Nel club non ci si può innamorare.*

– Innamorarsi? Non me l'aspettavo da un avventore di questo posto. Comunque, mi chiamo Roberto.

– Martino.

– Sei fidanzato con Fannie? – e indicò la sosia di Hailey Paige.

– Diciamo che ci sono giorni in cui fingiamo di esserlo.

– So come funziona.

– Vedo Fannie solo in questo locale.

– Fannie è una delle donne meno inquietanti che ho conosciuto qui, Cinzia ti paga per fare questa sceneggiata?

Risposi di no. Si grattò la testa, tirò su col naso, notai che lo faceva spesso.

– Perché ci vieni? – gli chiesi.

– Sto bene, è trasgressivo senza essere squallido, non ci sono magnaccia e Cinzia è un'amica. Sei mai sceso?

– Nei porno trovo tutto quello che mi basta, – dissi senza credere a ciò che stavo dicendo, pensavo solo di blandirlo.

– Non è bello sentire un ragazzo che dice questo.

Sorseggiò una bevanda verde che gli era stata portata direttamente da Cinzia. Le nostre ombre erano le uniche non impegnate in qualche atto sessuale.

– Mi piace quello che fai.

Parsi ebbe un colpo di tosse, si voltò a guardarmi stupito, poi sorrise, un sorriso che interpretai come un cenno d'intesa.

– Te l'ha detto Cinzia quello che faccio?

– Ho letto la tua intervista su internet.

– A me il porno piaceva di piú un tempo, adesso cerco solo la via piú onorevole per uscirne. A proposito, anch'io so qualcosa di te.

– Cosa? – balbettai sorpreso.

– So che sei stato minacciato da un uomo con una spada.

Non diventammo amici, non era l'uomo a cui avrei potuto raccontare tutto di me, la mia disavventura con il compaesano per esempio o certe mie allucinazioni, anche se Parsi sembrava avere una simpatia nei miei confronti. Avrei voluto chiedergli molte cose del suo lavoro, ma lui fu bravo a eludere l'argomento, e cosí finimmo a parlare di me: mi chiese che cosa facessi, se avevo mai viaggiato, se conoscevo le lingue, se ero soddisfatto della mia vita. Non riuscivo a capire il senso delle domande, non era semplice curiosità la sua, non dava l'idea di essere un uomo che fa qualcosa per etichetta.

Sparí di nuovo, stavolta per mesi, salvo riapparire con gli occhi umidi e molto piú calvo di prima.

Quando me lo rividi davanti Papa era diverso dalla volta prima, dava l'idea di un uomo convalescente, aveva il viso sfatto e sudato, beveva tenendo una mano sull'immancabile valigetta. Era seduto in un angolo, Fannie gli era accanto e prendeva congedo portandosi verso qualche coppia o singolo, fingendo di lasciare il suo uomo a contemplare il locale.

Sospettai potesse esserci stato qualcosa, avvertii una fitta fastidiosa, non era gelosia, era una sensazione di sgradevolezza che fu rimossa non appena Papa mi confessò, come a discolparsi di essere stato con Fannie, che le donne italiane non gli piacevano, perché erano troppo scure, lui preferiva le bianche, quelle che rilucono al buio. Ero scandalizzato, pensavo alla lunga lista delle mie eroine more. Poi disse che lui però era professionale nella scelta delle protagoniste dei film, non si lasciava influenzare dai gusti personali. Fu allora che nella mia testa Papa diventò Papa Est.

– Hai mai prodotto Rocco? – gli chiesi, prendendo posto sul divanetto.

– Rocco Siffredi?

– Sí.

– Mi sorprende che tu mi chieda di un attore e non di un'attrice.

– Siffredi è stato con tutte le donne che ho amato.

– Fare una scena porno con un'attrice non significa *starci*, per loro è ginnastica, esibizione, lavoro, per giunta a cottimo.

– Ho amato Sandy, Laetitia Bisset, Perla Mazza, Clarissa Bruni, Kelly Stafford, Annette Schwarz, Angelica Wild… – Snocciolai quei nomi come le strofe della nenia che precede una trance, ma Parsi non sembrava sintonizzato sulle stesse frequenze, quei nomi non lo scalfivano, erano nomi, punto, non assomigliavano neanche un po' all'esplosione luminosa che provocavano nei miei occhi.

– Non ho mai prodotto Rocco Siffredi, però mi sarebbe piaciuto. È l'unico che non mi fa vergognare di essere italiano. Quando ho cominciato a lavorare, Praga era piena di italiani cialtroni, magnaccia che trattavano le attrici come prostitute. La specie peggiore, l'italiano che vende la donna e bacia la croce. Credevano di comprarsi i cechi con un pugno di perline e caramelle. Ma la Cechia non è mai stato un paese disperato, la manovalanza impegnata nei porno con gli italiani era consapevole molto piú degli italiani stessi. Il porno era un lavoro come un altro, e questo gli italiani non l'hanno mai capito. Una volta, un tizio con cui ho avuto la sfortuna di lavorare è stato picchiato dal fidanzato di una delle tante aspiranti pornostar che frequentavano la sua agenzia. La ragazza era convinta di diventare la nuova Ilona, ma si era ritrovata a girare in una stalla con un povero cavallo sedato. Quel cialtrone non si è mai reso conto che il ragazzo che l'aveva picchiato se l'era presa non perché la ragazza aveva girato certe scene, ma perché non era stata pagata abbastanza. Questo succedeva a Praga, la città piú libera del mondo.

Parsi parlava al passato, come se ormai il mondo del porno fosse stato vissuto, masticato e rimosso. In quei mesi in cui non c'eravamo visti forse aveva trovato davvero la strada giusta per uscirne in modo onorevole.

– In un certo senso devo questo mestiere a Rocco, come tanti, – mi disse.

Rocco Siffredi aveva girato diversi film giocando con il luogo comune dell'italiano che va a Est per incontrarsi con donne straniere soggiogate dal presunto fascino latino. Pellicole dai titoli insolenti e a loro modo rivoluzionarie, come *Rocco incula Praga 1* e *2*, oppure *Rocco invade la Polonia* dove l'attore se ne va a spasso con una maglietta della nazionale di calcio di Alessandro Del Piero intenzionato a far conoscere alle ragazze le doti di un campione dell'ars amandi come lui.

Parsi mi raccontò che un pomeriggio, in un locale dove era entrato per incontrare un'accompagnatrice con cui trascorrere del tempo, si era imbattuto in Rocco Siffredi. Il locale era una discoteca a metà strada tra il bordello e lo strip bar. Siffredi, in gran forma, con il suo occhio cavallino, l'inflessione abruzzese, le lunghe mani che mulinavano, un grosso anello con brillante e l'espressione sbarazzina, era alle prese con la troupe del suo nuovo film, *L'autobus del sesso. Ultima fermata Sandy*. Gli avventori seduti tra i tavolini del bar non facevano caso a quanto stava avvenendo; bevevano tranquillamente accompagnati da giovani donne in vesti succinte. Rocco Siffredi era al centro della sala, dove di sera si ballava, e stava spiegando a un gruppo di ragazze in cosa consisteva il girato del giorno.

– Ho capito che si poteva unire il business al divertimento. Fare casting, era quello che volevo. E poi ero nel posto giusto al momento giusto.

A Praga, mi raccontò, a quel tempo si giravano film porno tra i monumenti nazionali o le verdi sommità del Petřín, un soave parco pieno di magnolie che proteggeva la città dai venti, dove i praghesi andavano a passeggio e spesso si fermavano a osservare, senza alcun cenno di disapprovazione, una focosa scena tra due attori. La Repubblica Ceca era diventata da poco uno Stato indipendente, a guidarla c'era un presidente scrittore, Václav Havel, mentre un altro scrittore, Kafka, veniva commercializzato sulle magliette vendute ai primi turisti. Praga attraeva gli investimenti delle grandi multinazionali, nel giro di pochi anni divenne un avamposto a Est di numerose produzioni pornografiche. Le corone ceche avevano un cambio favorevole, non c'era la buoncostume a creare problemi, né la Chiesa cattolica, che obbligava a fare le cose di nascosto.

Per diversi anni Parsi aveva mangiato la vita, lanciandosi sempre nel lato sconosciuto e tenebroso delle cose. Il mondo capitalistico era l'Occidente, l'Europa che aveva dichiarato guerra alla Serbia di Milošević, la moneta unica; lui scelse l'Est, dove si ambientò rapidamente. Non metteva piede in Italia che qualche settimana l'anno, per regolare alcuni affari legati a una cospicua eredità che gli avrebbe permesso di vivere agiatamente anche senza lavorare. Se n'era andato all'indomani della caduta del muro, perché suo padre, un imprenditore edile che si era distinto per il fiuto nel campo degli affari immobiliari, piuttosto che farlo crescere nelle scuole italiane, a suo dire poco competitive, aveva preferito mandarlo a studiare all'estero. E cosí, a venticinque anni, Parsi si era ritrovato con una laurea in economia conseguita in una prestigiosa università viennese e un apprendistato in una banca del posto. Era a caccia di avventure, aveva soldi da spendere per fare qualche mattana, ed era affascinato da quei paesi giovani, motivati, pieni di fiducia nel futuro.

Aveva cominciato partecipando a piccole produzioni locali, erano gli anni Novanta, e mentre io vagavo tra cinema a luci rosse e dubbi localini romani sospirando sui lembi di ragazze irraggiungibili, Parsi comprava un locale a Vinohrady, un bel quartiere residenziale raggiungibile a piedi dalla oblunga e affollata San Venceslao; e inaugurava un'agenzia di modelle e attrici. Il popolo delle aspiranti pornostar veniva da tutta la Boemia, gli striker mettevano a disposizione un pullmino che batteva le campagne munito di manifesti, locandine e un piccolo prontuario che elencava alla presunta futura stella i benefici connessi alla nuova vita. I casting, mi spiegò, erano divertenti. Giocava con le sue prede, le faceva spogliare, camminare nude su un tappeto di linoleum, raccontava le sue avventure, le invitava in Grecia per una vacanza che non avrebbero mai fatto, e poi faceva quello che nessuno si era mai sognato di fare: chiedeva di aprire la bocca. Qualcuna protestava, diceva che cosí si fa coi cavalli, ma Parsi sapeva essere convincente, dava spiegazioni professionali, parlava di grandangolo, primi piani, diceva che per far carriera nella San Fernando Valley, la Hollywood della pornografia, era necessaria una chiostra perfetta. La verità era un'altra: il business era solo una scusa per assecondare le sue ossessioni. Stava scoprendo sul campo le sue vere passioni nel sesso. Quando cominciò a periziare le ragazze si rese conto che la sola cosa a interessarlo di quei corpi era l'imperfezione. Lingue rosse, bianche, giallastre, denti anneriti, rotti, marciti... infilava due dita sotto il palato e mentre le ragazze si rivestivano, le annusava inebriato dall'odore della saliva; piú era acida, piú provava piacere. L'essenza della felicità, mi disse con espressione estatica, era un miscuglio di fiato, umori, lubricità.

Quella notte al 609 Parsi era un fiume in piena. Entrai in uno stato di vertigine, stava rivelando i meccanismi del mondo che sognavo, lui lo aveva toccato, lo aveva fatto, e adesso lo stava passando a me sotto forma di racconto. Invidiavo la sua tenacia, lo spirito d'avventura, l'anelito a realizzare se stessi tenendo presente i propri piaceri, era l'uomo che avevo sempre voluto essere e che per mollezza, inconsistenza, balordaggine non ero mai stato.

Lo tempestai di domande: la piú bella? la piú simpatica? la piú disponibile? la piú dispettosa? la preferita? Lui snocciolava nomi, situazioni, quella volta nell'hangar, quell'altra nella stalla, quella sul battello, la ruota panoramica con le famiglie che sotto guardavano, una gang bang di cento maschi reclutati nelle campagne.

– Ricordi l'inglesina che va in un ospizio della periferia romana a creare scompiglio? Hanno copiato una mia idea –. Sosteneva che l'orgia nella sala delle autopsie di *Extreme Gang Bang 666* con Veronica Caine fosse identica a una cosa girata da lui in un vero obitorio.

– Il porno ha un vantaggio, l'immagine. Ti illude che il sesso non sia mai fallace e deperibile, come l'immagine dei suoi protagonisti.

Prima di andarsene disse che avremmo dovuto vederci anche fuori, cosí ci scambiammo i numeri come uomini d'affari. Non credevo che si sarebbe fatto vivo, lo immaginavo alle prese col suo lavoro, ero certo che sarebbero passati mesi prima di poterci parlare di nuovo. Invece qualche giorno dopo ricevetti una sua chiamata. Mi avvertí che sarebbe venuto a prendermi quella sera stessa, aveva una sorpresa per me.

Si presentò con un autista, la portiera si aprí e lui comparve vestito con un cappotto tagliato su misura, i bottoni della giacca aggrovigliati negli alamari, il corpo che erompeva dagli indumenti e la faccia sudata.

– Abbiamo una serata speciale, – disse indicando l'interno dell'auto.

Avevo uno strano presentimento. C'era qualcosa di losco nel suo sguardo e la sensazione divenne piú tangibile quando vidi la valigetta che portava sempre con sé appoggiata allo schienale. Non avevo idea di dove stessimo andando, Parsi non mi disse nulla. Intanto l'autista vagava seguendo le sue scarne indicazioni: «destra», «rallenta», «accosta», «riparti».

Era raro per me guardare la città seduto dentro un'automobile, era un'altra prospettiva. Quando ero in strada o sul tram dovevo stare sempre con gli occhi aperti sui tizi che minacciavano la mia incolumità. Camminavo pesando gli sguardi che mi giravano attorno, vedevo gruppi di ragazzini capaci di tutto, anche di uccidere, bande di georgiani che aprivano la bocca con le loro risate sguaiate, fissavo le donne con gli occhi a mandorla sperando di incrociare un loro cenno per poi chinare la testa e arrossire.

Eravamo sulla Casilina che sbuca davanti a Porta Maggiore, pazzi indemoniati lottavano tra loro di fronte a una grande sala scommesse, uno sciame di prostitute girava attorno a un furgone, tre barboni si passavano un materasso attraverso la fessura gigante di un sottopassaggio, ma non era un materasso, a guardar bene mi accorsi che era un uomo avvolto tra le coperte, forse un cadavere. In uno spiazzo a pochi metri da una villa abbandonata notammo movimenti sospetti. Di fronte c'era un edificio occupato: una volta era stato un bingo, prima ancora un cinema, mentre adesso era diventato un rifugio di migranti che dormivano con le finestre aperte anche quando faceva freddo, semplicemente perché finestre non ce n'erano. Porta Maggiore brillava come un monile al centro della piazza, il traffico notturno scorreva senza scalfirne la bellezza. Ci accostammo allo spiazzo della villa abbandonata, il cancello era chiuso e tutto arrugginito; un muro di cinta circondava lo spettrale palazzotto sommerso dai rovi. Tra il muro e il cancello c'erano una mezza dozzina di ragazze, sembravano studentesse in jeans e giubbino alla fermata dell'autobus; nuvole di freddo intorno alla bocca, le sigarette accese, decine di rubini infuocati, almeno quindici maschi in fila per farsele contro il muro, da dietro. Fottevano in piedi, ansimanti. Alcuni cadevano con le braghe alle ginocchia come fossero svenuti. Anche da lontano riuscivamo a sentire i loro gemiti. Vecchi, giovani, baffi grigi, riporti, nuche disegnate o creste. Quell'ammasso informe di corpi faceva pensare piú al mondo degli insetti che a quello degli esseri umani.

– Fottono come cani, – disse Parsi. – Vorrei avere il loro coraggio, – mi confessò. Era la prima volta che ammetteva di non poter fare qualcosa. – Ti sei mai fatto fare una sega da un'olandese bellissima tra le copertine di cachemire di un aereo supersonico?

– No, – ovviamente.

– Ero giovane e ancora non giravo con le boccette di minoxidil per fermare la carneficina dei miei capelli. Era perfetta e sai perché?

– Era olandese?

– Era sordomuta. Ma tu che ne sai, certe cose succedevano solo sul Concorde.

Ero avvinto dalle guance cascanti, gli scatti improvvisi del corpo. Mi soffermavo sul modo di gesticolare, le pause che faceva tra una parola e l'altra, il respiro affannoso di un uomo che pesava quasi cento chili e che probabilmente da giovanissimo aveva pesato la metà.

Roma era ovattata oltre il finestrino che non avevo il coraggio di far scendere, percorrevamo i raccordi di asfalto tra gli edifici del Prenestino e quelli di San Lorenzo, erano stretti viadotti che attraversavano i palazzi e sotto ci dormivano decine di stranieri, a quell'ora chiudevano i ponti, ma l'auto di Parsi andava oltre i divieti.

Finimmo la serata in uno strip bar dove venivano spennati i turisti. A Parsi incuriosiva lo squallore di certi posti, o forse erano soltanto i covi dei suoi pusher. Una luce violetta rendeva solenne ogni espressione del viso. Gli facevo tenerezza, o per meglio dire compassione, ai suoi occhi ero il paradigma dell'italiano che alla lunga non regge, un pappamolle. In me vedeva tutti quei difetti che rendono l'Italia un paese in rapida consunzione.

– Calcoli troppo le cose, chi è ambizioso non pensa. Se pensi alle conseguenze diventi un parassita, – mi disse tambureggiando con le dita sul tavolo come se una forza misteriosa lo possedesse e gli impedisse di stare fermo.

– Facile parlare con il portafoglio pieno.

– Me lo sono riempito io, il portafoglio, non sono schizzinoso. Sai perché ci sto poco in Italia? – e le dita si fermarono, tutti i nervi del corpo di Parsi tendevano verso ciò che stava per dirmi. – Perché ancora non pratico la necrofilia, mentre tu...

– Necrofilia?

– Questa città è morta, con i suoi monumenti...

– Ma è storia...

– È solo autoerotismo. Se continuo a frequentarti rischio di diventare un guardone come te, mio caro Martino.

Si slacciò la cravatta. Sul bancone una ragazza con trucco grossolano, zeppe luccicanti e copricapo texano vorticava attorno al palo. Era distratta, non sorrideva, guardava un punto fisso nel vuoto e mi faceva pensare alla cannuccia che Parsi stava girando dentro il suo cocktail.

In quel declino della serata il mio mentore cedette finalmente alla mia curiosità.

– T'interessa la valigetta?

– Ce l'hai sempre, è la prima cosa che ho notato di te.

– Aprila, allora, – disse, poggiandola sul tavolo in mezzo ai bicchieri vuoti.

– Qui, davanti a tutti?

– Davanti a chi? Non c'è piú nessuno.

Mi voltai e vidi che il locale si era quasi completamente svuotato. La musica nel frattempo stava scemando, la donna aveva smesso di ballare, era sempre arrabbiata, s'inchinò un momento e il copricapo cadde, mostrando un'incipiente alopecia.

Tornai a osservare la valigetta, e mentre Parsi mi fissava incuriosito ricordai il titolo per il «Corriere Nero» che avevo formulato in macchina: APRE VALIGETTA MISTERIOSA DI MANAGER ITALIANO E TROVA GNOMO CHE PARLA LINGUE SCONOSCIUTE E POI FA SEPPUKU.

Sotto il suo sguardo attento sbloccai il piccolo chiavistello di ottone, la minuscola serratura cedette e lo scrigno si aprí.

– Sono un uomo ricco, ho avuto tante donne ma ormai mi diverto cosí. Il coito non m'interessa piú.

E mentre si confessava vidi strani oggetti che avevano un'aria familiare, butt plug di cristallo, un dildo in silicone, soluzioni per clisteri, perette, vibratori, oli, una minitorcia al litio, profilattici cinesi, divaricatori vaginali, uno stetoscopio.

– Sembra la valigia di un dottore, – dissi e ripensai a Fabiana, quando girava col camice bianco per casa e suggeriva un'associazione di pensiero con i feticci medicali del mio adorato Herr Thompson e la truppa delle sue squinternate eroine vestite da infermiere disposte a ogni umida intemperanza.

– Mi piace giocare. Ho degli amici che mi spacciano per ginecologo, cosí faccio finte visite.

– E le donne ci cascano?

– L'importante è che facciano quello che dico. Posso pagare anche mille euro per un clistere. Mi fanno impazzire gli arabeschi che si formano sulle gambe. Ci sono sederi che producono sinfonie.

Mentre pontificava mi chiedevo cosa c'entrassi io con lui. Come tutti gli adulti che non vivono da adulti, a un certo punto avevo avuto bisogno di una guida, un maestro, anche se questo signore sudato, che parlava sette lingue, mandava messaggi mentre mi raccontava aneddoti, aveva un'aria sempre piú diabolica.

Uscimmo fuori, una leggera brezza ci accarezzò. Parsi cominciò a farmi uno strano discorso, il viso diventò rosa acceso, il rosa di chi si è strofinato o è in collera. Il tono era curiale, uno di quei pastori pii che con voce sommessa dispensano consigli apparentemente bonari ma che prevedono rinunce dolorose. Disse che voleva aiutarmi, secondo lui avevo solo bisogno di un piccolo incoraggiamento, ed era disposto a offrirmelo; bastava che lo seguissi in uno studio notarile dove chissà cosa mi sarebbe stato proposto.

– Perché? – gli chiesi, guardando le dita grassocce che tentavano di smuovere lo schermo del cellulare.

– In un certo senso ti ammiro, hai il coraggio di scandalizzarti. Io ormai non mi scandalizzo piú di niente. E non ho neanche la scusa di essere un artista.

– Artista? – Rimasi colpito, quella parola sulle sue labbra non aveva senso, eppure dal tono con cui si era espresso avvertii il rimpianto per un desiderio insoddisfatto. Era questo ondeggiare tra alto e basso che mi stordiva, pornografo e pretesco, crapulone e metodico. Le contraddizioni mi avvincevano. Avrei accettato di seguirlo ovunque.

Facemmo colazione guardando gli esseri mattinieri che si davano il cambio con gli esseri notturni, in un bar con muri tappezzati di gratta e vinci e altri tagliandi della fortuna. Due ragazze in shorts, reduci dalla notte sulla Togliatti, bevevano il cappuccino. Tre arabi le guardavano con occhi famelici, un italiano con il bomber giocava al videopoker emettendo un ruggito di disapprovazione mentre lo infilzava con monete che risuonavano nella pancia vuota della macchinetta.

Erano quasi le dieci quando entrammo nello studio notarile, guardavo la tappezzeria e pensavo alla pulizia degli stucchi, a chi si doveva occupare di tenere in ordine le librerie, gli angoli della stanza, la quantità di carte che ci circondavano ed emanavano un odore stagnante che grattava la gola. Una mano liscia e fresca strinse la mia, poteva essere la mano di un morto o di una ragazza giovanissima, invece apparteneva a un uomo avanti negli anni, capelli bianchi e sguardo concentrato. Fece un giro attorno alla scrivania e occupò una sedia di pelle color amaranto. Una ragazza, bella ma priva di fascino (occhi verdi piccolissimi, un goffo naso all'insú che denotava un intervento chirurgico), ci passò una cartella senza parlare, poi quando fummo seduti chiese a Parsi: – È lui il fortunato? – Riuscii a vederle i denti mentre la parola «fortunato» fluttuava nell'aria. Non me lo aveva mai detto nessuno. Che Parsi fosse l'uomo della provvidenza? Le cattive sensazioni mi stavano lasciando per far spazio a una speranza. Ero stato bravo, avevo trovato un mio simile e il mio simile si prendeva cura di me.

Mi diedero un contratto nel quale si diceva che ero beneficiario di una donazione, mi sarebbe stata intestata una casa. L'uomo anziano dietro la scrivania non sorrideva mai, guardava fisso le carte e la mia firma su ogni foglio che mi veniva sottoposto. Avevo già vissuto quella situazione, era l'identica ricostruzione di un film di Salieri: due signorine vedove e il vecchio notaro vizioso che le coinvolge in un turpe threesome. Il notaio di Parsi assomigliava al prototipo dei nuovi attori di OLDJE, il sito che aveva persuaso milioni di naviganti ad appassionarsi alle vicende di Mireck, un signore ultrasettantenne che faceva l'amore davanti alla cinepresa con le migliori attrici delle produzioni dell'Est. Il soggetto era sempre lo stesso: una ragazza veniva assunta in una triste casa della periferia dell'Est Europa e si trovava un signore anziano seduto sulla sedia a dondolo con una camicia a quadrettoni che si mostrava immediatamente vizioso e sensibile al fascino della giovane assistente.

– Le chiavi? – chiesi a un tratto, dopo aver firmato decine di fogli. – Le chiavi di questa casa? Potrò vederla?

– Certo, è tua, stiamo finendo di sistemarla. Ogni tanto dovrai ospitarmi, – disse Parsi ridendo. Poi sparí dalla sala e sparirono tutti, rimasi solo come in un sogno. Tornai a casa con l'autobus, non sapevo cosa pensare, finalmente avrei finito di pagare l'affitto.

Mi ero consegnato.

Parsi mi aveva lasciato ripetendo che si sarebbe preso cura di me. Avevo ancora in testa la faccia del leguleio: nella mia parte piú suggestionabile balenò un titolo per il «Corriere Nero»: SVENTRA NOTAIO VEGLIARDO COL TAGLIACARTE E LO MANDA AL CREATORE.

Per alcuni giorni non andai a lavorare, aspettavo notizie da Parsi, che però non si fece sentire. Ripensavo al notaio, al contratto, una casa nuova dove andare; non avevo mai posseduto niente di cosí grande, ero spaventato. Di notte mentre giravo per i miei sexy-shop mi sembrava di vedere due occhi azzurri lustri come pietre preziose che mi scrutavano attraverso il buio. Era il segno di un presagio o il mio impazzimento? Cominciai a guardare solo film con donne dagli occhi azzurri. La sezione BLAUEAUGEN di un sito tedesco fu la mia ossessione per alcuni giorni. Fu solo per quegli occhi azzurri che diedi retta a un noto balordo, un ragazzo che sosteneva di essere lituano, forse un meridionale con la pelle chiara, di tipo normanno, con due turchesi incastonati nelle orbite. Una mattina, mentre tornavo estenuato da una notte tra i miei distributori automatici, disse che alla porta c'era una che mi cercava. Disse proprio cosí: una. E non riuscí a chiudere la frase, come se qualunque specificazione fosse superflua.

– Una? – ribadii incuriosito da quella improvvisa reticenza.

– Una, perché unica –. E i suoi occhi azzurri scintillarono ancora di piú.

Credetti a uno scherzo mentre salivo le scale. Ma sulla

soglia di casa, davanti alla quale per anni erano comparsi papponi, puttanieri, fedifraghi e ragazze scappate di casa, quel giorno si materializzò Lacuna Wings, una delle piú desiderate pornostar del momento. Ero impietrito. Indossava una tuta di pelle che le modellava il fisico e stivali con il tacco altissimo che la innalzavano abbondantemente oltre la mia altezza. Lacuna era un mito della pornografia contemporanea. A renderla piú conturbante per un certo tipo di pubblico era la sua passione per la chirurgia estetica, che l'aveva portata a provare tutti i tipi di intervento: protesi di silicone al seno e al fondoschiena, filler sulle labbra, botox sulla fronte. Era un esperimento scientifico vivente, eppure faceva impazzire gli uomini. L'avevo conosciuta quando ancora era una ragazza senza gomma, in uno dei soliti casting di Woodman, timida, acqua e sapone, magra, quasi smunta. Quando la rividi in *Cutie and Pervers 11* si era già fatta un piercing, la palestra le aveva irrobustito i muscoli, e labbra e seni erano aumentati di volume. Nelle ultime produzioni si era ormai compiuta la trasformazione in cyborg. Una sera, mentre discutevo sul forum di EGAFD con altri fanatici, venni a sapere che sul sito di Lacuna c'erano video amatoriali di pessima qualità in cui uomini sconosciuti facevano sesso con lei. Gente comune, non attori. Uomini disposti a pagare pur di farlo con la Wings. Aveva inventato un genere di escorting che metteva assieme vizio, performance e narcisismo. Chi andava con lei poteva farlo sapere al mondo intero e dire che, almeno per un'ora, era stato con un mito della pornografia moderna.

Quando la feci entrare, lei guardò la casa con insofferenza, avvitandosi sui tacchi. Parlava da sola, o meglio parlava a me, anche se non capivo cosa stesse dicendo, perché il mio inglese elementare combaciava appena con il suo american english e quella che interpretai come una lieve, irresistibile inflessione ungherese. Finché la ripetizione di we are, we go, we qualcosa mi fece intendere che parlava

in prima persona plurale. Chiesi se aspettava qualcuno, ma lei scosse la testa, disse che dovevamo rimanere insieme.
– Today you and me in same bed.

Mi trovai a gestire una situazione complicata. Le indicai la doccia, le portai un asciugamano pulito, lei si spogliò sorridendo, mentre io tremavo come l'antenna di un coleottero; quando mi chiese di toccarla, feci finta di non capire, allora Lacuna allungò una mano, intrecciò le dita attorno al mio indice e al medio, li tirò verso il suo seno. Avvertii la pelle fredda, ebbi la sensazione di aver sfiorato un palloncino, nella mente mi volarono le bolle gommose di Crystal Ball, quelle che da bambino soffiavo in un tubicino di plastica per riempire la stanza di palloncini colorati. In me si mischiavano l'esaltazione, il terrore, ma anche l'inadeguatezza e un fondo d'amore. Mi persuasi che la Wings fosse un dio venuto a esaudire l'unico desiderio della mia vita, e io non potevo perdere tempo, non potevo perdere l'ennesima occasione. Cosí la portai nell'unico posto dove sognavo di trovarmi con *una* come lei.

Quando Lacuna entrò nel piú grande atelier di abiti da sposa di Roma vestita con impermeabile nero, stivali di pelle e tuta aderente, le commesse, i proprietari, le future sposine e le loro madri la guardarono come fossero di fronte a un marziano che scende dalla scaletta di una navicella spaziale. Signore e signori, lei è Lacuna Wings e io sto per comprarle un vestito da sposa.

Ne aveva viste di cotte e di crude quella ragazza ungherese, ma l'ultima cosa che poteva immaginare era che un uomo la portasse a provare un abito nuziale.

– You try a bride wear only like a film, – dissi nel mio inglese insensato. Mi guardò perplessa, poi sorrise e si allontanò un momento. Fece una telefonata, parlò con qualcuno, mentre le tre commesse in tailleur che accoglievano i clienti continuavano a guardarmi con stupore senza avere il coraggio di intervenire.

Dopo la telefonata Lacuna parve piú serena, aveva parlato con la sua agenzia, con il fidanzato, chissà, ma era un'altra persona e si consegnò alle tre commesse. Ora mi era tutto piú chiaro, il suo viaggio a casa Bux le era stato pagato da Parsi come riconoscente premio alla firma del mio contratto.

– Lei non può venire, – mi fu detto.

– Non sono scaramantico e l'abito lo pago io, – protestai, ma non ci fu niente da fare. Lacuna sparí dietro un paravento ricamato da disegni liberty, accompagnata da una delle tre ragazze, che d'un tratto mi apparve bellissima come tutte le donne che avevo amato.

Passò l'ora piú lunga e intensa della mia vita, ero nella condizione di realizzare un desiderio, il genio della lampada era apparso nelle fattezze di Cristopher Clark, il protagonista delle *Avventure erotiche di Aladdin X* di Luca Damiano con Julia Channel. Strofinai per un'ora la lampada immaginaria e i miei sogni che erano stati a lungo trattenuti sembrarono liberarsi.

– La sua sposa vorrebbe provare anche le scarpe, – mi disse la ragazza che si stava occupando di Lacuna.

– Le faccia mettere sotto una lingerie speciale.

– Stiamo facendo solo una prova.

– La prego, un bustino.

– Quello già ce l'ha.

– Niente autoreggenti, solo calze senza elastico da agganciare al bustino, – implorai.

– Ma è la sua futura moglie che deve decidere, – mi guardò sbigottita.

– Solo per oggi, la prego.

La ragazza sparí e poco dopo riapparve Lacuna Wings vestita di bianco: era la dama di un secolo passato, la pelle tirata sembrava candida quanto lo scialle di pizzo che scendeva sulle spalle scoperte; il vestito era di seta arrivata direttamente dal Giappone, come spiegò la commessa. Poi la sposa avanzò con passo incerto.

– Non abbiamo trovato il numero delle scarpe che ha scelto.

Lacuna incedeva in due décolleté di pelle color neve un paio di numeri piú grandi, teneva alzata la gonna e lo strascico in modo che potessi restare incantato dalle sue caviglie, l'unica parte del corpo non ritoccata. Si era tolta il rossetto e aveva raccolto i capelli attorno a una matita, sorrideva e mi diceva frasi in inglese ridendo assieme alle commesse.

– Vuoi sposarmi? – le chiesi in italiano.

Lei cominciò a muoversi, in sottofondo la radio stava mandando *Fields of Gold* di Sting, le andai incontro e mi arrivò in bocca l'odore dei tessuti appena estratti dalle loro confezioni, era un profumo che non avevo mai sentito e copriva l'odore di Lacuna, che non riuscivo a indovinare. Le presi la mano destra e l'alzai verso l'alto, sentii le sue ossa, poi la pelle finalmente calda. Le cinsi il fianco, le nostre ginocchia erano le une contro le altre, le arrivavo al naso e sentivo il suo fiato, era il fiato degli dèi, era la felicità dei morti che hanno scoperto che l'anima ascende. Lacuna Wings vestita da sposa, con reggicalze e bustino era il sogno che ossessionava la mia vita, era la mia sposa, e stava ballando scomposta, ma ballava con me.

Improvvisamente avvertii qualcuno chiamare il mio nome, il mio nome preceduto dal cognome; la voce aveva toni familiari.

– Martino! Bux Martino, sei tu?

La Wings indugiò, le note alla radio s'interruppero per lasciar spazio alla pubblicità.

Voltandomi riconobbi Alana Evans, la ragazza con cui ero uscito prima che i sensi di colpa per aver tradito Fabiana, la sua migliore amica, le facessero cambiare idea su di me.

– Ma ti sposi? – domandò stupita nel vedermi ballare con una donna vestita da sposa.

– Lei è Lacuna Wings, – dissi, mentre Alana annotava nella sua mente la stranezza di quel nome e l'insostenibile coincidenza del nostro incontro.

– Lacuna Wings? Ho capito bene?

– Si chiama cosí.

– Fabiana mi aspetta di sotto, sai che mi sposo anch'io e lei mi farà da testimone?

Avvertii un senso di contrazione allo stomaco, la gola si seccò, un banale sorriso comparve sulle labbra. Finché la vidi salire da una scala mobile, enorme in un vestito azzurro, all'ottavo mese di gravidanza, con il volto sudato e gli occhi che uscivano dalle orbite. La sua nuova, impensabile per me, vita. Eccola. Eppure, vedendola camminare faticosamente con la bocca aperta, sorretta da due ginocchia grandi e bellissime, inguainate in semplici leggings neri, mi dissi che era sempre lei, era sempre la mia amata Fabiana. Avanzò per darmi uno stupefatto saluto, con la voce che tremava disse: – Martino, Martino, non sai quanto sono contenta, – ma sapevo che non lo pensava neanche un po', perché nel frattempo aveva visto l'adorato cyborg in abito da sposa. L'avevo saputo sin da quando Fabiana mi aveva lasciato che ci saremmo rivisti in condizioni solenni. Sentii tutta la felicità provata anni prima, quando mi ero innamorato di lei. Mentre avveniva questo incontro che scherzava con il tempo e le coincidenze, mentre nella mia testa premeva l'annotazione «Perché è vestita come l'Inter?», capii la vera ragione per cui in cima al mio database porno preferito da alcuni mesi non c'era piú la dicitura Interracial o Gang Bang, ma una che per anni non mi aveva mai avvinto e ora era lí in tutto il suo fulgore: Pregnant.

Non esisteva donna migliore di Fabiana con quella grande pancia e le guance arrossate per giocare con Lacuna Wings in abito da sposa, eravamo sul set porno perfetto. Eravamo tra i riverberi folgoranti dei campi elisi.

L'avventura con Lacuna Wings fu l'unico raggio di sole del mio periodo post-parsiano. Stringevo i denti perché Parsi sarebbe prima o dopo tornato e mi avrebbe salvato. Quelle notti cosí gelide al servizio del sexy-shop 24/7 a volte non passavano mai e non bastava dormicchiare dentro un autobus, pertanto mi mettevo a schiacciare un pisolino nel distributore di viale Togliatti. Era in una strada di chioschetti e fiorai alle spalle di un casermone che di giorno era infestato di mariuoli che ricettavano rame e refurtiva. La sera era talmente spaventoso che neanche loro ci venivano tranne Nerina, una prostituta moldava senza un braccio, che si spogliava con una mano sola. Era la donna serpente, si toglieva tutto solo con un movimento dell'anca e uno del bacino, in una danza circense che riusciva a fare in qualunque automobile, dalla berlina alla Smart. Aveva la fila dei clienti. Emetteva uno strano verso quando fingeva l'orgasmo, intenso, ripetitivo, a bassa frequenza, simile all'upupa. Ero un po' come Nerina, il mio numero di prestigio consisteva nel sistemarmi dentro il distributore, lí alle spalle del casermone. Era rotto e quasi senza merce, un parallelepipedo di plastica e ferraglia che si sarebbero portati via nel giro di qualche giorno, ma poi qualche giorno diventarono settimane e poi mesi, come tutte le cose di questa città che si trascinavano trascinavano finché non si strappavano. Nessuno osava affacciarsi in quel cubicolo tranne Nerina che col braccio buono si comprava i condom e se c'ero io le regalavo la crema della Durex e le salviettine per togliersi di dosso il seme e il sudore dei padri di famiglia che l'avevano scopata chiamandola amore o troia.

Una sera che dormivo nel distributore sentii un fitto bisbigliare.

– Fate piano, c'è uno che dorme qui.

Era un gruppo di donne, commentavano con cognizione un dildo della Marc Dorcel. Un totem di lattice con cuneo a punta. Assomigliava a una delle pigne nobiliari che comparivano nei balconi dei paesi dominati dai Borboni.

Erano in quattro o cinque, un po' su di giri. Pensai subito a *Midnight Prowl*, ma non feci in tempo a proiettare il mio film mentale che due nocche bussarono sul vetro.

Misi a fuoco e credetti di essere dentro uno dei miei miraggi.

– Martino? – una delle donne mi guardava da dietro il vetro, e dio di tutte le mie impurità, dio delle vergogne, mi avevi appena messo davanti agli occhi colei da cui mi sarei fatto ferire, uccidere, disossare, mangiare. Luisa Montieri, in minigonna e parrucca azzurra, ma che diavolo di sogno era? In quale film l'avevo già vista?

– Martino mi riconosci, stai bene? – mi disse e la voce arrivava dentro il distributore come se avesse attraversato tutto il sistema solare.

– Luisa, sono morto?

– Martino esci di lí, che combini? – aveva una voce bellissima, alterata dalla mia capsula spaziale. Ebbi la sensazione che avesse bevuto.

– Ci lavoro, qui, – le risposi.

– Sempre coi porno stai.

– It's my life.

– Stasera è la nostra festa, addio al nubilato, – e indicando le sue amiche e proferendo quella battuta fu come se avesse scaricato una saetta che propagò una conflagrazione.

– Ti sposi anche tu? – le chiesi ed ero già prostrato con le braccia aperte aspettando Luisa Montieri in abito da sposa che incede sottobraccio al fratello.

– Non mi sposo, Martino, – rispose ridendo. – Chi vuoi che la sposi una come me?

Ti amo, pensai. – Come stai? – le dissi.

– Ci dai un consiglio? – ignorò la mia domanda e mi indicò una ragazza robusta coi denti piccoli che sorrideva, la futura sposa.

Dissi che quel dildo di Marc Dorcel era la cosa piú preziosa che ci fosse in quel distributore.

Non comprarono niente, scherzarono, parlarono in un loro allegro codice di detti e riferimenti che non compresi, ma non so come mi ritrovai fuori con Luisa. Lei era ancora con la sua parrucca in testa, le calze grigio scuro e un paio di scarpe alte rosse con un laccetto attorno alla caviglia.

– La smetti di guardarmi le gambe? – In effetti non potevano passare inosservate le mie occhiate.

– Sono anni che non te le guardo.

– Ti riporto a casa?

– E le tue amiche?

– La serata è finita.

Entrai nella macchina in uno stato di euforia infantile, l'odore di Luisa era un misto di miele, lavanda e ciclamino, forse era solo il deodorante che emanava un piccolo contenitore sul cruscotto, ma per me era Luisa, Luisa dappertutto, avrei voluto annusare quell'essenza fino all'ultimo dei miei giorni.

– Sono un po' brilla, – mi disse, ma ci avviammo. Una mano sullo sterzo, l'altra mano cercava l'accendino, una sigaretta in bocca. Aveva smesso di farsi le sigarette da sola, e le sue mani erano piú grandi, sul dorso di quella sul volante notai due macchioline simili a lenticchie, le chiesi di accostare per fumare in pace, e le proposi di camminare per togliersi un po' la sbronza.

Eravamo vicini al laghetto clandestino dove una notte di tanti anni prima avevo atteso un suo messaggio. Le promisi che le avrei mostrato un segreto.

– Mi porti in un parco di notte e mi violenti, lo sapevo che eri un maniaco, sei sempre stato un maniaco, – mi disse scherzando, ma neanche troppo, mentre i suoi occhi scintillavano. Avrei voluto baciarle le lenticchie sulla mano, le vene lungo la guancia.

Mi aggiornò sullo stato delle cose: aveva mollato Mimmo, lui aveva avuto una sorta di crisi mistica e si era dato al video mapping sacro. – Si è rasato i capelli, gira vestito di bianco e si propone alle parrocchie per trasmettere sulle facciate delle chiese video su martiri e santi.

– È fuori! – sbottai.

– È business, – ribatté Luisa.

– Ci sei mai stata? – le chiesi a bruciapelo.

Luisa si scosse come se l'avessi insultata.

– Sei pazzo? Io con uno come Mimmo?

Entrammo nel parco ed era tutto come era sempre stato, un sentiero argentato illuminato dalla luna e le non lontane luci del quartiere parevano lucciole.

– Cos'è questo posto?

– Anni fa scavando per costruire un centro commerciale fu toccata una falda e l'acqua che scorre sotto questa maledetta città riempí tutto il fossato. Oggi c'è un lago e gli scheletri del centro commerciale.

– Un lago qui? La natura ogni tanto si riprende qualcosa.

– In realtà è l'abbandono, qui abbandonano tutto, – le dissi con un po' di indignazione. Lei sembrò poco convinta, e neanche io ci credevo.

– Anche tu ti sei un po' abbandonato, no? – mi guardò e continuò: – Abbiamo quasi quarant'anni e non siamo molto cambiati. Anche tu senza una famiglia, senza un lavoro vero?

– Sempre lo stesso.

– Il ruffiano?

– E mille altri. Faccio anche le ricerche iconografiche per un editore.

– Un editore… – disse piú per tenersi lucida che perché realmente interessata. Poi mi chiese: – Non ti innamori mai?

– Di te.

– Persone reali, dico.

– Tu non sei reale? – e intanto eravamo arrivati sul lago, dietro i rovi si intravedeva uno specchio scuro appena increspato da qualche animale notturno, i grandi scheletri di cemento dell'edificio abbandonato nell'oscurità assomigliavano alle teste dell'Isola di Pasqua.

– Guarda Martino, si riflette la luce della luna.

– No, è solo l'insegna luminosa di quella carrozzeria.

– Fammi pensare che è la luna. Stasera voglio essere un po' romantica, – disse col tono tenero che nei miei film mentali precede l'istante in cui ci si bacia.

– Non mi hai risposto: tu non sei reale? – le mie labbra bruciavano, tremavo un po', un palpito di freddo mi aveva attraversato facendomi sussultare.

– Sono complicata.

– Non mi consideri proprio? – e le mie labbra cominciarono a raffreddarsi.

– Siamo troppo distanti.

– Cos'ho che non va? Sai che ora forse mi danno una casa? Un amico, uno che conta.

Luisa sembrò non ascoltarmi, restò silenziosa e immobile, mentre ormai ero attraversato da un unico brivido gelido.

– Pensi che sono un maniaco? – continuai.

– Per il porno? Guarda che anche io li guardo.

I brividi si placarono. Luisa non sapeva a cosa mi stava sottoponendo con questa confessione. – Sai quante volte mi sono toccato immaginandoti?

– Non me lo dire, ti prego –. E scosse la testa come se avesse visto qualcosa di ripugnante.

– Tu sei come Kristi Myst.

– No, non te ne venire coi tuoi cataloghi autistici, capito? E poi tutti ci tocchiamo.

– Anche tu? – incalzai con tono implorante.

– Dài, lasciami perdere, godiamoci questa luna.

– Raccontami una storia, almeno una.

– Per farti una sega?

– No, perché ti amo.

Luisa rise fortissimo. – Ancora con questo ti amo.

– Ti dico un segreto.

– Quale?

– Ti ricordi le tuberose di Mimmo?

– Le tuberose sono quei fiori profumatissimi che mi hai regalato?

– Come hai saputo che ero io?

– L'ho scoperto dopo che eri andato via, ma ero tanto arrabbiata con te, eri stato inopportuno.

– Raccontami una fantasia, lasciami qualcosa –. Provai pena per il tono con cui glielo stavo chiedendo, al limite dell'elemosina. Luisa si accese un'altra sigaretta, quel puntino rosso le creava un minuscolo alone attorno alle mani.

Finalmente sembrò cedere.

– Ne avevo una tempo fa –. Le guardavo il profilo, ci eravamo seduti per terra con le ginocchia abbracciate, la sua parrucca azzurra sembrava bianca sotto quel cielo nero. – Ho visto un porno dove una ragazza faceva un pompino a uno sconosciuto, lei mi somigliava e il tipo assomigliava a uno che avevo visto una volta in bici. La scena era tutta un gioco di sguardi e si concludeva negli anfratti di una metropolitana.

– Un porno berlinese?

– No, non credo, qualcosa di Erika Lust, non sono sicura. L'ho visto in streaming, quindi mi dispiace per la tua vena catalogatoria, nessun credit. Però mi è rimasto in testa e una volta ho voluto provare.

– Un pompino a uno che non conoscevi?

– No, era un ragazzo con cui sono uscita un paio di volte, però un giorno mentre eravamo in metro, in mezzo alla gente, gliel'ho detto guardandolo negli occhi.

– Cosa?

– Se gli andava un pompino in metropolitana.

– E lui?

– Si è irrigidito. Perché voi siete cosí: quando abbiamo noi una fantasia o prendiamo un'iniziativa, andate in tilt, ecco perché nei porno siamo solo bamboline.

– E ora quindi ti è passata, questa fantasia?
– Mi spieghi perché sei cosí?
– Cosí come?
– Strano.
– Non lo so. Mi piacciono le donne.
– All'inizio mi facevi paura, poi in quel posto ne abbiamo viste cosí tante assieme, ti ricordi il vecchietto che cadde nella botola segreta?
– Perché, c'era una botola?
– Sí, era uno dei sotterfugi di Mimmo... Allora ricordo male, forse eri già andato via, c'era una cantinetta dove si nascondeva un centro massaggi.
– Che bandito!
Cambiò discorso, il Bluebelle non era un bel ricordo per lei.
– Mi racconti quando è stata la prima volta? – Luisa mi guardò negli occhi, sí era buio, ma i suoi occhi brillavano, brillavano. La osservavo interrogativo. – Quando ti sei eccitato per la prima volta, – precisò.
Lasciai passare qualche secondo, mi concentrai sul silenzio, che rarità quel silenzio a Roma, c'era l'aria perfetta per confessarle tutto.
– *Emmanuelle*, il romanzo, dimenticato nel bagno di mio cugino, lo leggevo e mi venne di toccarmi, quella roba dell'aereo e poi il risciò, cazzo, il tipo del risciò, mi immaginavo questo asiatico con i muscoli nervosi che fa sesso con Emmanuelle...
Luisa sembrava annuire seguendo il mio racconto, ma cambiò discorso, mi chiese qualcosa che le premeva, che avrebbe sempre voluto chiedermi, lo percepivo: – Non mi hai mai parlato della tua famiglia.
– Non ho grandi ricordi.
– Sono vivi?
– Come se non lo fossero.
Diventò seria improvvisamente. – I genitori sono una benedizione, tu ne devi avere cura, alla nostra età siamo

noi che diventiamo i loro genitori –. Tirò su col naso, non stava piangendo, ma le era venuta una nuvola nella testa. Le accarezzai la parrucca, mi eccitai tantissimo immaginandola nuda solo con quell'allegro orpello addosso, ma la mia bocca stava già rispondendo alla domanda.

– Mio padre ha lasciato l'Italia, ha lasciato mia madre, è andato in Albania, lui che ha sempre odiato questo cazzo di cognome che ci ritroviamo, che si vergognava del nonno quando parlava albanese.

– E tua madre?

– Non ho rapporti, te l'ho già detto.

– Perché?

– Fu lei a far sparire *Emmanuelle*.

– Il libro? – chiese conferma con tono sorpreso.

– Sí, il libro.

– Sembri un pazzo.

– Sono libero.

– Torniamo verso la macchina? Ho paura che sia tardi –. La cosa piú terribile che avessi mai sentito, era meglio il silenzio, era meglio rimanere lí aspettando il giorno assieme e finalmente abbracciarci quando la luna avrebbe lasciato il posto al sole.

– Resta con me Luisa. Tra un po' svolto, svolto davvero, ho un amico che mi aiuta, avrò una casa, potrò lavorare un po' meno, resta con me.

– Non posso proprio, però sei molto diverso da come ti ho conosciuto e pensavo che fossi.

– Perché?

– È una suggestione un po' cretina, va bene, forse ho bevuto troppo, però te lo volevo dire... Nel buio assomigli a un uccello, ma purtroppo non puoi volare, – e asciugandosi una lacrima che brillava come un'ametista, disse: – E io ho tanto bisogno di volare.

Luisa sparí ancora una volta, non le avevo chiesto alcun contatto. Parsi intanto era irreperibile, al numero che mi aveva dato non rispondeva mai. A volte mi lasciava qualche messaggino dal tenore vittimistico: «Il lavoro mi uccide, ma torno presto in Italia».

Della casa di cui avevo firmato l'atto di compravendita non avevo saputo piú niente, erano passate settimane e i sospetti crescevano, qualcosa mi diceva che fidarsi di Papa Est era stato un errore.

Avevo chiesto informazioni a Cinzia, ma era evasiva, aveva un atteggiamento scostante, un giorno minacciava di andare in Costa Rica e aprire un chiosco di bevande, un altro giorno era al telefono con mezza Europa per invitare Simon Thaur a suonare nel suo locale. Sí, proprio lui, il regista del porno rivoluzionario che si era riciclato come disc jockey. Quando c'era una serata in suo onore succedeva di tutto. Thaur era magrissimo, sembrava un tossico terminale, con gli occhi allucinati e la testa lucente come un uovo. Parlava in modo concitato, citava Céline e brani del *Salò* di Pasolini. Bazzicava i privé berlinesi alla ricerca di volontari per i suoi esperimenti di sottomissione chiamati *Ausgeliefert sein*. Per i suoi film o eventi sceglieva quasi sempre luoghi sotterranei, possibilmente bunker pieni di cunicoli. Molti lo accusavano di sfruttare spettri rimossi della storia tedesca. A Thaur interessava il processo di annullamento della volontà attraverso pratiche sessuali estreme precedute da sedute di gruppo dove ognuno si abbandonava a deliranti comizi, oppure subiva interrogatori dal sapore psicoanalitico. Il piacere doveva scaturire dal confronto dialettico con i propri desideri piú bui. Il porno del futuro era senza sperma, senza umori, senza carne.

– Verrà anche Roberto, – annunciò Cinzia un paio di giorni prima della grande serata.

– L'hai sentito?

– Mi ha chiamato lui. È molto impegnato, ma ha promesso che all'evento di Simon Thaur ci sarà. E anche tu, giusto?

Con Cinzia il rapporto era maturato. L'ammiravo e

spesso sognavo di avere una storia con lei, infilare le mie dita tra i suoi capelli argentati, baciarla per vedere i suoi occhiali da insegnante appannarsi, assaporare le labbra ingentilite da un rossetto chiaro, ridipinte continuamente davanti allo specchietto mobile. Quando era con i clienti la osservavo e provavo un senso di inferiorità. Invidiavo la padronanza che traspariva dai suoi gesti, come maneggiava un telefono o una sigaretta, il modo in cui sapeva entrare in una discussione tra sconosciuti e uscirne al momento giusto con eleganza. Chi lascia il porno di solito vive la seconda chance con senso di colpa, una seconda vita lastricata di appelli a un'infanzia difficile perché la società perdoni. Cinzia non rinnegava niente, il passato non era qualcosa da nascondere, ma una risorsa. Il senso di colpa non esisteva né parlava con nostalgia di quei tempi. E infatti il vero nostalgico ero io. A volte facevo cosí tante domande che mi vergognavo, e quando lei rispondeva il mio cuore traboccava. Mi nutrivo dei suoi racconti, l'aneddoto del gettone per misurare la figura precisa disegnata tra le due natiche, i trucchetti per mantenere l'erezione, come quelli usati da Siffredi, che prima di una scena con signore ottantenni si eccitava guardandole nella pupilla perché a suo dire lí dentro la bellezza non passa mai.

Con Cinzia le cose cambiarono nei giorni che precedettero l'arrivo di Thaur. Una volta che ero uscito dal 609 malconcio scrissi un messaggio identico a tutte le ragazze che avevo amato, un messaggio che sottintendeva una richiesta d'aiuto: «Perché?» Addirittura lo mandai a Cinzia. Speravo che almeno una di loro mi rispondesse, anche se temevo che la mia preghiera cadesse nel vuoto. A casa mi ero steso a croce sul letto in attesa che la lucina del telefonino illuminasse la stanza. Nessuno dei miei amori non corrisposti diede seguito al messaggio. Ma le conseguenze delle proprie improntitudini arrivano sempre a destinazione. A rispondermi fu proprio Cinzia. «Perché cosa?»

Pensai alla faccia che aveva dovuto fare leggendo quel

messaggino idiota. Si era svegliata da poco oppure lo aveva letto prima di coricarsi, con la pelle umida di struccante dopo una notte di sorrisi al 609? Mi dilettai immaginandola con la vestaglia svolazzante e una tazza di latte in mano, l'ultimo sguardo al telefono prima di chiuderlo.

– Perché cosa? – mi chiese quando piú tardi la chiamai.

– Perché non usciamo assieme? – buttai lí.

– Martino, cos'è questa storia?

– Vorrei vederti sola, fuori dal locale.

– Tu sei ancora un ragazzo, sai quanti anni ho?

– Trentatre?

Una risata violenta irruppe nella comunicazione.

– Martino, Martino, sei proprio gentile, ma quando tu eri alle elementari io fondavo il primo club di scambisti e cosa non trascurabile... non mi piaci, anche se mi stai simpatico.

– Volevo solo prendermi un caffè –. Non era vero e Cinzia lo sapeva.

La mattina era dura inghiottire l'aria viziata nei vagoni, i finestrini erano bloccati e dai bocchettoni scendeva l'alito caldo del climatizzatore. Smontavo dal trenino metropolitano che univa il centro della città al quartiere sperduto dell'Editoriale Trabacci e mi avviavo sulla strada piena di buche, asfalto smangiato e brecciolino. Era disseminata di ambulanti improvvisati, il mercato delle pezze di zingari, clandestini e qualche ricettatore. Sopra tovaglie stese in terra era sparsa ferraglia irragionevole, cavi sfilacciati, pezzi di elettrodomestici, monili e cianfrusaglie senza valore. Un tale con un cappello da cowboy, la pelle chiara, vendeva divise e uniformi della polizia o dell'Alitalia. Era un grande ricettacolo di grisaglie trafugate alle bancarelle di Porta Portese, a loro volta trafugate dai depositi oppure consegnate da funzionari infedeli che si vendevano le divise per qualche spicciolo. Era il posto giusto per rifornirsi in occasione della festa in onore di

Thaur. Me lo lasciai alle spalle con l'inquietudine di aver assistito a certi mercati che sorgevano sulle macerie delle città rase al suolo.

Quando arrivai in redazione notai una certa esagitazione, gli stagisti rimbalzavano come palline da tennis dentro la sala macchine del giornale emettendo rantoli e gemiti. Indossavano cappelli da carabiniere, da controllore di Trenitalia, da pilota. Avevano saccheggiato il bancarellaro delle divise e si divertivano cosí, nell'età ancora inconsapevole di chi presta fede alle proprie aspirazioni. Anche Moscino faceva parte della compagnia e comparve con un copricapo in cotone a forma di scatoletta d'alici. Lo eccitava quella posa, fingeva di impartire benedizioni. Finii sua preda in pochi istanti.

Mi spiegò che era un giorno particolare, non era venuto neanche un giornalista, ma bisognava chiudere il giornale e restava soltanto una pagina da montare. C'era la notizia, ma mancava ancora il sugo, ossia il titolo sensazionale.

– C'è da inventarselo, è roba nostra, anzi roba tua, – disse, indicando lo schermo del computer.

Appresi che un elicottero con quattro uomini d'affari era caduto a Macao. Non mi parve una notizia clamorosa.

– Quattro uomini d'affari sono morti nella caduta di un elicottero che li conduceva dallo Steigenberger Hotel di Hong Kong all'albergo Red Dragon di Macao. Ignote le cause dell'incidente.

– Trova il titolo... – insisteva Moscino, ma senza nessuna autorevolezza, a causa del copricapo che cominciava a cadergli all'indietro.

– Per me non è una notizia da «Corriere Nero», – obiettai.

– Ah no? Perché non sai cos'è l'albergo Red Dragon.

La mia faccia interrogativa non gli fece abbandonare il tono allusivo.

– Il Red Dragon... Non ci credo che non lo sai. Questi andavano lí.

– Non capisco.

– Un bordello! Ci sono migliaia di ragazze da tutto il mondo che occupano la hall, la sauna, la spa, la discoteca, il ristorante. È un posto pazzesco, hanno una pista d'elicottero per chi vive a Hong Kong e non vuole farsi il tragitto sul vaporetto.

– Ci sei stato? – domandai.

– Non ho mai preso un aereo in vita mia, figurati se vado a Macao, non so manco dov'è, Africa, Asia...

– Chi sono questi quattro depravati? – gli chiesi.

– Ma come parli, come se non ci fossimo conosciuti al Bluebelle. Sono quattro eroi caduti sul fronte per difendere un ideale di libertà. Inventati un titolo sul fatto che questi quattro andavano a fare il puttantour con l'elicottero –. Poi aggiunse: – Ma non dirlo a nessuno che lo hai fatto tu, se lo sanno i giornalisti veri del «Corriere» sono cazzi amari.

Appresi che c'erano dei giornalisti veri al «Corriere Nero» in quel momento.

Quando fui solo provai a immaginare la scena: quattro uomini d'affari che brindano dopo aver chiuso una grande vendita immobiliare, si sciolgono il nodo delle loro Regimental e sui sedili di Gore-Tex d'un modello nuovissimo d'elicottero con un rotore d'acciaio inossidabile e pattini gommati si fanno largo tra i grattacieli di Hong Kong, attraversano la sponda dell'aeroporto internazionale abbandonato di Kai Tak e sorvolano le borgate della città, da dove si guarda lo skyline del tramonto pieno di vetro, acciaio e sole bronzeo. Sull'elicottero i quattro uomini slacciano le cinture di sicurezza, tra meno di dodici minuti atterreranno sulla pista ovale dell'eliporto del Red Dragon. Nei piani dell'albergo-bordello ci sono oltre duecento ragazze quella sera, la metà di loro ha gli occhi a mandorla e un inglese fluent, le altre sono russe e ungheresi, qualche latina, un'italiana di nome Maria. Sono addestrate a tutti i vizi capitali, pronte a soddisfare i piaceri di quel popolo di gaudenti che arriva dall'acqua e dall'aria.

L'elicottero è verticale sulla pista, ha cominciato le manovre di approccio, gli uomini si sono spogliati e messi in accappatoio, usciranno già pronti per correre nelle sale della spa, non hanno un solo istante da perdere, ogni secondo è un flusso di capitali, anche quando si sollazzano, quando con un soffice panno di spugna e una tessera magnetica entrano in stanza con la donna che hanno scelto. Tra loro c'è uno *slave* che leccherà suole di scarpe per tutta la notte, un masochista che si farà lisciare da uno scudiscio, un debosciato che verrà massaggiato per ore fino a venire e un vecchio imbottito di Cialis che si farà piú donne possibili. Il sabba li aspetta. Questo sogno si interrompe nell'istante in cui seminudi, con le cinture allacciate e i calzini ancora indosso, il rotore dell'elicottero infilza un palo dell'alta tensione. Il pilota non ha calcolato la distanza del cavo da terra, ha forse sentito un frastuono mentre comandava l'agile uccello metallico verso la pista di atterraggio. L'elicottero gira su stesso ventuno volte prima di schiantarsi al suolo. E trasformarsi in un fungo nero.

CRAPULONI CERCANO IL PARADISO TERRESTRE MA SE NE VANNO A QUELLO CELESTE.

Cercai l'approvazione di Moscino che fece un cenno negativo. – Le rime non vanno bene.

VANNO A PUTTANE CON L'ELICOTTERO, MA LI CASTIGA IL CREATORE.

– Non va bene il giudizio morale, questo giornale finisce in mano a un sacco di puttanieri.

HANNO FRETTA DI GODERE E FINISCONO IN CENERE COME CARBONELLA.

Moscino continuava a essere perplesso, non era un buon titolo perché nella pagina precedente si parlava già di brace (HA UCCISO IL PADRE E CUCINATO LE SUE INTERIORA ALLA BRACE, POI HA CERCATO DI RIATTACCARE UN PIEDE CONSERVATO NEL FRIGO PERCHÉ VOLEVA L'ARROSTO COMPLETO).

Finché ebbi l'idea, un'invocazione ai bei tempi andati:

CERTE VOGLIE MEGLIO FARSELE PASSARE A PIEDI CHE SU UN ELICOTTERO, VANNO IN FUMO PER I LORO BOLLENTI SPIRITI.

Poche ore dopo ero al 609 con la sensazione di aver compiuto il mio dovere. Ero talmente tronfio che confabulavo da solo richiamando gli sguardi divertiti dei miei compagni di viaggio sul tram.

Simon Thaur non venne, ma la serata fu ugualmente dedicata a lui. Il locale si riempí di quarantenni che adoravano lo sciamano. Molti uomini e donne erano mascherati, avventori di altre serate resi irriconoscibili da divise militari, maschere di lattice, copricapi di pelle, baffi finti. Non toccai nessuno, vidi donne bellissime inguainate in tubini colorati con guanti neri, come non ce n'erano mai state dentro il locale, uomini che parlavano una babele di lingue, una trans vestita da soldato insieme a un nano, una donna anziana che limonava con un ragazzo giovanissimo, dai riccioli dorati, forse una parrucca. Poi salí un fumo bianco al ritmo della musica, i pochi lupi mannari entrati scapparono perché quella non era la solita orgia. Ebbi la sensazione che sotto i miei piedi ci fosse il manto stellato di Roma e il suo fiume brillante di auto che scorre nelle costellazioni di luci terrestri. La luminosità nella sala era acida, la musica qualcosa che avevo sentito solo nella serie *Sex Trance Bizarre* diretta da Thaur: ore e ore di girato con inquadrature di feste dove i protagonisti si abbandonano ad atti di esibizionismo e a rapporti sessuali, ma di cui la telecamera riporta l'azione in modo sfocato.

Mancavano anche le darstellerin, le maestre di cerimonia, donne che si lasciavano sottomettere o a loro volta sottomettevano uomini compiacenti, legandoli al guinzaglio e trascinandoseli dietro come cani. La piú nota era Donna Lucia, sulla quarantina con capelli neri, fisico lungo e olivastro, occhi scuri come semi di girasole e una laurea in lettere antiche. Era figlia di emigranti siciliani, aveva migliaia di fan, nei forum era venerata come una dea, c'era persino chi andava in pellegrinaggio in Bessemerstraße sperando di poterla incontrare all'uscita dal club. Alcuni avevano avuto l'onore di partecipare a un suo film.

Cercai Parsi, lo immaginavo vestito da dottore, anche se non era da lui confermare le mie aspettative. C'erano strani cinquantenni barbuti con un copricapo da palombaro e il camice bianco. Un uomo con una valigetta, vestito di pelle, con la faccia da uccello e una maschera di stoffa sugli occhi sembrò farmi un cenno. Era lui.

– Roberto, che vestito è?

– Vieni con me?

– Sí.

– Hai un goldone?

– Cos'è?

– Un profilattico.

– No.

– Sono *safe sex*, mi dispiace.

Non era Roberto Parsi.

La musica si abbassò improvvisamente, le luci si alzarono e finalmente vidi Cinzia: aveva i capelli bianchissimi, un colore che assomigliava al candore della lana, gli occhiali con una montatura scura, i guanti di velluto, un vestito nero lungo che non lasciava intravedere gli spiragli che ero solito rubare e nascondere nei miei desideri incompiuti. C'erano un centinaio di persone, il sudore aveva riempito di minuscole perle acquose le donne e gli uomini, dal soffitto pendeva una corda con un anello simile a una diavoleria dei trapezisti. Una ragazza vestita di plastica con shorts neri e cappello da poliziotto cominciò ad avvinghiarsi a un uomo con la barba, che estrasse un'altra corda e iniziò a legare la giovane donna. Cinzia mi attrasse con lo sguardo, fu per me un magnete irresistibile, era solenne, gli occhi dietro le lenti avevano una patina bagnata.

– Mi sembra una serata riuscita, – le dissi.

– Divertiti, fai l'amore con qualcuna.

Non aveva un tono credibile, era la voce di chi aveva gridato, o forse pianto.

– Con te.

Cinzia abbassò la testa, soffiò una nuvola bianca da una sigaretta elettronica. – Lasciami perdere, devo tenervi a bada.

Con quella frase certificava la nostra appartenenza alla sfera del mondo animale.

– C'è Donna Lucia? – le domandai.

– Non so cosa dici, c'è Fannie, ma lasciala perdere, stasera mi ha fatto arrabbiare. È una serata molto difficile.

Ebbi l'impressione che avesse lasciato in sospeso il discorso, ma in quel momento mi imbattei in Fannie e non ci fu modo di indagare. Era nascosta in un dozzinale vestito da diavola con un mantello e una maschera rossa.

– Martino, non lasciarmi sola stanotte, – mi disse.

Sbalordito l'ascoltai, poi chiesi il perché di quella sorprendente richiesta.

– C'è Lattina e non ho voglia di farmelo. Lui vorrà giocare con me...

– Lattina?

– Ce l'ha grosso... insomma hai capito.

– Allora usciamo da qui.

– Esco con te solo se mi sposi.

– Posso esaminare la questione qualche minuto?

– Chiedi la mia mano a Cinzia.

– Vorrei confrontarmi con me stesso.

– È molto esigente questo «me stesso»?

– Ha paura.

Cinzia si intromise, volle sapere da Fannie se me lo aveva detto. Fannie scosse il capo. Non sapevo a cosa si riferissero, se al superdotato Lattina, alla proposta di matrimonio o al vestito da diavola. Poi Fannie disse che lei certe cose non riusciva proprio a dirle, che preferiva dare belle notizie alla gente, non voleva farle piangere. Lattina era tarchiato, gonfio di birra e con una mascherina che gli copriva appena il viso; prese Fannie da un fianco con il suo braccio e lei si lasciò andare, scendendo nel sottosuolo.

Restai con Cinzia, che mi fissò.

– Non so se hai saputo, sull'elicottero... c'era un italiano...

– Un italiano?

Capii all'istante.

Roberto Parsi l'aveva fatta finita alla Roberto Parsi, da vero papa dell'Est era morto a Est dentro un sole di bronzo sull'isola dei grattacieli e del piacere.

L'atteggiamento sobrio e scostante di Cinzia era il suo lutto personale.

Andai via solo quando Fannie risalí vestita da donna, senza gli orpelli diavoleschi, senza le paure del sesso grande di Lattina. Era sana e salva, o forse soltanto dimentica della proposta di matrimonio.

Fuori cominciava a schiarire, camminai a lungo e mi ritrovai all'Esquilino, il piú alto dei sette tradizionali colli, anche se l'altimetria ufficiale indicava appena cinquantadue metri. Monti, il vecchio quartiere dei bordelli, cominciava a svegliarsi alle mie spalle; non lontano stavano chiudendo le saracinesche del Bluebelle, ma non ero lí per Mimmo e le sue lapper, tantomeno per Luisa. Mi trovavo lí perché Roma era ancora dentro il suo armistizio. I ratti dormivano nelle traversine delle fogne e le automobili erano rade, i sacchi della spazzatura somigliavano a pacchi misteriosi, mentre i brandelli di vestiti che gli accattoni avevano lasciato per strada vicino alle cabine elettriche erano soltanto drappi di fantasmi svaniti all'alba. Il cielo poteva parlare, era il momento dei primi aerei, quelli che puntavano le piste di Ciampino, il momento in cui il vento spirava forte, ed era contrario, come in quella mattina.

Avevo gli occhi al cielo e mi passavano davanti tutte le vite, i pensieri, le aspettative che ribollivano all'interno degli aerei che facevano la loro comparsa sopra il campanile di Santa Maria Maggiore. Pensai al pilota, a cosa gli passasse nella testa mentre era lassú, oppure durante l'atterraggio, quando il carrello sta per toccare l'asfalto. Ero sicuro che non sentiva il peso della responsabilità, era sereno come solo sanno essere gli uomini sicuri di sé. Era quella serenità che gli permetteva di imprimere ai comandi la forza sufficiente.

La parola giusta è dolcezza.

La dolcezza salva e rallegra gli uomini.

Forse era per quel motivo che le strisce degli aerei mi ricordavano lo zucchero a velo. Ci voleva dolcezza per far alzare un aereo, ma soprattutto per farlo tornare a terra. Le strisce nel cielo ricordavano strisce di zucchero, come quelle che si versava tra i seni l'attrice Marina Lotar perché un cavallo chiamato Principe la leccasse, prima che lei leccasse lui nell'incredibile lungometraggio *Marina e la sua bestia*.

Solo quando contai trentasette strisce di aerei e la città era ormai occupata dal traffico violento e l'odore di combustibile, ebbi pace e cominciai anche io la fase di atterraggio.

Avrei dato qualunque cosa per un abbraccio con Luisa, con Fabiana, con Giorgia, con Marina Lotar, mi chiedevo se l'espressione «testa tra le nuvole» esistesse anche prima dell'invenzione degli aerei.

Poi saltai sul tram che mi avrebbe condotto a casa, sballottato tra i corpi della gente appesa ai ganci. Qualcuno profumava di cattiva colonia, qualcun altro vociava al telefono, alitava, tossiva senza mettersi le mani sulla bocca, prendendo lo spazio coi gomiti protesi e i fianchi ondeggianti.

– Hai la faccia che brilla, – disse un ragazzino che spuntava con la testa dal corpo della madre.

Mi passai un dito sulla guancia e vidi che il polpastrello sfavillava, piccole perline luccicanti tra i pori della pelle, scadenti cosmetici che qualcuno degli esseri notturni mi aveva trasmesso senza che potessi accorgermene. Sfolgoravo nel giorno, portandomi appresso tutte le notti che avevo vissuto. Non ho la faccia che brilla, sono soltanto un gabbiano che non sa piú riconoscersi tra voi.

L'ordine del reggicalze

La testa era un sacchetto di risate e frasi nette. Prendevo confidenza con il buio, dal calpestio degli ospiti e dai rumori dei generatori elettrici indovinavo l'arrivo del giorno. La luce filtrava appena dalle tapparelle abbassate. Rientravo solo quando il sole era tramontato. Le molle scricchiolavano sotto quei corpi maleodoranti di città e smembrati dalla fatica, i letti a castello parevano impilati uno sull'altro come i regoli di un bambino. Quando la penombra si mutava in ombra, incedevano uomini con un pugno di coperte in mano, le braccia distese, la testa piegata. Somigliavano a un silenzioso esercito di zombie che cercava la strada del ritorno all'oltretomba. Barboni, clandestini, padri di famiglia cacciati di casa, c'era di tutto. Occupavano le stanze-dormitorio silenziosi, pochi si conoscevano tra loro, non tutti masticavano l'italiano. Di notte, nella quiete imposta dai gestori del dormitorio, avvertivo spasmi animaleschi. Tra i miei compagni di sventura molti erano pazzi, balordi, oppure alcolizzati. Bevevano una pozione in vendita al supermercato della stazione, 37 centesimi. Meno dell'acqua. «Prodotto condizionato» diceva l'etichetta sulle buste verdi, dove «condizionato» stava per sofisticato da ignoti chimici che avevano imparato la lezione cristiana di mutare l'acqua in vino, non per grazia del Signore ma in virtú della tavola di Mendeleev.

Sette euro al giorno e un materasso sottile, un po' d'acqua tiepida per lavarsi al mattino, poi due signore dagli occhi infuocati ci intimavano di uscire perché avrebbero disinfestato. La disinfestazione cominciava con la nostra eliminazione, i primi batteri da sterminare.

A due passi dal dormitorio c'era la fiera dei privé clandestini, in uno di questi si organizzavano gang bang per coppie normali che volevano alzare qualche spicciolo, il marito guardava e teneva la cassa, la moglie andava con una dozzina di maschi, il marito sorvegliava che nessuno facesse il furbo e andasse due volte. E poi garage e autolavaggio che di notte diventavano lupanari e un vero bordello gestito da un rumeno che girava sempre con mocassini senza calze, pantaloni a sigaretta e un boa vivo in spalla. Le file di uomini che cercavano spazio nell'androne dei palazzi del piacere a due passi da Termini erano i classici drappelli di rappresentanti, commessi viaggiatori, militari, spie e altra umanità in vena di effrazione, che cercava piú la cosiddetta «situazione» rispetto al sesso.

Tutto questo me lo perdevo per prendere posto al dormitorio o fare uno dei miei lavoretti. Arrivavo distrutto nel letto. Nel sonno continuavo a firmare carte, firmavo assegni, firmavo cambiali, firmavo lettere d'amore, firmavo verbali di perquisizione e arresto, l'unica cosa che avrei dovuto firmare, il biglietto dei fiori per Luisa Montieri, non l'avevo firmata.

Quando i finanzieri del nucleo operativo antievasione fiscale erano venuti nella ormai mia ex casa di Centocelle, davanti agli occhi increduli del quartiere assiepato tra gli alberi e le auto, avevo pensato a un equivoco. Erano giorni che dormivo pochissimo, avevo scoperto i film di Meli Deluxe, una ragazza di Colonia con il viso spigoloso, sorriso lascivo, capelli lunghissimi di seta nera e un grande tatuaggio raffigurante un ramo verde di rose rosse. Esistevano rami tempestati di rose rosse senza spine? Forse no. Ma Meli Deluxe sí che esisteva, aveva fatto fortuna con i suoi video amatoriali. Suonava ai citofoni di ignari cittadini chiedendo di salire: «Mi faresti entrare, ti va di scopare con me, cosa ti piacerebbe farmi?»

Così, quando quel mattino il campanello emise un allegro squillo, dentro di me credetti fosse lei, miss Meli Deluxe. Mi arrovellavo su cosa avrei potuto chiederle, le avrei accarezzato il tatuaggio di rose, avevo da porle delle domande, le stesse che da un ventennio ponevo a tutte le donne, se poteva seguirmi in un cinema a luci rosse o in un negozio di corsetti, se apparteneva ai territori della nostra umanità o era un'aliena venuta a scombinare la norma, se le rose erano mai state un bocciolo prima di quel tatoo e se aveva mai messo in dubbio il colore di quei petali.

Invece era la guardia di finanza. – Abbiamo un mandato di perquisizione e un atto da notificarle, – disse un uomo in divisa che stentava a darsi un contegno in preda a sostanze psicotrope o forse al proprio ego smisurato che finalmente poteva abbattersi sull'animale inferiore che ero.

– Mi arrestate?

– No. È in atto un accertamento fiscale su terzi.

Avrei dovuto invocare un avvocato, ma mi arresi con una sola condizione. – Avrò bisogno di un po' di carta.

– Per scrivere che?

– I miei ultimi desideri, – dissi facendo spallucce e fissando la punta nera delle sue scarpe.

Il finanziere fece una smorfia, poi mi mostrò il foglio che si presentava ai miei occhi come un cumulo di parole indecifrabili. Nell'atto di citazione in giudizio si parlava di me in termini di: «amministratore apparente», e si affiancava la parola «criminoso» a un lungo periodo: «può implicare la consapevolezza di disegni criminosi attuati dall'amministratore di fatto». Il procuratore aveva messo a verbale che avevo «la consapevolezza che l'amministratore effettivo distraeva, occultava, dissimulava, distruggeva o dissipava beni sociali o esponeva o riconosceva passività inesistenti».

– Non ho speranza di salvarmi dalla galera? – Avevo un tono implorante e stridulo.

– Ma non ci vai in galera, però è un bell'impiccio.

– Non mi potete dare una mano?

– Te la darei pure, ma come vedi ne ho soltanto due, – disse serissimo, mostrando uno spirito che fino a quel momento non gli avrei mai attribuito.

Parsi mi aveva fregato due volte, e con lui il notaio, che risultava irrintracciabile, fuggito in qualche luogo esotico dopo avermi intestato i suoi pasticci. Presto scoprii che erano tanti i gonzi a cui erano state intestate case, barche, automobili. A questo notaio si rivolgevano ricconi che volevano distrarre i loro beni da tasse e creditori, e fra questi c'era stato il buon Parsi. La seconda fregatura che mi aveva dato era quel dannato elicottero su cui aveva perso la vita. Non riuscivo a volergli male, era morto in nome del suo vizio supremo, era morto come sarebbe piaciuto a me, liberandosi dei ciarpami borghesi: andare sino a Hong Kong per essere se stessi. Nulla è piú invidiabile di una morte nell'esercizio delle proprie passioni.

Mi diedero un avvocato d'ufficio, mi bloccarono il conto corrente, persi subito il lavoro al «Corriere Nero», mi tolsero il computer in cui c'era la parte migliore di me, lí erano esiliati i miei sogni di pixel, le eroine, i video di Kristi Myst, Donna Lucia, Betty Extreme. Nella cartella «Lato Oscuro» c'erano oltre seicento scene, non le avrei mai piú riviste e fu davvero un addio, come se fosse morta una persona che vedi tutti i giorni.

Restò solo una borsa scura di Gore-Tex. E quella borsa, proprio come la misteriosa valigetta di Parsi, aiutava a farmi rispettare nella mia nuova vita alla giornata tra dormitori e ostelli. Dentro non c'erano i miei vestiti, che riposavano sotto il materasso – non mi cambiavo quasi piú –, ma la mia collezione di «Supersex». Erano passati vent'anni da quando sfogliavo le riviste con i piedi in un giardinetto dell'università e il cuore colmo di vergogna. Ormai resistevano nelle edicole e sui banchi di roba usata soltanto per gli amatori e i carcerati. Un giorno, camminando davanti al banco periferico delle botteghe di chincaglierie in piazza della Repubblica, in mezzo ai venditori che tentavano di rifilare ai passanti residui di case svaligiate, la mia attenzione era stata attratta da un pugno di riviste impacchettate con un fiocco e da un biglietto bianco con una scritta a penna blu. Mi avvicinai alla paccottiglia pornografica e lessi: «per Domitilla». Erano nuove e vecchie edizioni di riviste hard, sommate assieme facevano un discreto campione di perversioni e stagioni storiche che arrivavano ai giorni nostri. Scorsi il sorriso rosa di Nina Hartley, che a cinquantacinque anni era ancora una stella del porno (in un film recentissimo aveva interpretato Hillary Clinton alle prese con i capi della comunità afro-americana per il piú classico dei classici interracial), con la sua pelle chiara, gli occhiali dalla montatura dorata e i capelli goffamente cotonati.

– Chi è Domitilla? – chiesi al venditore con un sorriso inadeguato alla sua diffidenza.

– La moglie di uno ar gabbio. Le prepariamo il pacco ogni settimana, lo passa a prendere e lo spedisce. Quanno c'hai er sole a strisce te devi svaria', figlio mio.

Quella premura rivelava un lato tenero dell'amore, immaginai la lettera che Domitilla avrebbe scritto al marito, vergandola di parole amorevoli mentre contemplava quel pacco di cellulosa patinata pieno di donne da sognare che non avrebbero mai potuto assomigliarle, ma neanche minimamente intaccare il loro amore.

A me capitava spesso di rubacchiarle le riviste, ma quando investivo i pochi spiccioli dell'elemosina poi le facevo girare nel dormitorio, rivendendole o scambiandole con qualche scatoletta e un po' di vinaccia. C'era chi smerciava droga, chi soldi, chi alcol, chi sigarette, io ero l'unico a far girare il sesso in cellulosa come se fosse una merce illegale nel tempio della miseria. Si trattava di riedizioni, la storia era sempre la stessa: Gabriel Pontello, super commissario della polizia metropolitana di Parigi, rispondeva delle sue azioni soltanto al ministro degli Interni francese, una donna che cambiava in ogni numero e con cui il mio eroe faceva ineluttabilmente un sesso acrobatico e ricco di verbosità: «Non sei il ministro degli Interni, ma il ministro del mio Cazzo». «E tu il presidente della Repubblica nel mio culo». Pontello aveva accesso agli archivi segreti, disponeva della licenza di uccidere e di fondi illimitati, perciò poteva mutare continuamente identità. Era buono, attraverso i suoi amplessi risolveva i casi, consolava le vittime e puniva i cattivi al ritmo del suo fluido erotico annunciato da tre semplici parole: «Ifix Tcen Tcen».

«Supersex» era questo, prendere o lasciare. Mai lasciato.

Mi addormentavo con l'impasto di un sogno che speravo di fare sopra le molle rotte del mio materasso. Le immagini che tornavano risalivano ai film della mia giovinezza, niente corpi arrossati e illividiti, nudi e tatuati come volevano le nuove regole del porno, che contemplavano gang sempre piú vicine agli stupri di gruppo, le ragazze legate e schiaffeggiate. Per me quel tipo di dominazione era insopportabile. Ero rimasto ai porno di Anabolic, la lingerie ancora intatta alla fine del rapporto sessuale e le espressioni di sbalordito, lascivo stupore dei protagonisti davanti a qualcosa di proibito. Ero diventato il paladino di quello che era chiamato il porno della Golden Age. La mia missione aveva ormai contorni religiosi e si compiva in un dormitorio di accattoni e disperati. In quel porno degli albori, aleggiava un culto antico dell'umanità, la donna era il centro della devozione, come per millenni le religioni avevano avuto dee madri. E cosí l'attrice era elegante, corteggiata, amata e fingeva dei fragorosi orgasmi. Gli orgasmi adesso invece si erano diradati: come godere se un tipo ti infila cinque dita in bocca per produrre solo gorgoglii lupeschi? Gli dèi erano stati capovolti, vigeva una nuova cosmogonia fondata sull'iconoclastia, quello non era piú il mio mondo, e dunque coltivavo il culto dell'eresia con quei residui di cellulosa tutti per me, come un carcerato, come il povero uomo di Domitilla.

Il materasso era una spugna, buono per assorbire non soltanto il sudore, ma anche quei sogni che erano scorsi nella notte, poi c'erano le lenzuola di carta e un cuscino sottile, due coperte, che molti rubavano e rivendevano, spesso all'alba scoppiava una rissa tra sudamericani.

Tra loro c'era un venezuelano dalla favella fantasiosa e lo sguardo talmente penetrante che non riuscivo mai a fissarlo piú di un secondo. Eduardo Constabile. Aveva un fisico scultoreo, un tempo era stato canoista, adesso faceva la guida turistica abusiva per la città raggranellando giusto i soldi per l'ostello. Padroneggiava ben quattro idiomi, compreso l'inglese: era per questo che preferiva essere chiamato Ard Smith. Mangiava una volta al giorno e arrotondava facendo compagnia a qualche turista americana che voleva giocare a *Vacanze romane*.

Quando lo conobbi ero già stato espulso dal mondo dei sexy-shop notturni, ormai in via di estinzione anche quelli, lavoravo in bettole ignobili a chiamata dove subivo ogni tipo di angheria, tra cui quelle di un tale che nascondeva i soldi ovunque. – Io ve li lascio in cucina, se non li trovate sono affari vostri.

I soldi erano nel congelatore, tra la carne, nella pasta che lievitava, nella stagnola. Un altro bandito.

Eduardo aspettava che finissi il turno nei pressi del dormitorio, a due passi dalla Geenna dell'ultima fermata del tram, che veniva spostata ogni anno sempre piú lontana dalla stazione, che a sua volta diventava un crogiolo di desperados dove tutti si guardavano in cagnesco in attesa di una mossa che desse il via a una rissa o a una fuga. Eduardo aveva gli stessi occhi dei gatti che implorano la pappa. Gli portavo qualche avanzo in vaschette di stagnola che lui spazzava arrivando a leccare il fondo. Gli parlavo a lungo di Fabiana, Luisa, Giorgia Savoia, Cinzia Conti e Haley Paige, dei raggiri di Parsi e delle mie quasi nozze con Lacuna Wings. Era l'unico con cui potevo condividere il passato. A lui importavano poco i nomi, badava al sodo. – Te le sei fatte queste amiche? – Mi difendevo dicendo che si era trattato di storie complicate, balbettavo qualche scusa. Ma lui aveva già smesso di ascoltarmi, stava chiacchierando con una turista in cerca di indicazioni stradali. Sospettavo che oltre ad avere due nomi Eduardo avesse anche due vite, come tutte le persone che incontravo. E una di queste due vite era trasgressiva, immorale, indicibile al resto dell'umanità.

Eduardo, dal canto suo, era sempre in pasticci sentimentali.

– Mi aiuti? Mi sono fidanzato con due chicas, ma non so come fare.

– Lascia quella che ti piace meno.

– Poi l'altra non la prende bene.

– Sono amiche?

– No, che amiche. Una è la madre e l'altra è la figlia.

Una sera millantò di aver conosciuto due turiste e voleva portarmi con lui. – Due chicas, bellissime. Modelle. Doveva venire da qualche famiglia cristiana perché solo la pietà cristiana poteva spingerlo a uscire con uno come me.

Joana e Junko, che ribattezzammo Jo e Ju, erano due ragazze americane che profumavano di caramelle alla frutta. Jo, che ci aveva offerto la cena, era sovrappeso, occhi bovini, era stata sí una modella, ma per una nota catena di abiti extra-large. Ju invece era figlia di due giapponesi, però americana, sottile, dall'età indefinita, con un sommesso fascino fatto di dettagli minuti, il vezzo di una calza rossa a una sola gamba, il nylon pieno di tagli e un minuscolo buco sul ginocchio; l'altra coscia era nuda, chiara, luminosa come porcellana. Conosceva una parola italiana che non esisteva e la ripeteva ossessivamente: «Tuttobello». Teneva sermoni ancora sotto l'effetto della vodka bevuta a cena.

Salimmo a Trinità dei Monti, incedevamo come passeri storpi, ondeggiando da un capo all'altro della scalinata. Ard Smith era già lingua in bocca con Jo. Ju era un fiume in piena, legatissima a Jo, della quale credevo mi stesse raccontando particolari segreti che non capivo. Ard e Jo erano pronti per finire la serata nel bed & breakfast delle americanine, mentre tra me e Junko non ingranava. Fu lei a prendere l'iniziativa quando il tempo stringeva, un concetto che doveva essere ben chiaro a una come Ju, mentre ancora il mio tempo era riverso nell'attesa che qualcosa accadesse e non accadeva mai. Si voltò e guardandomi negli occhi strappò via quel residuo di calza rossa per lanciarmelo in faccia. Ridacchiò e mi saltò al collo con le braccia sottili, i gomiti rivolti contro il cielo; furono onde sulla pelle, un bacio alcolico, il fiato dolciastro, la bocca giovane, il respiro che si mischiava al mio. Le guardavo gli occhi infuocati, il lieve rossore sulla pelle dovuto all'alcol e la patina di sudore che le aveva imperlato il collo. L'indomani l'avrei persa per sempre, non c'era possibilità che lei rimanesse con me per salvarmi.

Impiegammo un'ora di cammino. Ard e Jo erano corsi avanti per occupare la stanza prima di noi; non avevo fretta e forse non avevo intenzione di dormire con Ju, ma mentre eravamo a piazzale Flaminio, dove era stato il mercatino delle pezze, notai che Junko si avvicinava al cumulo di spazzatura all'ingresso di Villa Borghese. Ai bordi c'erano diversi materassi bruciacchiati, piú comodi di quelli dove mi toccava dormire. Li periziò come fosse un'esperta, girandoci attorno, piegando il collo, allungava il naso per annusarli, poi sceltone uno lo afferrò da un angolo e cominciò a tirarlo: si alzò una nuvola di polvere. Le gambe storte e sottili che uscivano dagli shorts facevano perno mentre i nervi delle braccia erano allo spasimo. L'aiutai e in due ci ritrovammo con un materasso sfondato per la salita di viale Washington che si inoltrava dentro Villa Borghese. Camminavamo mentre la nuvola di detriti si alzava, ci accompagnava, e il materasso strisciava perpendicolare al suolo. Stremati, avanzammo ancora un po' e lo stendemmo nella boscaglia sparuta ai lati della via. La terra tremava per le quattro corsie del Muro Torto, la strada che tagliava il centro in due. Con l'andare della notte, dopo che ci eravamo stesi sul terroso materasso, giunse inatteso un miracoloso silenzio. Finalmente parlarono soltanto i veri proprietari della città: gli uccelli. Il canto delle cornacchie e dei colombi ci accompagnò per quella notte che diventava giorno. La terra calda sotto di noi, il cielo freddo, senza stelle. Un taglio di luce che veniva dai lampioni inondava alcuni lacerti del corpo di Junko. Era tanto tempo che non dormivo con una donna, godetti il pallore delle guance che si serravano e distendevano mentre il respiro produceva un ronfare appagato. Restò immobile a pancia in aria, le braccia distese all'insú, la testa all'indietro; vidi quel collo meraviglioso su cui incantarmi, una curva lunare. Avrei voluto amarla come l'ultima donna del pianeta, eppure sul punto di baciarla mi fermai. Perché rovinare quel momento? Sentivo già il dolore che avrei provato dopo. Ognuno custodisce un suo mistero e nel mio piccolo il piacere si univa al senso di morte, alla miseria, l'euforia, la dimenticanza.

Nonostante Junko ubriaca avesse atteso che l'amassi, rimasi paralizzato. Guardandola pensai che un giorno avremmo visto un film italiano assieme e io le avrei raccontato col mio globish da quattro soldi cosa stava succedendo. Era il caso di ridere o forse di piangere. Ero emozionato, cercavo di respirare con il suo stesso ritmo, annusai il fiato che emetteva dal naso, pensai che era buono: aveva l'odore di un infuso di fiori campestri. Riconobbi la camomilla, il trifoglio, la malva e pensai che dovevano profumare cosí le mie eroine, come Maria Ozawa, obbligate da un rigido protocollo contrattuale a sudare in mezzo a mille corpi sconosciuti dopo essersi depilate, truccate, ripulite le viscere con un enteroclisma (per la gioia di Papa Est).

Entrai in un sonno ristoratore al sapore di fiori, sentivo di condividere i sogni con una sconosciuta. Al mattino non ci dicemmo nulla, i primi autobus cominciarono a percuotere la strada e le campane delle chiese di piazza del Popolo arrivarono come una melodia appagante. Mi sentii grato di aver trascorso una notte cosí bella, guardarla dormire un sonno innocente mi aveva commosso. L'accompagnai fin sotto al bed & breakfast, dove trovammo una volante della polizia; Jo era seminuda, avvolta da un pareo con ai piedi minuscole infradito che le lasciavano fuori il tallone annerito e screpolato. Non appena mi vide fece cenno al poliziotto di arrestarmi. – Il complice, – urlò in italiano. Guai, pensai, mentre Junko mollava la mia mano e correva lontano. Eduardo Constabile aveva rapinato la derelitta Jo: soldi, carte di credito e un brillante che aveva un valore enorme. La sua prodezza mi fece passare una giornata al commissariato. Ma la cosa peggiore fu incassare da Junko, a cui avevo donato per tutta la notte carezze mentali, uno sguardo di autentico disgusto.

Una volta chiarita la mia estraneità ai fatti venni rilasciato. Come al solito mi ritrovai fuori dal dormitorio, prima delle quattro la stazione non avrebbe riaperto. Per la seconda notte di fila avrei dormito all'addiaccio, ma senza il respiro fiorato di Junko al mio fianco. Cercai un posto lungo via Giolitti, sul lato meno affollato di accattoni, ma arrivai nel bel mezzo di una bagarre. Un pullman notturno carico di viaggiatori era appena giunto da Fiumicino e non aveva fatto in tempo ad accostarsi al marciapiede che uomini dai colori scuri, baffi neri e occhi gialli avevano cominciato a spintonarsi, contendendosi le valigie nella stiva.

Scappai lontano e trovai un angolo dove cominciavano le ferrovie laziali. Un gruppo di ragazzi rumeni mi circondò, avevano al massimo quindici anni, erano marchettari, capirono che non cercavo di adescare, e mi lasciarono andare minacciandomi e guardandomi come se fossi stato un cane che gli ringhiava contro. Sentivo le gambe pesanti e quando mi distesi a terra ebbi una sensazione di esausto sollievo. Il marciapiede non mi parve cosí duro, avvertii il caldo esalare, era un tepore piacevole, posai la nuca e guardai i tetti e i cieli diversi che offre la città. Volevo dormire dieci minuti, per riprendere le forze. Pregai Viktoria Goo di venire a sollazzarmi in sogno col suo naso sotto il mento e avvolgermi il tronco con le lunghe gambe. E lei venne. Mi raccontò della sua ultima impresa, le gang, le pisciate di gruppo, lei vestita da infermiera che rideva, rideva sempre, in fondo la sua era una passione come un'altra. Fu un sogno confuso, c'era anche lo sciamano, Simon Thaur, come lo avevo visto in una trasmissione degli anni Novanta mentre rispondeva alle domande astruse dei bacchettoni, prima di fondare il KitKat dove tutti erano liberi di conciarsi come volevano e fare ciò che era piú opportuno per assecondare l'annullamento della volontà in funzione della libertà, la libertà, sí... come quella degli uccelli che mi svegliarono, erano cornacchie, si cibavano di insetti e rifiuti. Gli occhi delle cornacchie assomigliavano a minuscole telline; questo pensai mentre provavano a mangiarmi i polsi e non sapevo se era una cosa buona o cattiva.

Era mattino presto, camminai per la linea ferrata abbandonata di Principe Amedeo, un tempo erano carrozze, poi le auto, i tram e infine un solco fatto di rotaie e sampietrini su cui non sfilava piú alcun mezzo. Il dormitorio si era già svuotato ed era cominciata la disinfestazione, un uomo al megafono diceva di allontanarsi perché si rischiava la morte. Non ci credeva neanche lui. Non avevo mai sentito di nessuno ucciso da uno spruzzo di tetrametrina e propellenti, eppure dovevo stare alla larga perché non sapevo piú cosa ero diventato, un insetto o un volatile, un essere che avrebbe potuto restarci secco. Gli animali muoiono prima, perché non lo sanno.

I ristoranti col tempo smisero di prendermi. Quando vivi in strada ti si attacca un odore addosso che non si cancella con le docce pubbliche; l'odore poi diventa colore della faccia, lo smog muta il tono della pelle, i capelli ingrigiscono.

E cosí durante il giorno vagavo da un posto all'altro, 609, ristoranti «domanitipago» e bucce di patate, l'Animal e le tre Annette, il vecchio Bluebelle, i residui dei sexy-shop. Erano i posti che conoscevo, ci bazzicavo come i cani randagi, che secondo gli etologi sono randagi negli stretti confini di quei luoghi che hanno già annusato e riconosciuto come possibili tane. Presto mi accorsi che la mia tana era questa città che lentamente mi respingeva, ma ugualmente mi nutriva con i suoi avanzi e concedeva piccoli spazi dove difendermi da cani piú randagi e rabbiosi di me.

La fame non morde e neanche sfianca, la fame annebbia, ricopre di un sottile e fitto formicolio, impone la dittatura del suo desiderio. Davanti a un supermercato vidi un bambino con un casco di capelli lisci e folti, il segno distintivo di chi viene da una famiglia della buona borghesia cittadina, uno sguardo sfrontato e prepotente mentre affondava le mani in un pacco di patatine. Il rumore delle patatine sgranocchiate era il clangore celeste del paradiso. Ero a un passo dall'accattonaggio e lo capii allora, perché desideravo quelle patatine dorate, fedeli alle pubblicità e ai miei zoppicanti ricordi d'infanzia, ostie croccanti che lasciavano una patina untuosa e saporita sulle dita. Erano consolazione e appagamento.

Senza sorprendermi arrivò la cattiva stagione e non ebbi neanche piú la forza di cercare lavoretti. La parola d'ordine era sopravvivere, agguantare una tana, mangiare e dormire, le uniche cose che contavano. Entrambe erano da fare senza pace, preso dall'ossessione che qualcuno avrebbe potuto staccarti la testa a morsi mentre eri distratto dall'obiettivo. Cosí la fame, il freddo, la stanchezza mi spinsero a diventare definitivamente un barbone, perduto in mezzo alla strada. I dormitori erano sempre occupati e costavano troppo, non racimolavo abbastanza soldi nella giornata. L'involuzione a volte è solo una momentanea mancanza di coraggio che si esprime in timidezze, nevrosi, paranoie... ma soprattutto vergogna. Era sulla vergogna degli altri che lavoravo per raccogliere qualche spicciolo anche se avrei dovuto ricominciare dalla mia. A volte mi spingevo nelle zone del meretricio e dei massaggi cinesi a ridosso dell'Esquilino, in viuzze fatte di sampietrini con bugigattoli sorvegliati da uomini e donne senza età che aspettavano ragazze coi loro gonzi; fuori, ai bordi delle strade, i lupi mannari attendevano nervosamente il loro turno. Dalle porticine che conducevano alle stanzette del seminterrato venivano odori forti di cibi esotici, bucato senza detersivo, pentole bruciate, plastica, e poi comparivano ombre che si avvinghiavano, velocemente i fiati si mischiavano e aumentavano i giri. La muffa aveva disegnato murales di parole incomprensibili e il pavimento che si intravedeva dalla strada era un tappeto di vetri infranti, cocci aguzzi, chiodi, mattonelle divelte.

A quegli uomini in attesa era difficile chiedere qualche spicciolo, la magnanimità sarebbe giunta solo alla fine del rapporto, ma erano in tanti a scappare, a negarsi, forse per la delusione e... la vergogna. Quella stessa vergogna che provavo io nel chiedere un misero euro.

– Amico hai un euro?

– Stai alla larga barbone.

– Non ti è piaciuta?

– Ma cosa vai dicendo.

– Eri lí nel casino.

– Tieni l'euro e chiudi la bocca.

– Non volevo...

– Era una mongolfiera... a quest'ora trovi solo ragazze cosí. Mongolfiere e missili.

– Non ho mai visto un uomo farlo con una mongolfiera o un missile, – dissi.

– Sei stupido?

– No, sono povero.

– Una mongolfiera è una grassona, un missile è una puttana che non mantiene le promesse.

Pensai che anch'io ero un missile, non avevo mai mantenuto una promessa in vita mia. Ma erano promesse che non avevo mai solennemente pronunciato se non a me stesso.

La borsa con le mie riviste porno si era svuotata, una sera le avevo bruciate per darmi un po' di calore. Le cellule di carta annerite dal fuoco che salivano su nel cielo erano i miei sogni proibiti: Moana, Ilona, Odette, Julie, «Ifix Tcen Tcen», addio. La carta che brucia non riscalda, è come un fuoco fatuo, illumina la notte per pochi istanti, però mi donò l'illusione di un timido tepore, un po' di vita oltre il gelo. In quel fumo il freddo mi aveva aperto le mani come melagrane, facevo fatica a sistemarmi, fui aiutato da una signora che parlava un italiano stentato, anche lei una barbona, un viso privo di età, assomigliava a Babbo Natale senza barba. Mi disse che bisognava stringere i denti perché spesso quando era cosí freddo c'erano dei volontari che portavano coperte e cibi caldi.

– È tardi, ormai non vengono piú, – dissero alcuni disfattisti dai loro cumuli di cartone. Poi ci fu un ronfare con strepiti bestiali dovuti al vinello all'arsenico da 37 centesimi. La città strofinava sulle nostre facce il traffico notturno, gli scooter e le auto che passavano sul selciato in pavé suonavano per tenerci svegli. Da una macchina partí anche un gavettone. Una busta con un liquido indefinito esplose a dieci centimetri dal nostro accampamento.

– È normale, finché non ci tirano l'acido muriatico, va tutto bene, – disse la barbona. Avvertii la sua rassegnazione. Nessuno aveva la forza di reagire alle provocazioni e alle offese di chi ci passava vicino, eravamo sfibrati.

Quei giorni in cui mi sentivo meglio (a volte bastava poco, una doccia alla Caritas o un cartone di pane avanzato dal Conad), accadeva il piccolo prodigio di tornare a guardare le ragazze. E lí cresceva un'altra fame, quella che mi aveva accompagnato per tutta la vita, anche se durava pochissimo.

Fu nella fame e nella sporcizia che intravidi la salvezza. Per la prima volta, dopo tanto tempo, scorsi un vero reggicalze in un negozio di intimo al primo piano della stazione.

Cominciai a trascorrere le mattinate davanti alla vetrina che mi illuminava come i piccoli lampi al magnesio di un vecchio tram. La moda aveva decretato il trionfo del reggicalze come corredo intimo nella nuova stagione.

Le mie giornate divennero uguali, camminavo su e giú per la stazione puntando la vetrina del negozio, spiavo chi entrava, cosa cercavano, le donne mi parevano tutte destinate a diventare bellissime con quel pezzettino di stoffa che adornava i manichini, candidi come le statue romane di Palazzo Altemps. C'era chi osava e andava nel camerino, le avrebbe provate, e io pregavo che entrasse anche qualcun altro, un amante, perché potessi scorgere la lenta, inesorabile vestizione. Ma tutto ciò che accadeva dopo era soltanto scolpito nella mia immaginazione. Sapere che una donna prima di incontrarti ha indossato una cosí elevata opera ingegneristica, investe l'incontro dei tratti della sacralità. Mettere un reggicalze è un rito cui ci si sottopone con un senso di devozione verso la seduzione. Sceglierlo, indossarlo nel buio della propria stanza, dentro il bagno di un treno, tra le ombre di un camerino, è già fare l'amore.

Seduto all'angolo tra via Giolitti e l'ingresso della stazione assistevo al nero piú nero della città: uomini in salopette e berretti bianchi che spingevano ignari turisti su taxi truccati, squadriglie di ragazzine rom, suadenti, ipnotiche, dalla pelle caffellatte e i copricapi di paglia, mimetizzate tra i turisti per derubarli o addirittura smarchettare prima che arrivasse la notte, quando subentravano maschi pallidi come la luna, ma solidi e nervosi come i tronchi dei platani malati di questa città. Era lí che Martino Bux confabulava mimetizzandosi nella selva patibolare. Ad alcune delle ragazze che mi chiedevano un'informazione banale rispondevo con una domanda criptica che serviva a placare i miei demoni: – Tu sai chi è Monsieur Eiffel?

– Quello della torre, – rispondevano, senza sapere che l'ingegnere francese era stato soprattutto l'inventore del reggicalze. Si trattava di un'invenzione necessaria nell'arco evolutivo dell'abbigliamento femminile. Le giarrettiere avevano un serio inconveniente: essendo nastri di stoffa chiusi da un fiocco, stringevano le calze setate o di lana fino a illividire la coscia. L'ingegnere creò un modello di corsetto da cui pendevano delle bretelline su cui innestare i ganci per le calze e liberare le cosce dal filo serrato delle giarrettiere.

Io lo sapevo, era una delle cose rimaste dentro di me, con quel poco di sangue necessario e l'esigua riserva di nettare emotivo. Nero, bianco, trasparente, granata, amarillo, verde smeraldo, patinato, grigio: solo un corsetto avrebbe potuto salvarmi. Era ancora viva nei miei occhi la figura di sua altezza Caterina II, la zarina immortalata in *Katharina und ihre wilden Hengste* e interpretata da Ursula Karnat nel 1983, mentre in corsetto avanzava a cavallo verso il suo destino di lussuria: l'amore con il destriero davanti alla corte eccitata e plaudente.

Ma il mio corsetto preferito l'avevo visto qualche mese prima, nel periodo natalizio, era rosso, con le stecche a vista e i lacci che dividevano le due parti posteriori. Non potendo piú guardare porno, lo avevo immaginato indosso a Cinzia Conti con la sua bianca chioma e una montatura degli occhiali rossa come il bustino, le calze nere tenute da minuscole graffe allacciate al corpetto. La mia fantasia natalizia aveva plasmato un ventenne maschio caucasico che la scopava da dietro contro il bancone del bar, mentre un signore mimetizzato in un vestito da Babbo Natale con la barba bianca di ovatta suonava una campanella per ogni colpo di reni della originale coppia di protagonisti.

L'odore dell'asfalto nuovo riversato sulla piazza dei Cinquecento mi aveva bruciato la gola e le narici. I miei occhi lacrimavano, eppure non mi infastidivano quelle particelle maligne che si iniettavano nelle mie viscere: anche fossi stato trafitto da una spada, da capo a capo, avrei continuato a guardarla. Era la nuova responsabile dello store. Mi apparve altissima in mezzo alle figurette che disegnavano traiettorie oblique per i corridoi, i sottopassi, i patii della stazione. Erano le nove. Ogni giorno schiudeva la porta in plexiglas, poi spariva dietro le vetrine e si spogliava, restando con un tailleur scuro fino alle ginocchia, oppure un pantalone gessato e una camicia bianca, oppure una maglietta aderente e leggins di pelle. Avviava la cassa, dopo un paio d'ore lasciava tutto a una commessa piegandosi per parlarle, perché non c'era nessuna alta quanto lei. Il riguardo di chi rilascia una comunicazione riservata a qualcuno, esseri umani che parlano sempre a voce bassa vicino alle tue orecchie facendoti sentire unico. In lei vedevo una cura tenace, umiltà e serietà. Mentre gli altri proprietari lasciavano i negozi in balia dei sottoposti, alle aperture e alle chiusure, lei si tratteneva sempre, guardando in tralice il popolo dei pendolari che si soffermava ai bordi della vetrina mentre i manichini si cambiavano d'abito come fossero dotati di un miracoloso soffio vitale. E il soffio vitale era lei, in pausa pranzo, dentro una vetrina, appena piegata e alle prese con cinture di stoffa, mutande di raso, reggiseni trasparenti, sempre impeccabile, come se posasse per un ignoto fotografo.

Marta racchiudeva l'intera scala dei miei desideri, dei miei atti mancati, voyeurismi e virtú. Era nascosta dentro le cose che avevo fatto, che avevo immaginato, non veniva dalla spuma marina ma dai cunicoli dei locali che avevano infiammato la mia giovinezza. Aveva lunghi capelli neri tirati in una coda, gli occhi di inchiostro e la bocca grande, identica alla regina del KitKat, Donna Lucia. La carne era bianca, una carne che non ha conosciuto il sole, ma soltanto la notte, leggera, elastica, una pelle che avevo cercato tra i preziosi granatieri del porno tedesco, sempre loro, avorio e madreperla, come quella di Viktoria Goo, la ballerina dal naso lungo e gli zigomi spigolosi. Marta era acuta, curiosa, dominante e passiva a seconda delle circostanze, goduta da migliaia di uomini, preda e predatrice, narratrice instancabile e maestra dei silenzi, con un tono di voce durante l'amore lamentoso come una nenia. Ma era anche sbarazzina come Meli Deluxe che citofona a ignari abitanti dei quartieri popolari di Colonia. E lunga come un fenicottero, dinoccolata. Tutto questo era Marta. Dietro il suo nome si consacrava la mia dannazione.

Per giorni preparai la frase per agganciarla, c'era sempre una forza misteriosa che impediva di avvicinarsi. Finché un giorno arrivò l'occasione della vita. Domenica, i negozi chiusi, la galleria della stazione pullulava di uomini che urlavano, squadre di accattoni e zingari, un vecchio di cui scrutavo le sopracciglia grigie e mi chiedevo perché non fossero bianche.

Nessuno fece caso al suo ingresso, camminava in mezzo a noi con apparente aria dimessa, maglietta nera e pantaloni bianchi aderenti, stivali. Teneva al guinzaglio un cane molto grande, un alano dalla pelle di velluto. Aprí guardandosi intorno circospetta, entrò nel negozio spento e ne uscí poco dopo assieme all'alano.

– È un cane bellissimo.

– Non è un cane, è un asino.

– Sei tu la donna che aspettavo?

– Ho visto come guardavi i reggicalze che mettevo in vetrina. Finalmente un uomo che capisce il segreto del reggicalze.

– Grazie, non sai quanto ho sofferto, quanti amori sono finiti per un insignificante gancetto.

– Vieni a casa mia, ho da mostrarti qualcosa.

– Sei sicura? Mi cerca la polizia.

– Tutti i ragazzi che si vogliono dare un tono con me inventano storie simili.

– Ti guardo da sempre, come se fossi stata sempre in me.

– Anche io, mi incuriosiva che mi spiassi dietro le vetrine, non facevi nulla per nasconderti e avevi lo stesso sguardo di Manlio.

– Il tuo uomo?

– Il mio asino.

Ci ritrovammo nella sua magione e sotto il lungo vestito che cadde davanti ai miei occhi la scoprii fasciata da un bustino amaranto, custodia severa e stretta. Mi crogiolai al pensiero della preparazione cui si era sottoposta, davanti agli specchi nella sua stanza da letto, posizionati uno di fronte all'altro per poter controllare la chiusura di ogni laccio di quell'astuccio di stoffa; le giunture tra i ganci del busto e le calze setose, leggere, grigie erano state meditate con la gamba piegata, la caviglia aveva assunto una deliziosa, innaturale posizione che ne avrebbe esaltato lo spigolo delle ossa, il nervo del tendine che collimava esattamente con la riga scura delle calze. Una geometria perfetta, la prova che l'adesione di Marta all'ordine del reggicalze era avvenuta con convinzione e un diligente lavoro di disciplina. C'era l'audacia di chi sta osando, non di chi sta trasgredendo e basta. C'era desiderio e non la mera voglia di un godimento.

La ispezionai con scrupolosità prima di prenderle la mano come un devoto scudiero e farla salire sulle scarpe appaiate in un angolo della stanza.

Rimise il vestito, morbido, nero fino al ginocchio, che chiuse lateralmente con una zip. Selezionò un trench grigio dal suo armadio.

L'ordine del reggicalze ci aveva consegnato l'invito per una serata che prevedeva un'esibizione particolare. Ci ritrovammo soli nell'ascensore. Avevo voglia di baciarla, ma sapevo di dover aspettare. Coltiva il desiderio, Martino. La guardai, era il modo in cui occupare quello spazio che mi rendeva folle. Il suo naso, le mani che cercavano nella borsa qualcosa. Estrasse guanti neri. Stava per indossarli, ma la fermai. Scossi la testa.

– Pensavo ti piacessero.

– Devi sentirli.

Salimmo nella sua auto, una piccola utilitaria. Percorremmo il viale che portava al nostro traguardo senza una parola. Faticavo a controllare la corona di brividi sulla schiena, il palato inaridito e questo silenzio, un silenzio glaciale. Il cinema era in una via secondaria, non fu facile trovare parcheggio. Accostammo in seconda fila, in attesa. Passò qualche minuto e non sembrava esserci anima viva. Il portone d'ingresso aveva i vetri oscurati, un vecchio con la faccia corrosa da rughe e una giacca rossa stava alla porta. Aspettava qualcuno e infatti qualcuno apparve. Erano due uomini, che scomparvero come ombre dentro la porta che si apriva e chiudeva. Nel lasso di tempo in cui era stata schiusa era venuta fuori la luce del neon; a me parve piú una sala d'attesa che il foyer di un cinema a luci rosse.

– Aspettiamo, – mi ordinò.

– Aspettiamo, – replicai.

La mano di Marta scese sulle mie gambe e iniziò ad accarezzarle. Fu come un balsamo. L'eccitazione diventò un piccolo timpano che colpiva sulle parti laterali della testa. La notte metropolitana scintillava sulle gambe di Marta, la calza rifletteva i bagliori delle auto che passavano accanto.

Finalmente si liberò un posto, parcheggiammo, eravamo ancora piú nascosti.

– Devo sentirti sempre vicino, non m'importa se succede qualcosa con un altro uomo, ma tu devi esserci, devo avvertire la tua presenza –. Il tono era perentorio.

Passarono dieci minuti ed entrarono due maghrebini, poi fu il turno di un uomo anziano.

– Mi tolgo il vestito. Vado solo con il trench e il corsetto.

Si spogliò e rivestí in un baleno.

Le aprii la portiera dell'auto, si mise sottobraccio e attraversammo la strada. Sentii suonare: nella testa che ormai mi stava scoppiando pensai fosse stato per lei.

L'uomo ci aprí la porta ma guardò me, non Marta. – Non fate casino dentro, – mi intimò.

Finalmente eravamo nel cinema.

– Due biglietti, – dissi, mentre l'uomo andava dietro la cassa. Batté lo scontrino e me li consegnò con aria scocciata. Lo avevo già visto, era lo stesso uomo che aveva staccato il mio primo ticket in un cinema a luci rosse. E come allora rimasi sbalordito, non aveva degnato di uno sguardo una femmina come Marta.

Avvertivo il rumore dei tacchi sul marmo, finché il buio del sipario si aprí davanti a noi. Le poltroncine rosse, la pellicola sgranata con l'effetto buchi sullo schermo e una signora degli anni Ottanta che faceva sesso con il baffuto Ron Jeremy. Il volume era basso, sembrava venire da un altro cinema. Marta si sedette al centro della sala dove poté stendere le gambe. C'erano poche teste sparse e quelle poche iniziarono a raccogliersi attorno a noi senza molta discrezione. Temetti la minaccia del vecchio all'ingresso, ma l'eccitazione coprí ogni paura. Un ragazzone, forse uno dei due maghrebini, si era seduto accanto a Marta, altri due uomini le erano dietro. Percepii il loro fiato, poi il rumore di chi si slaccia la patta, la zip che scende, i bottoni che saltano. Non c'era odore e questo per me era molto bizzarro.

Marta aprí le gambe, gettò la testa all'indietro, il suo collo bianco, lunghissimo, la forma originale di quel naso che fendeva l'aria, la fronte spaziosa, tutte le attrici che amavo all'ennesima potenza.

– Dammi il cazzo. Datemi un cazzo, – chiese con la voce rauca.

Una mano sconosciuta le accarezzò la gamba, poi le mani diventarono due, tre, un uomo era arrivato davanti, la luce dello schermo mi permise di capire ciò che stava per accadere, mentre Marta aveva gli occhi chiusi e ripeteva la parola «cazzo». Le mani si moltiplicarono e sgualcirono la seta delle calze. – Piano, piano, ce n'è per tutti.

Ne prese uno in mano, quello del maghrebino, era lungo, floscio, iniziò a maneggiarlo. Mi accorsi che eravamo circondati, una decina di uomini, anche un vecchio, con i pantaloni abbassati e qualcosa tra le gambe che restò inerte nonostante gli sforzi.

Il cazzo del maghrebino venne su, Marta lo guardò, non sapeva se prenderlo o abbandonarlo.

– Fagli un pompino, – ordinò qualcuno come se mi avessero letto nel pensiero. Marta aprí gli occhi e mi cercò. Si alzò, mentre i tizi che le stavano addosso la sollevarono da terra, ma forse era soltanto un gioco di prospettiva creato dai tacchi che la rendevano piú alta di tutti.

– Mi comanda solo lui, – disse. – Vi scopo tutti, vi svuoto le palle, ma me lo deve dire lui, deve deciderlo lui. Altrimenti non faccio niente.

Il suo linguaggio era diventato scurrile come in una striscia di «Supersex». Mi fissò con lo sguardo di chi ha superato il proprio confine, e forse ha anche deciso di fermarsi.

– Dài ragazzo, faccela scopare, – fece un uomo con la voce effeminata. Era vestito da donna, aveva il rossetto sulle labbra, la parrucca, però il cazzo era di fuori. Il solo uomo con un cazzo decente era vestito da donna, stavamo lasciando la striscia di «Supersex» per entrare in un film di Annie Sprinkle, dove i generi si mischiavano. Scoppiai a ridergli in faccia, una risata talmente naturale che contagiò anche Marta. Lasciò il cazzo del nero e mi spinse fuori da quell'orda di braccia, corpi, gambe, cazzi mosci. – Sciò, sciò… – comandò sorridendo. – Fatemi parlare con lui.

E cosí filammo dentro l'auto concitati e sudati. Il mio film porno era diventato un erotico d'essai.

– Ora ti porto da Manlio e andiamo fino in fondo, – mi disse con voce metallica, come avesse parlato attraverso un apparecchio.

– Manlio? Non capisco… – balbettai e invece capivo, le era cresciuto un sorriso lubrico.

Mi voltai, ebbi uno spasimo, mi mancò l'aria; aprendo la bocca sentii un forte dolore ai denti, come se fossero serrati in una morsa dolorosa, mi dolevano l'orecchio e il naso, la nuca, il braccio, come se dentro vi fosse conficcato qualcosa. Infine aprii gli occhi.

Non so che faccia avessi quando mi apparve di fronte, era ancora piú grande di come la ricordassi, era vestita da signora, tailleur pantalone, le piccole rughe attorno alla bocca erano le sue, solo piú nette, le mani lunghe e senza anelli si posero sulla mia fronte.

– Martino, come stai?

– Cinzia... – balbettai sentendo la bocca dolermi.

– Sei stato senza sensi per due giorni.

– Dove sono?

– Sei in un reparto di terapia intensiva, ma come vedi io mi sono rifiutata di indossare camici e mascherine.

– E non sai cosa ti sei persa, – balbettai.

Avevo la bocca asciutta, il dolore al naso e al braccio era dovuto alla forcella dell'ossigeno e all'ago della flebo.

– Martino, stavi morendo, ti hanno recuperato davanti a un negozio di intimo.

– Mi ha salvato la proprietaria?

– Sí, il proprietario, Armando.

– E Marta?

– Marta? Non c'è nessuna Marta, sognavi.

– Ero con lei poco fa...

Mi guardai il corpo, vidi un lenzuolo leggero che mi copriva le gambe, la pancia, un lenzuolo da morto.

– No, Martino, ti hanno messo uno stent, hai avuto un'ischemia, ma ti hanno preso in tempo.

Cercai di abituarmi a quella voce, alla notizia che stavo apprendendo. – Non ho nessuno, – dissi senza sforzo, mosso dalla disperazione.

– Hai me. Tu resti a casa mia finché non ti rimetti.

– Come hai saputo dov'ero? – le domandai.

– Me lo ha detto un ragazzino pakistano.

L'aveva riconosciuta, era sui quindici anni, indossava una maglietta del Barcellona; forse non l'aveva mai vista in un film, ma sapeva in cosa era consistito il suo lavoro. Lei era in macchina, col finestrino aperto, il gomito nudo, bianco come criolite, esposto all'aria. Erano quei minuti che precedono l'inizio della serata. Estate, ancora un po' di luce nel cielo e una mezza luna all'orizzonte. Il ragazzino si era accostato al finestrino e aveva infilato la mano dentro, posando sul cruscotto un'arancia. – Questa è per Martino Bux, – le aveva detto.

– Un'arancia?

– Vengono da lontano, come i miei nonni, è un'arancia magica. Con questa guarirà.

Ascoltai il racconto con rapimento, ma improvvisamente fui sopraffatto dalla tristezza. Avvertivo una strana sonnolenza. – Ora devo riprendermi, – dissi. Ma non sentivo nessuna parte del corpo rispondere agli impulsi vitali.

– Ti sei già ripreso, vestiti e usciamo, – ordinò Cinzia.

Obbedii.

Quando fui fuori mi sentii meglio. Curioso, l'ospedale era come se non fosse mai esistito e una nebbia ne avesse confuso i confini. Pensai che non mi ero ancora visto allo specchio, ignoravo che faccia avessi, ma Cinzia aveva iniziato a sorridere. Scorsi i denti bianchi, il naso mi parve piú grande quando si arricciò.

Mi fece salire a bordo di una macchina nera e accese il motore schiacciando un semplice pulsante. Mi sentivo a mio agio dentro l'abitacolo di un'auto sconosciuta, il sedile era la prima poltrona su cui mi sedevo da mesi. Guardavo il cielo come un bambino che esce la prima volta da casa. Il tragitto tra l'ospedale e la mia nuova destinazione fu silenzioso. Lei non parlò, appena qualche monosillabo. – Hai fame? Hai bisogno di roba pulita?

– Dove stiamo andando? – le chiesi con un filo di voce.

– In un posto dove puoi ricominciare.

Roma passava nel finestrino rumorosa e profumata, doveva essere giugno, quando le strade odorano di gelsomino e in certi punti il polline culla i sensi, arrota le narici, e prima che arrivi un grande rombo dell'ultimo 737 in avvicinamento graduale su Ciampino pensi di non essere lontano da un villaggio di campagna.

Guardai il pezzo di cielo tra due spigoli di calcestruzzo, i palazzi attorno al carcere sembravano storti, tutto mi sembrava storto, come se una riga invisibile avesse terremotato l'orizzonte delle cose attorno a me. Cinzia mi raccontò che nel tempo libero aveva cominciato a fare lavori di ceramica con un maestro giapponese. Lavori artigianali, come costruire con l'argilla piccole anfore, vasetti, piatti. Mentre lo raccontava, ero tornato all'era infantile del pongo, un pianeta cui appartenevo tra la fine degli anni Settanta e l'inizio degli anni Ottanta, un secolo fa. Stendevo una piattaforma di cera fresca e poi ci mettevo pazientemente in cerchio le strisce che arrotolavo con la perizia dei miei avi nel costruire intere città di fango e paglia.

Il maestro giapponese di Cinzia raccoglieva gli elaborati e li riportava la settimana successiva dopo averli cotti al forno. Insegnò come dipingerli, poi quando qualcuno di questi si crepava insegnò una tecnica chiamata *Kintsugi*, che voleva dire «riparare con l'oro». Oro non ce n'era e dunque si usava la semplice colla. Sulla crepa che tagliava il vaso con un pennino si colorava la ferita di giallo. Ne usciva una vena dorata che dava l'illusione del metallo pregiato. Il valore non sta nel nascondere la perfezione smarrita, ma nel celebrare l'arte della cucitura.

– Ho imparato che le nostre ferite saranno la ricchezza del domani. Le mie rughe sono oro, sospetto che il giapponese abbia rotto i nostri manufatti solo per insegnarci questa tecnica.

Pensai ai miei antenati che rimpiazzavano i denti mancanti con i denti d'oro, le ferite non devono nascondersi, sono una tacca in piú verso un cammino di saggezza, anche se ancora non avevo ben compreso quale ferita avesse addosso Cinzia e cosa dovesse suturare con l'oro.

– Conosci la storiella che nella vita bisogna fare tre cose: un figlio, un libro e piantare un albero?

Scossi il capo. L'auto si era lasciata la città alle spalle, vedevo l'anello dell'autostrada e le vele bianche di due stazioni di servizio una di fronte all'altra. Roma finiva e cominciava da quel pezzo di autostrada, un dente bianco che occupava l'orizzonte. La cupola di una grande città olimpica che non era mai stata terminata.

Superammo un tunnel e finimmo tra gli ulivi di un fondo. Era la prima volta che mettevo piede in campagna dai tempi in cui raccoglievo le mandorle con i genitori di Fabiana. Erano stati anni felici, anche se non l'avevo saputo. Si è sempre inconsapevoli della felicità.

Vidi un pezzo del terreno senza vegetazione e al centro un cratere piccolo come se qualcuno avesse dovuto piantarci dentro un palo.

– È un fondo dei miei genitori, – disse Cinzia. – Sono ulivi. Non è stata una buona annata, però lo trovo un investimento. Esiste l'albero-terapia. Molti vengono a curarsi qui dalla città. Fanno yoga e meditano in mezzo alla natura.

Non capivo come sapesse tutte queste cose, ero affascinato e spaventato. Sentivo in certi momenti la camicia di lino attaccata alla pelle per il sudore.

Ci avvicinammo al cratere, c'era un vaso nero da cui veniva fuori un arbusto sottile con le foglie piccole lanceolate. Le olive erano a forma di globo.

– Ho ereditato questo terreno e voglio dargli un senso piantando un albero. Lo avrei piantato da sola, ma farlo con un'altra persona è meglio.

Pensai che ero l'uomo giusto per lei, lo aveva pensato anche Cinzia, sebbene non potesse immaginare che ero un uomo pieno di crepe come il tronco di quegli ulivi. In qualche modo avremmo somigliato a loro, avremmo custodito gli stessi misteri che si portano dentro con l'infiorescenza nei momenti opportuni, per almeno mille anni, e non c'è uomo che dura mille anni quanto un ulivo, non c'è niente, se non forse la bellezza. A veder bene la bellezza era lí: era Cinzia Conti, che con una vanga formava piccole dune di terra attorno al cratere. Osservava appagata le radici che sarebbero state liberate dalla retina, accarezzava l'ulivo con mansuetudine ed eccitazione. I suoi capelli bianchi sembravano essere stati disegnati uno per uno dal talento di un incisore. Emanava un odore buono, il suo sudore sapeva di pane tiepido.

– Non mi hai mai detto il tuo vero nome, – le chiesi.

– È buffo, ti stupirò.

– Non mi stupisce piú nulla, ho visto di tutto.

– Marta, il mio vero nome è Marta, – rispose, sillabandolo come a un bambino, anche se di bambino in me non era rimasto nulla di visibile.

– Mi prendi in giro?

Marta non lo sapeva, ma piantare un ulivo era un gesto che non avevo mai visto fare in nessun film porno. Forse per questo stavo cogliendo una vergine verità, quella degli esploratori che scovano un'isola non disegnata sulle mappe. Le avrei detto anche che poteva cominciare da lí la nuova vita, ma l'avrei pregata, una volta passato quel pomeriggio di sole, terra e odore di pane, di esaudire un mio desiderio. Soltanto uno.

Marta sorrise, era dentro un jeans, il foulard in testa. Tolse gli occhiali da sole, era il momento giusto, un bacio sulle sue labbra naturali e sottili, a cui mi sarei dedicato soffermandomi con adeguata cura sulle pieghe ai lati in cerca delle ferite piene d'oro. Mi ero avvicinato talmente tanto che ormai potevo vederle i piccoli pori sulla pelle, l'attaccatura dei capelli, il colore bianco delle sopracciglia che mi diede ulteriormente coraggio. Lambii con la lingua gli angoli della mia bocca come una bestia ferita scampata a spietati bracconieri. Un tempo mi crescevano due minuscole ferite e ora sentivo un buon sapore, caldo, appena infiammato, il piacere di un prurito da estinguere con la lingua, ero a un passo dal bacio. Ma prima che le nostre labbra potessero congiungersi, due ombre comparvero dietro la nuca di Cinzia. Erano un uomo e una donna, avevano un'aria di complicità, mi avevano guardato per un attimo e poi scuotendo la testa si erano voltati. I loro occhi si concentrarono su qualcosa che non potevo vedere. Volevo chiederne conto, che facevano, perché avevano interrotto il mio bacio con Marta, in arte Cinzia Conti? Erano due ombre e ora una sola, l'oscurità sembrò confluire nei miei occhi, ma anche nella bocca, nelle orecchie, rumori sempre piú strani, fruscii, poi un lamento… è cosí che si muore?

Epilogo

Stava per accadere e ne avrebbe assaporato appieno ogni dettaglio. Si sentí imbevuta fino alle ossa di quel colore verdognolo simile alla tormalina, l'occhio smeraldo del lago di Bracciano, il segnale dell'imminente arrivo. L'aereo nel giro di venti minuti avrebbe completato le operazioni di atterraggio a Fiumicino.

Guardò dal finestrino come i bambini nelle scatole magiche e cominciò a vedere la sua terra, distese argilla, boschi. Sembrò riconoscere laghi, bacini che trapuntavano la superficie terrestre come bocche di un vulcano, non era sicura dei loro nomi, ma ne era avvinta. Pacificata. Sarebbe andata subito al mare per respirare l'odore che le era mancato in quegli anni. Non riusciva a credere a ciò che provava: nostalgia dell'Italia.

Luisa Montieri aveva lasciato il suo uomo tre giorni prima. Aveva vissuto tre anni in America, a New York, con uno straniero conosciuto durante il matrimonio di una sua amica dell'università. Ci andò a letto la sera stessa. Al mattino decisero che avrebbero dormito un'altra notte assieme e poi un'altra e ancora un'altra.

Contro ogni sua pessimistica previsione, era durata. Ma era stata talmente intensa da incendiarsi e consumarsi come un cerino che arde in un braciere e non lascia niente.

– Ho un amante, non è piú il caso di stare insieme, – aveva detto al suo straniero. Poche ore dopo aveva fatto i bagagli ed era andata via. Lui l'aveva guardata con occhi assonnati, il viso ancor piú rigato dalla notte trascorsa.

Luisa non aveva nessun amante, ma le era parsa la scusa migliore e piú rapida per avere meno domande possibili.

Quando il suo compagno, ormai ex, le aveva chiesto se era innamorata di questo presunto amante, Luisa era rimasta spiazzata; non si aspettava l'obiezione, seppur logica. Lo aveva sottovalutato.

– Sí, lo amo.

E per rispondere con credibilità si era concentrata sull'Italia, l'amante perduto.

Le erano mancati gli odori, un determinato colore del cielo all'ora del tramonto sulla spiaggia dei cancelli a Ostia, e a lungo andare la quotidianità con la sua lingua. Le era risalito il dialetto bastardo che parlava coi suoi genitori e il fratello e che tutti capivano, ma che lí nessuno era in grado di comprendere. A cosa serve amare qualcuno se non ti capisce?

Dopo la separazione si accorse che non aveva addosso neanche un graffio di fuliggine. Aveva letto da qualche parte che a quarant'anni è troppo tardi per far succedere certe cose, non c'è tempo per fare errori e dunque porvi rimedio. Lei di anni ne aveva quarantuno e sospettava che innamorarsi di nuovo sarebbe stata un'eventualità improbabile. Se lo ripeté durante il viaggio. Non credeva di essere l'eccezione, anche se da qualche parte dentro di lei riposava una speranza.

Tornò nella vecchia casa dei genitori. C'era ancora la loro presenza, nonostante fossero entrambi morti. Ne avvertiva l'odore, lo stesso dell'ultima notte in cui aveva dormito con loro tanti anni prima.

Quella sera non prese sonno, la città era calda, dalle finestre aperte entrava il rumore delle auto, il vociare scomposto che esalava da un locale all'aperto, il fischio sordo degli allarmi delle moto, i camion della spazzatura, lo scricchiolio dell'asfalto che si sbriciolava sotto la gomma. Non se la ricordava cosí rumorosa la sua città. Avvertí del disagio, si fabbricò con cartina e tabacco una sigaretta, ma non bastò.

Accese il laptop, aprí Facebook, tra le sue amicizie c'era Selena, una spogliarellista ungherese fuggita dalle grinfie di Mimmo. Era emigrata a Berlino e postava sempre tramonti sulla Sprea. Da qualche settimana sulla sua pagina campeggiava una vecchia fotografia dei tempi del Bluebelle: era lei con Luisa, altre spogliarelliste e Martino. Martino Bux. Luisa ricordò le tuberose che un giorno l'avevano resa allegra. Sorrise ripensando alla sera in cui si erano visti l'ultima volta, davanti a un lago misterioso in un altrettanto misterioso posto di Roma. Era stata bene, non glielo aveva mai detto. Chiese a Selena dove fosse. Selena non ne sapeva molto, però aveva sentito dire da alcune amiche che era finito in giri pericolosi. Luisa non si stupí, Martino era uno che certe cose se le cercava. I suoi corteggiamenti erano fatti di ragionamenti sconnessi, uno sguardo che la inteneriva ma che le suscitava paura. Certi uomini sanno condannarsi alla solitudine e lui era uno di quelli.

Ma con quegli strani percorsi del pensiero tra ossessione e curiosità andò sul profilo di Martino Bux; si accorse che non aveva mai risposto alla sua richiesta di amicizia. L'accettò e scoprí che il profilo era inattivo da anni. Ripescò il numero da un'agenda dei tempi al Bluebelle, lo compose, una voce registrata disse che non esisteva, disattivato pure quello.

Ci dormí sopra e il ricordo di Martino sparí, in fondo era solo una vecchia conoscenza. Ma le persone che ci sono state vicine per contingenze in un passato remoto lasciano sempre in noi un'impronta.

Una mattina scrisse alla trasmissione sulle persone che sparivano, la sua preferita, riusciva a vederla anche in America. Niente le trasmetteva pathos quanto quelle due ore di appelli e ricostruzioni delle vite scomparse di sconosciuti. A volte trovava ragionevole la sparizione di alcune di queste persone, visti i luoghi in cui erano vissute sino ad allora e i parenti. Altre volte si immaginava di sparire lei e si arrovellava su quali uomini avrebbero potuto cercarla. Fantasticava di una lapper con le sopracciglia finte e gli occhi umidi che raccontava ai telespettatori di Luisa Montieri e del suo senso del dovere.

In poco tempo le risposero e le proposero di incontrarsi, di raccontare la storia di Martino Bux. Senza giri di parole le chiesero se si trattava di un ex fidanzato.

Incontrò la giovane redattrice in un bar di piazza Bologna. Si chiamava Livia, minuscola, ma forte, ossuta, una conformazione compatta che trasmetteva saldezza. Si scambiarono confidenze; Luisa dimostrava qualche anno in meno e raccontò la sua vita a quella sconosciuta che ne aveva ventisei e ne dimostrava una decina di piú.

Si salutarono come amiche. Si erano trovate.

Livia richiamò il mattino dopo e la voce era diversa, meno allegra e sbarazzina del giorno prima. – Abbiamo notizie, ma non sono belle.

È morto?, pensò Luisa, ma disse soltanto: – Come temevo.

Livia spiegò che avevano una procedura per tutti i casi che venivano presi in considerazione; verificavano gli ospedali e i registri decessi delle città dall'ultimo avvistamento. Martino Bux non era un caso per la trasmissione: – È ricoverato all'Umberto I in terapia intensiva, non ci interessa.

Martino era in ospedale in coma dopo un'ischemia. A Luisa parve subito piccolissimo dentro uno stanzone pieno di drappi azzurri che dividevano lo spazio in una dozzina di minuscole cellette con altrettanti malati. Il volto era nascosto da un groviglio di fili trasparenti, i capelli ingrigiti, stopposi e disordinati. Provò una leggera forma di ribrezzo per il colore della fronte, grigia anch'essa come l'attaccatura dei capelli. Pensò agli anni di Bux e ai suoi: sentiva ancora distante quel colore, eppure ora era costretta a pensarci.

Nella stanza d'ospedale erano tutti uomini, le parve non ci fosse una donna tra i parenti degli altri ammalati. Un infermiere con un copricapo verde e l'uniforme bianca controllò un braccio di Martino. L'arto ricadde assecondando la forza di gravità; era tempestato di cerotti color avorio ed era magro quanto il vecchio palo della lap dove si era attaccato una volta per farla ridere. L'infermiere si accorse di Luisa, era seducente quel pomeriggio, i capelli all'indietro tenuti dagli occhiali da sole, il telefono e il pacco di tabacco in mano. L'uomo la guardò con un'espressione di ottuso desiderio che si tramutò in una forma di biasimo. Doveva indossare la mascherina e il camice di carta che erano all'ingresso, le scarpe non andavano bene, c'erano delle bustine azzurre e doveva infilarle. Luisa si scusò, si accorse che non tutti avevano rispettato le consegne, ma non obiettò e uscí dalla stanza.

– Non viene mai nessuno a trovarlo, sei una parente?

Luisa sentí che quello zelo si era tramutato in qualcosa di piú.

– Una che lavorava con lui.

– Amici?

– Conoscenti.

L'infermiere si avvicinò a un carrello sul quale giaceva un macchinario e con un calcetto lo immobilizzò al centro del corridoio. Dalle finestre entrava la luce del tramonto che creava un gioco di colori marini: blu, azzurro pallido, celeste. Luisa si sentiva come un pesce dentro un grande acquario.

– Non viene mai a trovarlo nessuno, hai fatto bene, questi un giorno sono qui e un altro se ne vanno al piano interrato.

– Cosa c'è al piano interrato?

– L'obitorio.

Luisa sentiva il cuore battere forte, mentre si allontanava dal reparto, avrebbe voluto piangere, un moto di pensieri lontani e faticosi l'attraversò: solitudine e povertà. Non era povera, aveva denaro da parte, avrebbe ripreso a lavorare presto, ma la visione di Martino le aveva trasmesso un sentimento di caducità. Ricordava il timbro della voce della madre che cercava di convincerla a rimanere a casa una delle ultime sere che erano stati tutti assieme, la piccola lacrima del fratello quando aveva lasciato l'Europa per seguire il nuovo fidanzato straniero.

Si sentí chiamare mentre era nel naufragio di questi ricordi.

– Scusa, scusa...

C'era un tono di confidenza nella voce che la disorientava, aveva incrociato un gruppo di uomini e tra questi uno si era fermato, l'unico vestito di bianco. Luisa stava scendendo le scale, il passamano sotto il neon aveva un brillio iridato.

– Luisa?

Il nome. Conosceva il suo nome. Le bruciò il petto, era un fuoco che nasceva nella parte superiore dello stomaco e raggiungeva tutti gli organi vitali.

– Luisa Montieri?

L'uomo era bello, aveva occhi color ambra, abbronzato, i capelli nerissimi e il collo lungo esaltato dalla camicia aperta sotto il camice. Sulla parte superiore del petto brillava la sottile corda dorata di una catenina.

– Luisa Montieri, terza B dell'Avogadro... io ero in quinta, ed ero innamorato della tua migliore amica.

– Giovanna... – sussurrò stupita. Una forza misteriosa le aveva ripescato dalla memoria quel nome.

– Giovanna Gabrielli è mia moglie.

Giovanna Gabrielli era stata una ragazza strana ma fascinosa, aveva movimenti originali, era andata in India, Luisa non se la immaginava con quel medico.

Parlarono un po', poi la flotta di uomini che era col medico sparí. Lui invece rimase. Si chiamava Renzo. Le disse che Giovanna era una donna speciale, ora non l'amava piú, erano ancora marito e moglie ma separati.

Aveva una voce grave e sembrava rispettare un pentagramma misterioso che toccava le note giuste, faceva sempre pausa nel punto in cui Luisa voleva si fermassero le parole.

– Perché? – le chiese, intendendo dire: «Perché sei a due passi dalla terapia intensiva?» Ma in quel perché c'era tanto altro.

Luisa si sentí improvvisamente a casa. Ripensò ai pomeriggi in cameretta con Giovanna, ai segreti, ai maschi che a entrambe piacevano, l'odore della colla nelle foto che appiccicavano sul diario scolastico, l'inchiostro tra le mani. Giovanna apparteneva a un'età felice e lontana. Renzo non esisteva, non lo ricordava proprio, non doveva esser stato un ragazzo carino, eppure adesso la metteva a suo agio. Percepí un profumo buono, doveva essere tutto l'azzurro del reparto di sopra, quel celeste acquamarina, ma Renzo sapeva di fiume. L'odore fluviale di pietre e acqua corrente.

Si scambiarono i numeri. Poi Renzo si ricordò di chiederle se aveva qualche notizia sul paziente Bux Martino. Ormai alla pietà era subentrata la vitalità e davanti a quell'uomo che sapeva di fiume Luisa chiedeva soltanto di farsi trasportare lontano dal grigio dei capelli del suo vecchio collega.

– Non credo tornerò, mi ha messo molta tristezza.

Tornò.

Erano passate settimane da allora, lei e Renzo si erano visti, si erano piaciuti, si erano baciati e avevano cominciato una frequentazione, come l'aveva definita lei alle sue amiche italiane.

Un giorno Renzo le chiese di rinviare il loro appuntamento, avrebbe fatto tardi in ospedale. Luisa disse che poteva raggiungerlo e lui sembrò felice e stupito dalla sua disponibilità.

Renzo tardava e Luisa lo attendeva all'imbocco del corridoio di terapia intensiva. Il blu delle pareti quella notte era violetto e lei ne fu attratta. Si sarebbe affacciata un momento alla porta della stanza di Bux. Provò un sentimento di familiarità che non aveva mai provato ai tempi del Bluebelle. Le tornò in mente il loro dialogo sulle fantasie erotiche sotto quella luna meravigliosa tra spettri di cemento e uno stagno nero. Martino che voleva conoscerle a tutti i costi. Luisa ne aveva inventata una sul momento per tenerlo buono, non gli avrebbe mai confidato la verità, e la verità era che sognava di farlo una volta, solo una volta, con una donna, una donna che non aveva mai visto, mai conosciuto, con dei capelli lunghi, le ossa grandi, mani affusolate da pianista.

Si fermò sulla soglia, non era sicura di entrare, temeva di non trovarlo.

Una voce la immobilizzò.

– Che fai?

Era Renzo.

Luisa sentí freddo, anche se nell'aria covava il tepore secco degli ospedali. Da dove sei uscito?, avrebbe voluto chiedergli. E invece tacque per baciarlo. Le labbra si sfiorarono.

– Volevi vedere il tuo amico?

– Ero qui.

– Non sta messo bene.

Quando mai lo è stato, pensò, ma un attimo dopo provò vergogna per quel pensiero.

La bioluminescenza è un dono che hanno alcuni esseri marini. Nei fondali oceanici compaiono bagliori che poi spariscono nell'oscurità degli abissi. Quei bagliori sono i fotofori, organi luminosi che producono luce attraverso un processo chimico. Tra questi esseri ve ne è uno dalla bocca gigantesca e il corpo minuto, con un filamento sulla testa che curva come un gancio. Nel buio la punta del filamento si illumina e fa sembrare quell'uncino riverso una lanterna, tanto che viene chiamato pesce lanterna.

Il maschio del pesce lanterna, dieci volte piú piccolo,

è sottile e privo di bioluminescenza. Quando scorge una lucina nell'oceano sa che lí c'è la sua femmina. Durante l'accoppiamento i due sistemi circolatori entrano in simbiosi e lo stomaco del maschio si atrofizza.

La femmina continua a vagare negli abissi mentre il maschio diviene sempre piú sottile, sempre piú chiaro, sino a mutarsi in un capello bianco. Altri maschi faranno la stessa fine.

I maschi lofiformi in breve tempo non sono altro che filamenti di una coda di seta della femmina, che gli ha donato l'unica luce della loro breve vita. E poi, subito dopo, la morte.

Luisa Montieri non conosceva il fenomeno della bioluminescenza, non sapeva che Martino Bux, qualche anno prima, si era illuminato come uno di quegli esseri magici in amore. Ma quella notte sia lei che Renzo, in una stanza d'ospedale, notarono uno strano fenomeno. Dal letto dove giaceva il nostro eroe si alzava una misteriosa luce: inspiegabili bagliori, simili ai riflessi che scintillano sui vetri smerigliati delle porte antiche, emanavano dai polsi, dalla gola e dalla fronte. Luisa guardò Renzo negli occhi cercando un senso a quella visione.

– È normale che un uomo luccichi?

– Forse se un uomo sta morendo sí, – le disse, cercando di mantenere un aplomb.

Le nozioni imparate sui testi di medicina non lo aiutarono, sapeva che i fuochi fatui esistono solo quando è cominciata la decomposizione, poi si sovvenne che da qualche parte era scritto che le aringhe nei mari del Nord prima di morire hanno i capillari illuminati per una strana proteina. Il resto erano nozioni. Ma a cosa servivano le nozioni davanti a quel miracolo?

Luisa e Renzo cercarono le nocche delle loro mani, poi le dita, si abbracciarono e infine si baciarono. Nella stanza illuminata da quegli strani frammenti di luce che salivano dal letto, i due amanti si diedero un bacio spaventato e nuovo che non avevano mai provato, era un bacio pieno di saliva, eccitazione, di sapori amari, ma buoni. A entrambi stava venendo voglia di amarsi. Le mani di Renzo scesero lungo il fianco di Luisa, poi un ginocchio si posò tra le gambe, una lieve spinta, Luisa non credeva che avrebbe mai fatto qualcosa di simile in un posto simile, ma una forza misteriosa la stava facendo cedere. E mentre il principio del loro amore clandestino e notturno montava, una voce, quella voce che a Luisa tornava da un lato oscuro e rimosso, familiare, risuonò mogia, rauca, ma udibile nella stanza. Proveniva dalle lenzuola che si smuovevano attorno alle membra luminose di Martino Bux e sembrava dire qualcosa, ripeteva due parole: «Posso guardare?»

Ringraziamenti.

Martino Bux ha la storia del porno cucita addosso, quasi tutti i film del romanzo possono essere visti o acquistati on-line. Per ragioni narrative, di alcuni film non viene rispettato l'anno di uscita o l'esatta drammaturgia. Le pornostar citate esistono e sono esistite, tranne Cinzia Conti e Lacuna Wings.

Non ce l'avrei mai fatta a scriverlo senza la collaborazione e l'acribia di Massimiliano Catoni che tra il 2013 e il 2016 mi è stato vicino nelle diverse stesure di *Candore*. Mi ha aiutato a tagliare e dare un senso all'enorme mole di pagine che avevo raccolto nei precedenti sette anni di scrittura. Non ce l'avrei mai fatta a finirlo come volevo e a pubblicarlo senza Angela Rastelli alla quale va anche la mia solidarietà e riconoscenza per aver dovuto cercare decine di film porno e nomi di protagonisti usando gli immacolati computer di via Biancamano.

Le vicende raccontate in questo romanzo che riguardano cronaca e fatti realmente accaduti sono trasfigurate dalla lente deformante dello scrittore dunque non esistono se non in queste pagine.

Indice

p. 3 Capite perché le amavo?
45 L'elfo del bosco magico
86 Alberi e topi
126 Lo strano caso del dottor Parsi
181 L'ordine del reggicalze
210 Epilogo

221 *Ringraziamenti*

Stampato per conto della Casa editrice Einaudi
presso ELCOGRAF S.p.A. - Stabilimento di Cles (Tn)
nel mese di settembre 2016

C.L. 23131

Ristampa								Anno			
0	1	2	3	4	5	6		2016	2017	2018	2019